紅色暗流

黃俊菖 著

推薦序

子奇老師

《九宮奇門》作者、道家易經陰盤奇門遁甲研究學會名譽理事長

當人面對一件事感到困惑，沒有方向頭緒時，往往還有一個辦法，就是尋求玄學的問測占卜，以祈求神明的提示，指點迷津。

求神問卜，到底有沒有用呢？又有沒有些什麼科學上的根據呢？德國神經科學家海恩斯（John-Dylan Haynes）研究團隊的研究結果（二〇〇八，二〇一三）發現：「你的大腦早在你察覺到之前十秒鐘，就已經先行做出決定了。研究者藉由觀察做決定時的大腦活動，甚至可以在人們自己察覺到做出決定之前，就先預測到他們會做出什麼決定。」也就是在我們的背後似乎還有一個主使者，祂悄悄地牽動著我們的意識，我們只是被意識背後的「藏鏡人」所牽動。

其實，問卜卦占並非是靠人、自己做預測，而是通過一個人背後的「高我」來預測的。（或稱做神明、指導靈、鬼神、仙佛、高維空間的能量團……不管「祂」的稱謂為

何，我們都是透過「祂」的視角來看遠、來看未來。）

高我，顧名思義，就是祂站的位置比你要高很多，登高才能望遠，所以祂可以看得比較遠。好比你在兩條路口前徘徊，想先知道（預測）接下來往哪一條路前行時會比較好走、比較不會塞車。其中一種方法就是爬到高處，如臺北最高的大樓，一〇一大樓，當你站在一〇一的頂樓，往下俯瞰整個臺北市時，哪一條路會塞車？路上有沒有車禍？哪一條路通行無阻？此刻一目了然，清清楚楚，這就是預測的原理。

要看遠、要預先知道，就得把視角提升至另一個高度，或藉由某人在高處幫你看向遠方、看向未來，而這某人，就是所謂的「高我」，或中國人常說的舉頭三尺有神明的「神明」。

但即始祂看到了，你要如何與祂溝通？祂又如何將看到的訊息傳遞予你呢？那便是透過某種「預測工具」，與祂連結溝通。

例如，心中有事，心念一動時便可以告知祂，藉由最簡單的預測工具或方式，例如抽撲克牌，到廟裡擲筊（杯）、抽籤，或複雜一點的透過易經卜卦，搖三枚銅錢（六爻卦，像此書所應用的占卜工具）、米卦，甚至抽塔羅牌等等，來做預測占卜，然後藉由祂的某種「靈動力」來影響你擲筊（杯）、搖銅錢、抽牌、抽籤的結果，最後透過內容的顯示及解讀，得以解惑，指點迷津。

而俊菖兄正是利用這種玄學的問測占卜，將其應用於殺人刑案的破案推理，藉由易經八卦、奇門遁甲的提示引導，一步一步抽絲剝繭，找出偵查的方向、犯案手段與犯案的動機。此書將玄學與案件解謎完美的融合在一起，成爲一部題材新穎、內容引人入勝的偵探辦案懸疑小說。

尤其書中的兇嫌也是一名精通陰陽五行、易經八卦的醫學天才，四大名探與天才犯罪者之間高手對高手的鬥智鬥法，撲朔迷離，曲折離奇，峰迴路轉，將案情推至最高峰，令人無法釋手。

不僅如此，還詳細介紹每一個卜出來的六爻卦的含意與應用，並就其人、事、時、地（方位）、物各方面進行解說。對於未接觸過易經卜卦的讀友們，可以更容易的了解易經卜卦如何在辦案的方向給予提示與引導；而對於眞正喜好熱愛易經卜卦的同道，也可以作爲研究交流的參考。

這是一本融合推理、解謎、懸疑、謀殺、玄學等元素的小說，讓讀者沉浸在刺激、緊張的節奏中，使人燃起強烈的好奇心，還有好讀心，因爲會想要知道謎底，個人喜歡，予以推薦。

子奇老師

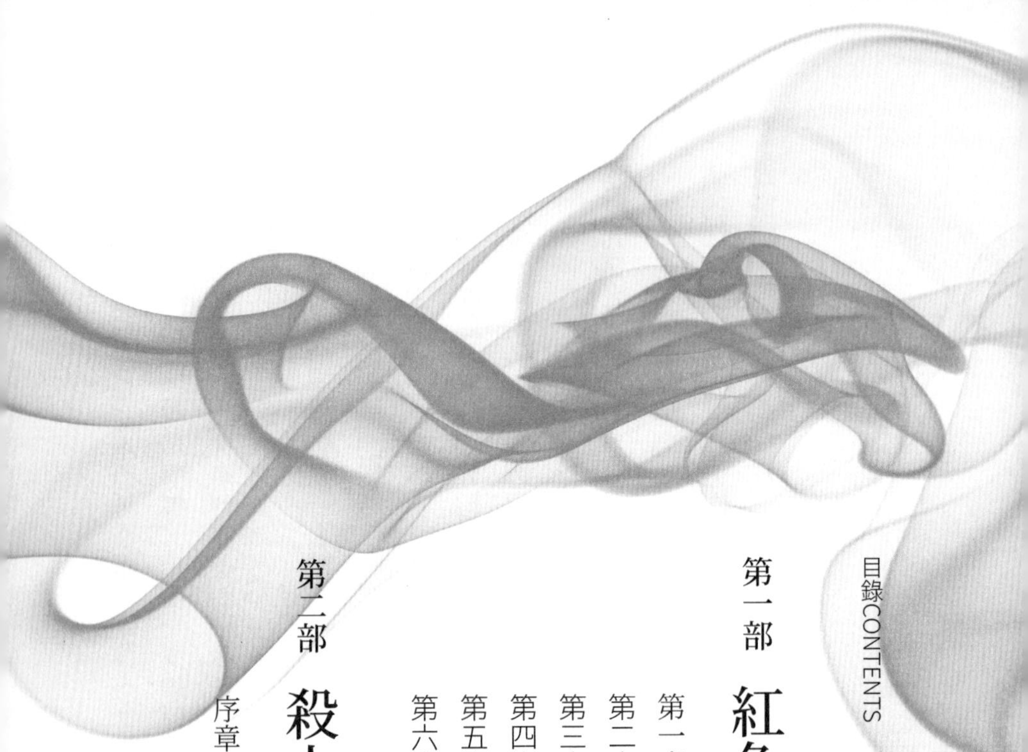

目錄CONTENTS

第一部　紅色暗流

第二部　殺人工具演算法

第一部
紅色暗流

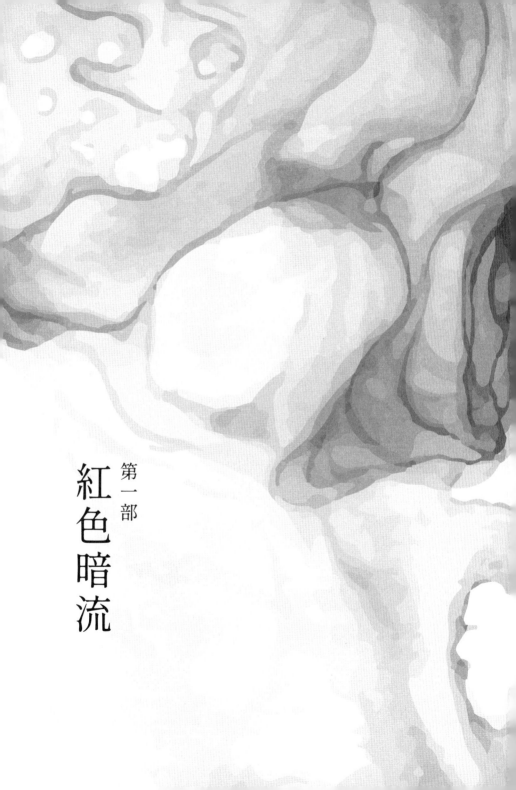

—第一章—

四大名探！

凌晨兩點多，一輛車高速行駛在臺南市北區的中華北路上，車子快速的抵達中西區某一間民宿外幾公尺處，民宿現場外面已經拉起封鎖線，下車的是一名身高一米八四，體重約75公斤的男子，男子表情相當嚴肅，他是警務處長夏浩雲，夏浩雲原本已經在安南住家睡覺，突然接到刑事組同事的緊急電話，請求他一定要過來一趟，所以二話不說整理完畢就快速出門，雖然已經年過半百了，但看上去還是十足的男人味，相當年輕帥氣。

夏浩雲快速走往拉起封鎖線的現場。

「裡面情況如何？」夏浩雲詢問著外面的弟兄。

「報告處長，死者看起來應該不是自殺，但是若要說他殺，現場又實在乾淨到簡直可以說是有潔癖了，鑑識小組也都沒有發現到任何血跡，甚至是血的軌跡，所以我們初步判斷，現場應該不是命案的第一現場，而且死者的額頭有個奇怪的符號。」警員跟夏浩雲解釋著現場的狀況。

「什麼符號？」

「弟兄們也都看不懂，而且除了額頭有符號外，死者完全沒有任何外傷，大家實在沒有任何頭緒或方向。」

「有查到死者的身分了嗎？男性還是女性？」

夏浩雲邊問邊走進屋內，來到死者身旁。

「死者是一位女性，身分目前還在查。」警員有點內疚的說著。

「就是這符號嗎？☲」夏浩雲看著死者的額頭上的圖像，拿起手機拍照問著。

「嗯，處長您看得懂嗎？」警員疑惑的問道。

「這可難倒我了，而且現場還眞的像你說的，乾淨到似乎連灰塵都不存在，屍體也一點傷痕甚至傷口都沒有。」

「是啊，這實在不知道從何著手？」警員無奈地說著。

「看來，只好請他們出動了。」夏浩雲望著屍體堅定的說著。

「就是因爲需要他們才會麻煩請處長您一定要來這一趟，畢竟也只有您請得動他們四位了。」

「當然了，他們四位可是警界的四大名探，專門破奇案呢！」

夏浩雲馬上電話聯繫四大名探的隊長，周天龍。

臺南市永康刑事警察總部的辦公室裡，一位30多歲的年輕男子翹著腳誇張的打著哈欠，不過這名男子的穿著，邋遢中卻帶點貴氣，一米八三的身高、76公斤帶點混血兒的帥氣臉龐，他就是四大名探中擅長運用周易八卦斷案的黃宇浩。

「喂！小浩，拜託一下好不好，不要整天都一副吊兒啷噹的樣子好嗎？每天都懶懶的，是沒事做嗎？眞是的，麻煩你也偶爾要清理一下自己的辦公桌好嗎？你的座位都像垃圾山一樣了。」周天龍無奈的說道。

周天龍是四大名探的隊長，天龍隊長跟處長夏浩雲是警校同期的同學，也是多年的老朋友，只是兩人個性完全不同，周天龍個性直也比較安靜不善與人交際，而夏浩雲是比較有心機的人，會主動積極爲自己爭取機會，有時候會爲達目的而耍一點手段，夏浩雲之所以能當上處長不是因爲能力多好，而是懂得運用方法爭取，而這也是天龍對夏浩雲頗有言詞的地方。但是天龍能當上四大名探的隊長，除了是能力好以外，夏浩雲的強力推薦與私下的幫助也是極其關鍵，所以也就對夏浩雲這位老同學心存感激。天龍雖然是四大名探的隊長，不過常常羨慕宇浩的身高跟欣賞宇浩的瀟灑，畢竟自己只有一米七左右的身高，做事又龜毛，也沒有宇浩的帥氣，他常常覺得宇浩會來當刑警應該只是興趣，不像自己充滿抱負，雖然如此，他跟宇浩的革命情感是相當深的，兩人也是無話不談的好朋友。

「唉呦！龍哥，拜託你別像契爸老爹一樣愛碎唸嘛！最近就眞的天下太平啊！全世界現在都流行在家上網足不出門，搞得我們刑事組天天像度假，這種日子過久了當然人就容易懶散，不過這樣也不錯，每天上班打卡就等下班，但是你可別看我懶懶的，我可是時時刻刻在思考人生哲學喔。」宇浩一副哲學家的表情說道。

天龍有時候實在很羨慕宇浩可以如此的浪漫樂觀，或許是因爲一個人吧，還沒有家事的壓力，才能總是這麼瀟灑，突然像想起什麼事一樣，表情突然嚴肅起來，從抽屜拿出一些照片。

「說到這個，其實昨天半夜處長突然打電話給我，說昨天凌晨中西區的一間民宿發生一起離奇命案，死者身上也都沒有任何外傷，現場也沒有任何打鬥與破壞的痕跡，看起來像是自殺，但是也有許多疑點，你看看這些照片。」天龍將照片拿給宇浩並敍述著鑑識小組的報告內容。

「哇靠！龍哥，虧你刑警已經幹那麼久了，這一聽就是自殺，哪裡還需要懷疑呢？拜託一下好不好，處長也眞是的，爲了這種簡單就能判斷的命案就Call我們，簡直是把我們當便利商店，24小時隨時待命啊！」宇浩抱怨的說道，「你該不會……」

「其實我在電話中也是這樣跟處長講，但是處長把死者照片傳給我看的時候，我發現死者額頭出現一個奇怪的符號，覺得這絕對不可能是單純的自殺，雖然死者死的時候，眼神閉上表情自然。」

原本天龍在電話中一聽到夏浩雲的敍述時，跟宇浩是抱著同樣的看法，但是看到照片那一刻，心中不知爲什麼竟會感到發毛，直覺是故佈疑陣的他殺現場。

「哎呀，拿來拿來我看看，你就是喜歡大驚小怪的。」宇浩很不耐煩的說道。

宇浩接過相片後，「咦！這不是八卦中的離卦象嗎？」宇浩心裡一驚：「龍哥，☲這個卦象是八卦中的離卦，先簡單的從符號來看，代表的是女性，不過從照片看起來死者是一位男性。」宇浩再仔細一看。

「難道……」

「沒錯，如你想的是一位變性人，鑑識小組已經證實這名死者雖是男性外表，但實際上是一位女性，你果然知道符號的意思。」

「這下可眞的是有意思了，從死者額頭的符號來看，應該是死後刻上去的，所以他殺機率極高，看來是一樁有計畫的謀殺案呢！」宇浩興奮的說著：「只是兇手是用什麼方法殺害死者呢？」

「這也是我在想的問題，走吧，我們去鑑識組找小趙，看看能不能得到更多訊息。」

「嗯，走吧。」

天龍跟宇浩兩人一起來到了鑑識組，鑑識組裡小趙正在忙著鑑定一些證據，小趙是鑑識組的組員，也是這起命案負責收集資訊的人，同時也是天龍的小粉絲，對天龍隊長是充滿欽佩，甚至有時候都會主動約天龍一起吃飯。

「喂！小趙，關於昨晚中西區民宿的命案，還有沒有什麼新發現？」天龍期待的問著。

「龍哥、宇浩哥你們來啦！說起昨天命案的死者，眞的是很邪門耶，他眼睛的眼皮是被縫起來的，不知道是不是兇手要執行什麼儀式，我看了都覺得痛。」小趙邊說邊做出很痛的表情。

天龍、宇浩兩人互看一眼，因爲天龍並沒有聽說有這回事。

「眼睛被縫起來？昨天處長沒說到這一點，怎麼現在才告訴我們。」天龍有點抱怨的說道。

「龍哥，對不起，我們本來也沒發現的，是今天早上在檢查屍體的時候，我才發現死者眼睛周圍有條透明的細線，之前沒仔細看還眞是沒注意到，結果我順著線的位置往源頭找，才發現竟然是縫著死者眼睛的線頭。」

小趙跟天龍說明的時候，宇浩走近屍體並仔細的看著屍體被縫起來的眼皮，似乎若有所思地想著什麼，他覺得死者怎麼越看越眼熟，突然想起什麼，情緒開始受到影響，不過他還是強忍著情緒用雙手的手指，輕輕按壓死者的眼睛，發現壓下去果然有股空洞感，更是感到一陣鼻酸，發誓一定要抓住這天殺的兇手。

「龍哥，死者的眼睛果然如我所想的一樣。」宇浩強忍著情緒說道。

小趙、天龍兩人同時看向宇浩。

「宇浩哥怎麼了，發現什麼了嗎？」小趙趕緊上前詢問。

「是啊，小浩你發現了什麼嗎？」

「小趙，你們有檢查過死者的眼睛嗎？」宇浩質問著小趙。

「這倒是沒有，宇浩哥怎麼了嗎？怎麼突然這麼問呢？」

「喂喂喂，你們鑑識組人員也太不仔細了，難道不知道死者的眼球已經被挖掉了嗎？」

「什麼！眞的嗎？」小趙聽到後，一副驚訝的表情，瞬間頭皮直發麻。

「小浩，你是怎麼知道死者眼睛被挖走的？」天龍不解的問道。

「是啊，宇浩哥你是怎麼判斷的？」

「我是針對死者額頭上的圖像去判斷的，首先☲是易經卦象中的離火卦，而離卦一陰爻居中，二陽爻在外，爲外剛內柔，代表外硬內軟之性情，有中心向外發展的意思，而離卦所代表的人體部位爲目、心、上焦，假設死者是他殺，而兇手是一位熟悉易經八卦的高手的話，會留下離卦圖象表示想留下一些訊息給警方，加上死者眼睛被刻意縫上，我用手按壓死者眼睛，壓起來是空洞中空感，才大膽推測此論點，另外離卦也代表著南方，數字爲三七等。」

小趙聽完後，也走到死者身邊按壓其眼睛，確實感到中空的感覺，心中不由得佩服宇浩。

「小浩，那這有沒有可能是兇手故意留下錯誤的訊息，引導我們往錯誤的方向呢？」天龍好奇問道。

其實天龍的擔憂也是有道理的，畢竟如果兇手能留下這麼完美的屍體跟現場，又懂得周易八卦，就表示兇手是個相當聰明的人，根據過去辦案的經驗告訴他，有這樣特質的兇手，往往會故意留下擾亂警察辦案的線索。

「嗯，其實也不排斥這種可能，畢竟現在還不清楚兇手的性格及殺人動機。」宇浩附和著。

「小趙，我跟宇浩再去一次案發現場，你這邊有任何進一步消息要馬上通知我們。」

「小趙麻煩你了，同時請你特別留意一下，死者心臟部位有沒有留下什麼線索。」宇浩叮嚀著小趙。

「好的，沒問題。」

天龍跟宇浩離開鑑識組後，兩人開車抵達案發現場，現場已拉起封鎖線不讓閒雜人等與記者進入，天龍走到門口看到門牌地址時，驚訝的叫住宇浩，示意他看一下地址門牌，宇浩轉頭看向天龍指的方向。

「哇靠！這……是巧合嗎？這間民宿的地址竟然剛好是327號。」

宇浩心裡都起雞皮疙瘩了，覺得這案件一定非常棘手，不自覺打了冷顫，突然一位女記者隔著封鎖線叫住了天龍跟宇浩。

「周隊長、帥哥浩，是我曉雯啦。」丁曉雯大聲的呼喊著。

丁曉雯是喬世妃報社的女記者，長相非常火辣而且個性嗆，每次有任何刑事案件總是有辦法第一時間衝到現場，爲了搶得獨家頭條新聞往往會不擇手段，有時候更會故意以扭曲事實的報導，來逼警方出面說明事實眞相，讓人頭痛的女記者。

「唉，怎麼又是她，怎麼每次消息都這麼靈通，總有辦法最早到。」天龍無奈的跟宇浩說著。

其實天龍對丁記者印象實在非常不好，也從沒給過她好臉色，不過畢竟是記者，所以從來不正面跟她有衝突，而宇浩對她也是感到非常頭痛，因爲幾年前曾經亂寫過他們四大名探的案件，當年四大名探的另一位夥伴聖莘還因此跟丁曉雯槓上，四個人裡只有契龔比較會跟她有互動，因爲丁曉雯很懂得怎麼取悅契龔的點，所以契龔認爲丁記者是一位懂得欣賞自己的記者。

「隊長，別這麼小心眼嘛，還這麼在意之前的事啊，我發誓這次絕對不會再亂報導了，多少透漏一些消息給我嘛，讓我回報社能有個交差囉。」丁曉雯隔著封鎖線裝可憐的說著。

「喂，妳是沒有看到我跟龍哥才剛剛到命案現場，都還沒進去是能透漏什麼？」宇浩感到不耐煩的說道。

「宇浩歐爸，那可以拜託你帶我一起進去現場，好不好嘛？」丁曉雯依舊死纏著。

宇浩懶得跟丁曉雯再多說一句話，任憑丁曉雯大聲喊著，天龍跟宇浩頭也不回快速走進民宿裡面，但是一進到案發現場，兩人不敢相信眼前看到的，簡直不像發生過命案，乾淨整潔的像剛打掃過一樣。

「小浩，你怎麼看？現場眞是一點掙扎打鬥的痕跡都沒有，假如是他殺的話，兇手到底是如何殺死死者以及如何反鎖離開現場的？」天龍專注的觀察現場問道。

宇浩看到這麼完美的現場，不曉得爲什麼就是一股莫名的噁心感，更具體地來說，現場彷彿就是一場藝術品的展示會，當下心裡強烈的感受到兇手變態的心理。

「龍哥，這整起事件到現在，我強烈感到非常的不舒服，總覺得我們這次可能眞的遇到棘手的命案了。」

從過去辦案到現在，宇浩從沒有像這次如此強烈的噁心感，莫名的冷顫。

「呦，怎麼回事了，這不像是你會說的話耶，平常不是都很狂妄有自信嗎？怎麼這次才剛開始就這麼滅自己威風啊？」天龍忍不住的酸了一下宇浩。

「可能是因爲死者的額頭有八卦，加上現場簡直完整完美到讓人不自在，讓我整個人感到毛骨悚然，很噁心。」

「小浩，別自己嚇自己了，讓我們先回到科學方式辦案吧，每次都迷信靠卜卦方式辦案，怎麼可能每次都運氣好讓你矇到。」天龍故意虧宇浩。

「喂！龍哥，你這樣講不夠客觀喔，是誰每次只要卡關就要求我來卜個卦指引方向呢？」宇浩不甘示弱的說道。

天龍忍不住向宇浩白了個眼，不過確實每次案情膠著的時候，天龍都會要求宇浩卜個卦協助。

「好啦，趕快看看有沒有什麼線索比較重要啦！」天龍心虛地說著。

雖然宇浩整個人感到噁心不舒服，但是身爲刑警人員，必須表現專業，很快的將情緒調整好面對眼前的景象。

「奇怪，既然這間民宿已經停業很久了，爲什麼現場看起來還是這麼乾淨，一點灰塵都沒有，感覺好像有人固定在打掃似的？」宇浩心裡感到疑惑：「龍哥，會不會民宿並不是第一殺人現場？」

「嗯，我剛好也正在想這個問題，可能性滿高的。」

「不過話說回來，是誰發現報警的？」

「聽處長講好像是隔壁鄰居聽到聲響起來查看，看到有個人躺在床上，覺得怪怪的就報警了。」

「也就是說沒有現場的目擊證人囉？隔壁鄰居也只是覺得空蕩許久的民宿不應該有人，以為是小偷所以才報警，是吧？」宇浩望著隔壁住家說道。

「應該是這樣。」

兩人在現場仔細的搜查將近一個半小時。

「龍哥，有什麼發現沒有？」宇浩有點心急的問著。

「沒有，你呢，有發現到什麼線索嗎？」

「媽的，我也是什麼都沒發現，現場實在太乾淨太完美了。」宇浩氣憤的說道。

「先別急，我們去問問報案的隔壁鄰居，看看有沒有什麼線索？」

其實天龍心裡一直想著，難得看到宇浩一開始就這麼心浮氣躁，看來事情似乎不簡單。

叮咚，兩人來到鄰居門前，丁曉雯見狀也趕緊跑過來湊熱鬧。

「哇靠，妳還沒離開啊，拜託妳趕快離開，別妨礙我們警察辦案好不好！」宇浩不耐煩的表情說著。

他被丁曉雯嚇了一跳，丁曉雯故意對著宇浩扮鬼臉，一副裝可愛模樣，宇浩搖搖頭實在感到很厭煩，天龍也懶得理她，只警告她別再加油添醋亂報導。

「請問有人在嗎？」天龍敲著門問著。

「誰啊？」門內傳來聲音問道。

門開啟了一點縫隙，一位年約40多歲的中年婦女，神情看起來相當緊張。

「大姊您好，我們是刑事組的探員，可否方便打擾您一點時間呢？」天龍客氣的問道。

「唉，有什麼事嗎？如果是要問我關於民宿命案的事，我實在沒有什麼可以說的，住家隔壁出現凶宅已經讓我嚇死了，害得我現在晚上一個人在家都毛毛的。」婦人緊張無奈的說道。

「大姊不好意思，其實我們只是想問問您，認不認識民宿的老闆或是屋主呢？還有這房子是不是有人會固定來打掃。」宇浩趕緊以安撫婦人的語氣問著。

「我們搬來住的時候這間民宿已經閒置很久了，所以也不知道屋主是誰，也不清楚是不是屋主自己在經營民宿或是租給人經營，不過倒是有聽人提過這間民宿的屋主，常常爲了小孩的事很頭痛，聽說也是爲了小孩才搬離開這裡的。」

天龍聽到這，心想這起命案會不會是跟小孩有關聯，趕緊接著問婦人。

「哦？那可以請問您，屋主的小孩是發生什麼事了嗎？」

一旁的宇浩聽到屋主有個令人頭痛的小孩，表情跟著嚴肅起來，低頭不語想仔細聆聽婦人說的話，而丁曉雯則是埋頭寫筆記勤做紀錄。

「說起來屋主也怪可憐的，他有個獨生女，由於老來得女，所以相當寵愛這女兒，但是女兒從小個性就非常陽剛跟叛逆，常常帶不同男人回家，並且到處跟人稱兄道弟，打架偷東西樣樣來，結果鄰居們一直不堪其擾，老父親實在沒辦法只好把女兒帶離開這裡。」婦人表情無奈的敍述著。

宇浩認眞聽婦女說著屋主獨生女的事情，雖然低著頭但是眼神偶爾會稍微斜看婦女的每個表情，問完後兩人便離開婦人家回到案發現場，這時丁曉雯還繼續跟在兩人身邊。

「喂！丁小姐妳該離開囉，別搞得好像我們很熟一樣，等一下讓人誤以爲我們跟記者串通新聞內容。」宇浩不客氣的說道。

說完就把丁曉雯趕走，丁曉雯當然是心不甘情不願離開的，不過她畢竟是死纏爛打的個性，不可能就此打住，因爲在記者多年的敏感度下，使她覺得案情一定不是一般的自殺案件這麼簡單，邊離開心裡邊盤算著，而天龍跟宇浩兩人等丁曉雯遠離後才開始討論案情。

「龍哥，你覺不覺得剛剛那位大姊說起屋主的事情，感覺並不是不認識屋主，反而覺得是相當熟識的樣子。」宇浩皺著眉頭問著天龍。

「嗯！我也有這種感覺。」

「其實我在進去民宿凶宅後，有在裡面快速卜了一個卦，在看到卦象後整個人都打起冷顫來了。」宇浩嘆了口氣緩緩說著。

「哦！是怎樣的一個卦象讓你這麼緊張，整個人都不對勁？」天龍關心的問著。

「你果然還是有察覺到我的情緒。」宇浩苦笑的說著。

「開玩笑，我們一起辦案10年了，我怎麼會看不出來呢，每一次都一副自信吊兒啷噹的樣子，這次竟然這麼容易情緒化，而且才剛剛開始而已，你就已經這麼躁鬱了。」天龍拍拍宇浩的肩膀笑著說道。

宇浩從口袋拿出剛剛現場卜的卦象。

「䷜這是八卦64卦中的29卦，坎爲水，你知道嗎？這可是下下卦啊，也是本宮卦，其卦意簡而言之就是只見影不見蹤，探究終爲一場空，是險上加險的預測卦。」宇浩緊張的說明著：「單看卦象就已經很沉重了，如果再把六親、世、應、六神排上卦，怕也是兇多……對了今天怎麼都沒看到契龔哥跟聖莘？一整天都沒看到他們。」宇浩講到一半突然轉移話題。

「喔！忘了跟你說契龔他今天臨時有事排休假了，至於聖莘好像說今天是十五，所以去聖天宮陳情還是還願之類的，我也不是很懂。」

「唉！契龔哥也真是的，都出大事了還休假，那聖莘有說什麼時候會回到局裡嗎？想說請她去感應現場看看，是否有什麼冤情。」宇浩無奈的說著。

「這她倒是沒說，不然我們就先回局裡去等吧。」

話剛說完，天龍手機剛好響起，一看是鑑識組的小趙來電。

「喂，嗯好，我知道了。」

「誰啊？」宇浩好奇的問道。

「是小趙，說法醫已經鑑定出，死者的死亡時間是在凌晨12點半。」

「是嗎？」宇浩心裡想著，這不正好發生在子時嗎？

兩人回到局裡沒多久，四大名探的另一名探員鄭聖莘從宮廟回來了，鄭聖莘是四大名探中唯一的女性，一米七的身高，身材曲線相當姣好，非常有女人味的女人，不過個性相當直，屬於有話直言的人，而聖莘從小就屬於敏感體質，常常可以感受到一些靈界的訊息，所以從小容易被人排擠，因此聖莘自幼就相當獨立，不服輸的性格也讓她像個男人。不過雖然如此，還是有不少男性的追求者，宇浩常常笑她是男人婆，不溫柔點會嫁不出去，她跟宇浩兩人也常常鬥嘴，但宇浩心裡其實是偷偷喜歡著聖莘只是不敢讓她知道，而聖莘對宇浩也是有相當的好感。

「咦，兩位今天竟然都沒出去摸魚，這麼乖都待在辦公室裡啊？」

聖莘回到局裡已經是下午三點多了，看見天龍跟宇浩都在辦公室裡免不了調侃一下。

「妳回來啦，我們正好有事想找妳幫忙呢。」天龍看著聖莘說道。

「我說聖莘啊，這麼晚才回來，是不是偷偷約完會才回來啊。」

宇浩看到聖莘心裡不自覺的就感開心，雖然內心對聖莘非常愛慕，不過卻常常喜歡故意開她玩笑。

「黃宇浩，我看你是活膩了是吧，竟敢這樣跟我說話，我看你印堂發黑，小心最近有禍事臨頭囉。」聖莘比出一個槍型的手勢對著宇浩。

其實聖莘心裡非常喜歡宇浩，只是內心對男人總有些顧忌跟陰影，因爲念書的時候她曾經碰過瘋狂的男性追求者，當時覺得對方很有誠意所以答應交往，結果後來才發現對方是偏執的控制狂，當她提出結束關係時，卻被對方威脅，甚至以自殘方式求她別走，搞到她必須逃離臺灣幾年，讓對方找不到才順利擺脫掉瘋狂男的糾纏，經過那次的經驗後，聖莘幾乎不敢再輕易的放開心跟男人交往。

「哇，一開口就沒好話，妳要知道男人都喜歡說話有內涵，個性溫柔文靜的女人喔，像妳這種男性賀爾蒙過多的女人，當心嫁不出去呦。」宇浩故意刺激著聖莘。

「靠，黃宇浩你才娶不到女人啦。」

兩人一來一往的神情跟對話，根本就是在打情罵俏，看得周天龍快受不了了。

「好了啦，你們兩位是怎樣，故意在我面前曬什麼恩愛啊。」

「不好意思龍哥，你找我有什麼事嗎？」聖莘跟龍哥比了一個sorry的手勢。

「昨天凌晨發生了一起離奇的命案，死者是一位變性人而且眼睛被兇手縫起來，我們還發現死者眼珠被挖掉了，早上我跟宇浩到命案現場看，也找不到任何線索，宇浩也在現場卜出了下下卦，所以想說是不是可以請妳去現場感應一下。」

「哇，連宇浩都頭痛啊，看起來是一件相當棘手的案子喔！」聖莘看向宇浩說道：

「宇浩，可以給我看一下你卜的卦象嗎？」

「在這裡䷜。」

「哎呀，果然是下下卦啊，眞的是很不好。」

其實聖莘曾經研究過周易，所以對易經八卦也略懂一些。

「龍哥，那我們什麼時候出發去現場呢？」聖莘轉身問著天龍。

「小浩你覺得呢？」

「我想我們明天早上再過去好了，現在時間也有點晚了，而且我等等還跟人有約。」

宇浩說這段話時，眼神似乎沒有聚焦感，整個人恍惚無神，過一會兒宇浩就先離開辦公室了，離開前順便打了通電話跟對方約碰面地點。

「龍哥，你們今天在現場是不是有發生什麼事？宇浩今天看起來怪怪的。」聖莘發現宇浩怪怪的，忍不住問了天龍。

「其實小浩從今天到案發現場後，整個人都心浮氣躁，說眞的我也不知道爲什麼他會這樣，一下子恍神發呆，一下子心浮氣躁，整個人像是失去判斷力一般的無助。」天龍一臉擔心的說著。

「龍哥，我們最近可能要多注意一下宇浩，因爲我剛剛說他印堂發黑是眞的。」

「什麼！妳剛剛不是在開玩笑的嗎？」天龍相當錯愕。

「不，我是說認眞的。」聖莘憂心地說著。

「好！最近可能得多注意一下這小子了，喔對了，差點忘了跟妳說一件事，今天案發現場，我們看到丁曉雯也在現場呢。」

「唅，那個該死的記者又來了。」

「嗯，所以要小心她又要亂挖新聞報導了。」

「看樣子她是忘了我是不是？只要她敢再亂寫新聞，我一定告死她。」聖莘氣憤地說著。

聖莘一聽到丁曉雯的名字整個人就爆炸了，當年丁曉雯爲了搶頭條新聞，把一樁刑案報導說成宇浩收受犯罪首腦的賄賂，用周易八卦洩漏天機協助犯人躲過追緝。但是當時的實情是，宇浩已經卜卦追查到犯罪首腦與菲律賓毒梟的交易地點，結果警局裡的弟兄知道地點後，竟然跑去通風報信，對方事後給警局的弟兄金錢酬謝，順勢就栽贓給宇浩。丁曉雯在沒有求證下，憑著片段的言論就亂報導，造成四大名探受到極大的質疑與社會大眾的唾棄，讓整個警界承受極大的負面批評跟輿論，聖莘為此槓上丁曉雯。

晚上八點，宇浩來到約好的地點，參貳柒餐廳。

「宇浩，你來啦！」L親切的問著宇浩。

「老師，不好意思讓你久等了。」

原來宇浩是跟L約見面，而L就是教宇浩周易八卦的老師，每次只要宇浩碰到案情膠著的時候都會來請教，他自己對老師L相當崇拜，而L除了易經外，奇門、六壬也研究得相當透徹，並且也會多次協助過宇浩在辦案過程中所碰到的難題，可以說是預測精準、料事如神的高手。

「好久不見最近好嗎？」L關心的問著。

「唉！果然還是被老師您說中了，總有一天我會碰到同門的高手所犯的案子。」

「哦？是什麼原因讓你會覺得這次是同門的人犯案呢？」L好奇的問。

「其實我也說不上來，就一個感覺，而且這次還是我認識的人被殺害，不知道是不是我想太多，總覺得這次兇手好像是故意衝著我來的，故意殺我認識但多年沒聯絡的好友。」

原來這次死者是宇浩自己多年失聯的好友，難怪在看到屍體後，整個人心浮氣躁，不過L似乎並不驚訝聽到這個消息。

「宇浩，從以前你的悟性就比同門師兄弟高，但就總是耍小聰明，都不肯好好靜下心來學習八卦、奇門跟六壬，實在浪費了你的天賦啊。」L無奈地說著。

「老師，我當初就只是興趣而已，真的實在沒有想過鑽研什麼命理學的。」宇浩不服氣地回嘴。

「但你不也靠易經八卦破解了不少奇案，難道你還不知道，你就是注定要走這條路嗎？」

「老師，我今天來只是想跟您請教一些事，不是來聽您說教的啦。」

「唉，你每次都這樣，只要談到這個就閃避問題，真拿你沒辦法，只能說恨鐵不成鋼啊。」L沒好氣的說著。

「沒有這麼嚴重啦，反正我還有老師可以指導啊。」

宇浩一臉賴皮的模樣讓L相當失望，畢竟宇浩一直是他教過的學生裡，是最有天分的一位，加上本身職業又是刑警，L非常期待宇浩可以承接自己在玄學領域的所有技能，無奈宇浩一直興趣不高。

「好啦，想問什麼趕快問吧。」L試著轉移話題。

「來之前在電話裡有大概跟老師說明，死者眼睛被縫住還有現場的一些現象，這是不是跟一些宗教的儀式有關聯呢？」

在說話的同時，L眼神一直盯著宇浩看，其實說眞的，他並不是很喜歡L每次看自己的眼神，因爲總有一種曖昧感，這讓他常常感到不自在，所以有時候會刻意不要太常找L，除非實在不得已才會來請教，不過宇浩只是告訴自己，老師應該只是特別關愛他而已。

「縫眼睛我倒不知道跟宗教儀式有什麼關聯，應該可能只是兇手自己的癖好罷了，反倒是現場保持那麼乾淨與完整，比較引起我的注意，究竟兇手是怎麼殺害死者，又如何將現場清理到這麼一絲不漏呢？」L回想著照片說道。

「所以我推斷，民宿應該不是案發第一現場。」

「嗯，判斷的很好，那裡確實不是案發第一現場。」L肯定的說著。

「喔，老師你光看照片就那麼肯定，民宿不是案發第一現場啊？」

L微笑不發一語。

「只是我實在不知道，兇手動機到底是什麼，爲什麼要對一個心地善良的人下這種毒手？爲什麼是小揚？我發誓非得找到兇手，爲小揚報仇。」宇浩激動的說著。

小揚是死者的小名，同時她也是宇浩失聯多年的好朋友。

「宇浩你怎麼又來了，我不是常常告誡你辦案的時候要保持冷靜，否則容易被犯人牽著走嗎？」L提醒著宇浩。

「老師你不懂，小揚是我以前大學的死黨跟好兄弟，今天我已經盡量強忍著情緒了，我非得要兇手血債血償。」

也難怪宇浩說得如此激動，因爲當年是自己選擇離開小揚的，沒想到失聯了這麼多年，再看到已經是冰冷的遺體了，看著自己好友的屍體，心中不免覺得愧疚。

「宇浩，在你抵達之前我已經用奇門術排了九宮盤，盤面訊息提到，接下來你可以往民宿朝東的死門方向追查線索，應該會有所進展，而且切記別往東南方去，因爲杜門將會讓你陷入險地喔。」

L看著宇浩自責的神情，趕緊讓他轉換心境，也因爲實在太了解他的個性，不願意多聽聽別人的建議，容易一意孤行，所以再三叮嚀別往民宿東南方。

「好，老師我知道了，今天眞的很謝謝你，那我先離開了。」

宇浩說完起身離開餐廳，L看著他離開時的背影，心中總還是覺得不安。

隔天，天龍、宇浩、聖莘三人一早就到命案現場。

「聖莘，如何？現場有什麼感應嗎？」宇浩有點急躁的問著。

聖莘感受到宇浩此刻的心浮氣躁，不過畢竟還是得用自己的節奏，盡量不讓自己受宇浩的影響，不過現場實在不像發生過命案，而且乾淨到一絲不漏。

「現場很乾淨，而且也沒有任何特別的感應。」聖莘失望說著。

「難道一點感應都沒有？」天龍有點無奈的問著。

「嗯！眞的都沒有什麼特別的感受，但是奇怪的是，現在現場有些感傷的氛圍，不過卻感受不到一點怨氣。」

宇浩聽到後有點吃驚，因爲現在的他，確實內心是充滿感傷的，正想開口問聖莘事情時，天龍的手機剛好響起，天龍一看，是鑑識組小趙的電話號碼。

「喂！什麼？好！我知道了。」天龍表情凝重地掛上電話。

「龍哥怎麼了？」宇浩緊張的關切著。

「是小趙來電，說東區又有類似的命案發生了，就在東廣國小學校附近的學生宿舍裡，要我們現在趕過去，只是……」天龍話沒說出口心裡卻納悶著：「小趙的聲音怎麼聽起來怪怪的。」

「龍哥，只是什麼呢？」聖莘疑惑的問著天龍。

「沒什麼，我們現在先趕過去東區。」

天龍沒時間理會心中的納悶了，現在東區又有命案發生，他必須先趕緊過去協助了解跟處理。

「什麼，東區！」宇浩心裡大喊。

由於東區正好是位於民宿的東南方向，他不禁想到昨天老師才提醒自己，別往東南方向去，怎麼就這麼巧，這起命案就發生在東南方的東區，難道老師昨天已經算到這一步了嗎？還在想著該怎麼辦時，天龍已經走出民宿外。

「小浩、聖莘，快！我們現在趕快過去東區命案現場，民宿感應的事先暫停了。」天龍催促著大夥出發。

「可……可是，唉，算了，我們趕緊出發吧。」宇浩無奈的說著。

三人馬上出發前往東區的案發現場，到了東區現場時發現夏浩雲人也在現場。

「怎麼回事，處長怎麼連你也來了？」天龍心中有股不祥預感。

「嗯，我一接到通知就馬上趕來了，想說你們應該也會來現場，所以就過來了解一下。」

夏浩雲神情凝重，說話時眼神難掩不捨與難過，並且語帶保留，天龍心頭一陣緊覺得不對勁。

「怎麼了，發生什麼事了嗎？」天龍有點緊張的問著夏浩雲。

「你們先進去看看吧。」夏浩雲嘆了一口氣說道。

宇浩聽到這，不等天龍回神，一個箭步衝進去屋內。

「媽的，眞是見鬼了！」宇浩忍不住大叫。

宇浩會如此，是因爲現場又是一模一樣的狀態，如此的完整、乾淨，不一樣的是，這次死者是靜靜地坐在椅子上，姿態呈現沉思的模樣，宇浩趕緊看一下手錶，時間是下午1點半，此時聖莘也來到宇浩的身旁，看到現場的環境也同樣感到相當驚訝。

「怎麼會這樣？」聖莘有點顫抖的語氣說道。

「小浩！趕緊看一下死者身上有沒有留下什麼線索，別發楞。」天龍急促的喊著。

「喔，好。」

宇浩回過神來，趕緊檢查屍體的身上有沒有什麼傷口或是任何線索，結果發現，死者雙手的手背上分別刻上「勾」字與☴卦象，接著再仔細看一下死者的臉時，他整個人被嚇得倒抽一口氣，並且往後退了一步。

「靠！龍哥你快過來看，這不是小趙嗎？」宇浩驚訝地大叫著。

「什麼！」天龍大吃一驚。

由於剛剛死者是呈現低頭的狀態，所以三人一時沒注意到死者的樣貌，聽到宇浩說死者是小趙，天龍跟聖莘兩人趕緊走上前去看仔細，果眞是小趙。

「這怎麼可能呢？小趙不才剛剛打電話通知我說東區發生命案嗎？」

天龍簡直不敢相信自己看到的，如果死者眞的是小趙，那不就是死人打電話給他嗎？他趕緊把電話拿出來仔細查看，再三確認剛剛來電的確實是小趙的電話號碼，難道是兇手用小趙的電話打來的？

「宇浩，小趙手背上的字跟卦象是什麼意思？」聖莘趕緊詢問宇浩。

「以易經卦象來解讀的話，勾字很有可能是指六神獸裡的勾陳，而☴是八卦裡的巽卦，五行是屬木，代表風，方位代表東南向，而在人體的部位爲股、氣、風疾等。」宇浩專注的解說著。

「龍哥……龍哥……」聖莘大聲的喊著天龍。

「啊，聖莘，不好意思妳說什麼？」

天龍無神的回答，整個人還沒完全從驚訝中回神，因爲他一直還想不透這到底是怎麼回事？

「我是想問，你有確定剛剛是小趙打來的嗎？」聖莘疑惑的問。

「我確定是小趙沒錯！」天龍肯定的說著：「你們看。」

天龍拿出手機讓宇浩跟聖莘看通話紀錄，來電顯示確實是小趙沒錯。

「龍哥那我們問一下處長，看看法醫是否有確認過小趙的死亡時間了。」聖莘冷靜的說道。

「媽的。」

宇浩突然大叫一聲，天龍跟聖莘兩人同時被宇浩這突如其來的反應嚇了一跳。

「浩，怎麼啦？」聖莘緊張的問著。

「這個兇手簡直是囂張，竟敢用卦象來對我們下戰帖，他媽的，我絕對不會放過他。」

「兇手留了什麼訊息讓你這麼激動？」天龍好奇的問。

「我剛剛試著把上次的卦象與這次的卦象組成一個複卦，結果是64卦中的第50卦，䷱火風鼎，而鼎卦是屬於一個象形卦，下卦初六象徵鼎足，九二、九三及九四爲三個陽爻，這象徵鼎腹，而六五象徵鼎耳，上九象徵舉鼎用的鼎鉉。就上下來看，卦象爲木上有火，以薪柴燒火煮物，烹飪之象。表面上看起來是吉卦，但暗地裡兇手是在譏笑我們辦案的能力已經過時了，而現在才是好戲的開始。另外若是37卦䷤風火家人卦，而家人卦顧名思義是家中之人的意思，講的是齊家之道，女人若是夠賢慧，那麼治家就有其道，則男人便可以安心努力的在外奮鬥打拼，所以才有儒家的齊家、治國、平天下的名言，《彖傳》則說：『家人，女正位於內，男正位於外，男女若皆得正位，則爲天地之大義也。』龍哥你應該還記得吧，上一位死者剛好就是看不出眞實的性向，所以我判斷，兇手大概認爲國之將亡必有亂象，而這種男不男女不女對兇手來說就是亂象，因此兇手覺得自己是在替天行道，準備把國家一切導入正向，看來這個兇手是個非常自我，而且相當有自信的人，眞是他媽的夠囂張。」宇浩氣憤的說道。

「小浩，如果依照這個邏輯來判斷，兇手的對象可能都會專挑性向不明的人或是同性相戀者下手囉。」

「嗯，若以目前的邏輯推判，很有可能是如此。」宇浩附和著。

「兩位，我想我先去了解一下死者的死亡時間。」聖莘打斷宇浩的猜測說道。

就在聖莘準備要去詢問小趙的死亡時間時，夏浩雲這時走進來跟他們三位說，法醫研判的死亡時間。

「根據法醫的判斷，小趙的死亡時間是在凌晨12點半。」夏浩雲難過的說著。

「又是子時！」宇浩內心驚訝的喊著。

「龍哥，子時是一天的交替時辰，也是能量場最大的時間，這兩次都是挑在子時犯案，是兇手正在進行什麼儀式嗎？」宇浩不解的說著。

天龍沉默不語，三人同時感到這兩起案件除了詭異外，都相信這絕對是同一個兇手的所爲，那到底兇手的動機是什麼，會不會只是一個有精神疾病，自以爲是救世主的瘋狂殺人魔呢？

沒過多久記者丁曉雯也同樣趕到現場，不過她只能站在警方的封鎖線外面靜靜觀察，她發現夏處長的車也停在案發現場附近，心想是什麼事這麼嚴重，驚動到連處長都出動了，直覺這次的命案絕對跟上一次的自殺案件絕對有關聯，決定直接找現場的員警問個清楚。

「喂！阿Sir，什麼事情這麼嚴重，連夏處長都來了啊？」丁曉雯問著封鎖線附近的員警。

「這我也不知道啊，只聽說命案現場跟上一次中西區的民宿一樣，完全沒有打鬥痕跡，死者身上也是一點傷都沒有，我看這次八成又是自殺吧，不過剛剛聽弟兄們說，這次的死者好像是我們警方自己人，可能是這樣，所以處長才來吧。」

丁曉雯聽到這裡，心想，哇！這也太勁爆了吧，沒想到這次的死者是警方自己人耶，這下可不得了了，有好題材可以好好發揮了！她開始在腦海裡想像一切的情境，是因爲欠錢被債主逼死，還是畏罪自殺呢？又或者是被道上兄弟仇殺呢？自己喃喃自語興奮的在編劇情。

另外四大名探之一的應契襲在休假處理完私事後，聽到東區發生離奇命案，也趕來現場了，他遠遠就看到丁曉雯在喃喃自語不知道在說什麼。

「哎呀，我說這不是曉雯嗎？還是一樣這麼拚啊。」契襲笑著說道。

「哇！契襲哥好久不見，怎麼現在才來啊，上次怎麼沒看到你勒，跑去哪裡混啦。」

四大名探裡只有契龔對她最友善，當然也是最好套話的人，丁曉雯看到契龔非常開心，順便虧了一下他。

「媽啦，最好我是會鬼混的人，我是休假好嗎。」契龔有點不悅的語氣。

「哈哈哈，人家跟你開個玩笑嘛。」丁曉雯趕緊圓場一下：「對了，契龔哥，聽說這次的死者是警局自己人，是不是眞的啊？」

「嗯，有聽說這次的死者是鑑識組的人，我也感到相當驚訝，所以才會一收假就馬上趕來這裡，先不聊了，我先進去裡面看看狀況囉。」

「契龔哥哥，那等等出來記得透露點消息給小妹我做獨家報導喔。」丁曉雯撒嬌的說著。

「哎呀，眞受不了妳，好啦好啦。」契龔表情無奈說著。

「哇！謝謝契龔哥，我就知道契龔哥對我最好了。」

「喂！我先說好了喔，不准說是我告訴妳的，也不可以亂寫亂報導喔，知道嗎？」契龔稍微提醒的說著。

「嗯嗯，我知道我知道，快，你快進去了解看看。」丁曉雯一副興奮等不及的表情。

契龔走進屋裡看到現場感到相當驚訝，竟然如此乾淨整潔，完全不像發生過命案，並看到天龍、宇浩、聖莘還有夏浩雲都在。

「喂！你們都在啊。」契龔跟大夥打招呼。

「唉喲，契龔你不是休假嗎？怎麼，聞到犯罪氣息提早回來啦。」天龍笑著說道。

「對啊，契龔哥你總算捨得回來啦。」宇浩忍不住虧了契龔。

「呵呵，兩位別再虧我啦，其實是處長打電話給我，說出大事了，叫我事情辦好，趕快提前歸隊回來協助囉。」

「太好了，契龔哥回來我們就多一分力量囉。」聖莘興奮的說著。

契龔的歸隊，瞬間讓四大名探整個團隊氛圍穩定了不少。

「我聽天龍隊長說這次案件似乎相當棘手，所以我拜託老江湖契龔兄早點回來，畢竟你們四位是刑事組的四大名探，現在連鑑識組的小趙都被殺害了，自家弟兄被殺，這我可不能忍受，這邊我會再派人協助此專案的訊息搜集整理給你們，就有勞四位一定要把兇手給抓到，絕不能讓小趙白死。」夏浩雲激動的說著。

「處長，交給我們吧！」天龍充滿信心的說道：「宇浩、契龔、聖莘，這次這兩起命案，若從現場判斷應該是同一個兇手所為，而且兩名死者的死亡時間，經過法醫推判都是在凌晨12點多，宇浩提醒了我凌晨12點多是子時，也是能量場最大的時段，所以他懷疑兇手有可能是藉由殺人在執行某種儀式，我們這次的對手不簡單，但是我相信邪不勝正，讓我們四大名探再次將兇手繩之以法吧。」

—第二章—

殺人測驗！

四人回到永康的辦公室裡，首先他們必須要先釐清一些事情，到底兇手的動機是什麼，還有兇手是不是在執行什麼儀式？另外天龍接到小趙的電話到底是誰打的？兇手嗎？還是只是一個被指使的傀儡？而小趙死前發生什麼事？這些都有待他們去解開。

「龍哥，昨天晚上你有跟小趙通過電話嗎？」聖莘關心的問著。

「沒有，我昨天一直都在家裡思考著到底兇手的殺人動機是什麼？也沒有出門或聯絡任何人。」

「浩，你呢？」

「我也沒也耶，昨天晚上我去找朋友。」

「我聽處長說小趙是原本負責資訊搜集的人力是嗎？」契龔問道。

「嗯，只是真的不懂怎麼前一刻電話通知我，下一秒就成了死者，若從死亡時間推判，打電話給我的人就絕對不是小趙，而是兇手親自打電話通知我們的。」天龍說道。

「我想就是兇手打來的，只是為什麼兇手會找上小趙呢？」

宇浩感到相當疑惑，因爲之前才從兇手留下的訊息中，判斷兇手是專挑一些性向不明的人下手，如今連小趙都受到殺害，難道這個推判錯了？

「其實昨天晚上我是有接到一通未顯示來電的奇怪電話，對方不講話只有啜泣的哭聲，我認爲是惡作劇，所以就直接把電話掛斷。」

其實天龍一聽到哭聲就知道是小趙，只是他刻意避開一些敏感尷尬的話題，因爲就在第一起命案的當晚，天龍跟小趙便起了一些爭執，因爲是私人問題，所以天龍選擇輕描帶過，而昨晚電話裡小趙沒說話只是一直啜泣著，他當下覺得，這樣的氛圍下也無法好好跟小趙溝通，所以就直接掛電話，沒想到隔天就發生噩耗，因此天龍內心也相當的自責。

「眞的嗎？是什麼時間？」宇浩好奇的問著。

「大概是晚上11點半左右吧。」

「天龍，依你的個性，即使沒有來電顯示，你應該也會查發話地點吧。」契龔用試探的語氣說著。

「嗯，老龔你可眞了解我啊，我確實查了發話地點，結果剛好就是在東區案發現場附近。」

三人聽到都愣住。

「這麼巧。」契龔驚訝的說著。

「浩，你怎麼看呢？」聖莘好奇的問著。

「坦白說，我現在還有點摸不著頭緒，因爲我一直想，兇手到底在想什麼？他到底爲什麼要做這些事？還有爲什麼要主動留下八卦圖象告訴我們訊息，這表示兇手一定也懂周易八卦，並且也知道我們當中有人懂易經八卦，又或者兇手是故意要挑戰我們四大名探，如果是這樣，那這挑釁意味也太濃了吧。」

「小浩啊！這些年我們確實樹立了不少敵人呢，加上你又善用易經八卦破案，搞的每個人都認爲我們根本就是刑事組外包的道士團呢，哈哈哈。」契龔自嘲的說著。

宇浩給契龔擺了個白眼，不過他覺得契龔老爹說的也沒錯，這幾年四大名探確實樹立了不少敵人，加上自己也常上節目分享辦案經驗跟訪談，結果意外成爲不少人的偶像，甚至還帶動學習易經八卦的流行風。

此時契龔的手機突然響起，看了一下是丁曉雯來電，契龔刻意走出辦公室接電話。

「喂，曉雯啊，什麼事？我正在開會呢。」

「契龔哥哥，你不是說要透漏一些訊息給我嗎？我等了一晚上都沒等到你的電話，你在搞什麼嘛，人家都幫你保留最棒的版面了，準備要好好報導你神氣辦案的樣子了。」

「哎呀，妳別急嘛，目前就還沒有進展跟頭緒啊，先把版面留給我就對了，我有什麼消息就會立刻跟妳講好不好，先這樣囉，掰掰。」契龔急著掛上電話。

「齁，這個死契龔，眞的是有夠不可靠的，不行，我得自己去一趟警局主動找他問比較保險點。」

丁曉雯掛上電話就立刻開車前往永康刑事總局，而契龔掛上電話便走回辦公室，他發現天龍臉色非常嚴肅沉重，聖莘也發現天龍一直不說話，表情也一直相當凝重，認為剛剛天龍說話一定有所保留。

「龍哥，怎麼了嗎？」聖莘關心的問道。

「我在想我們四個人，這兩天會不會可能被人監視著，而且我們的私人電話，也可能被洩漏出去甚至被監聽了。」天龍表情凝重的說著。

「嗯，不愧是天龍，會有這樣的敏感度，其實昨天我一回到局裡，知道東區死者是局裡自己人，就開始懷疑這點了，太巧了，死的又剛好是關鍵情報資訊搜集的人，而兇手竟敢就順勢用小趙電話打給我們，似乎像是在警告我們別走錯方向一樣。」契龔嚴肅的說著。

「媽的，所以我才說這兇手實在相當囂張。」宇浩氣憤的說著。

「所以龍哥你的意思是？懷疑有內鬼？」聖莘驚訝的問道。

天龍示意的點點頭，並且不願再多想了，他討厭無法掌握局勢的感覺，認為該主動出擊了。

「小浩，你說過這次的兇手不是簡單人物是吧。」天龍望著窗外問道。
「嗯，沒錯。」
「好，那我們就這麼辦吧，現在分頭去進行，你跟聖莘一起去兩個案發現場裡面，再仔細留意是否有漏掉的關鍵事物。聖莘妳也順便去現場感應看看，我跟契龔去東區同人志酒吧，看看是否有行跡怪異的人，畢竟目前死的兩位，一位是中性人，一位是同志，兇手有可能是從那裡挑選受害者。」天龍快速的說明著。
宇浩、聖莘、契龔三人同時一臉疑惑的看著天龍。
「龍哥，你在說什麼，什麼同志？」宇浩不解的問道。
契龔突然意會過來，忍不住問天龍。
「天龍，難道小趙是……」
「沒錯，小趙是同志。」天龍低著頭說道。
「什麼！真的假的？可是小趙不是已經結婚有老婆了嗎？」宇浩驚訝的說著。
「對啊，而且他跟他老婆不是很恩愛嗎？」契龔附和著。
「其實小趙只是為了讓他的父母放心，做給他父母看的，所以……」天龍無奈的說著。
「等等，龍哥，你是怎麼知道這事的？」

沒等天龍說完宇浩插話問，畢竟這消息實在太讓人不敢置信。

「唉！那是因爲……小趙……跟我告白過。」天龍有點尷尬的說著。

啥！三人簡直不敢相信，同時望向天龍。

「天啊！所以龍哥該不會你也是……那個同……」宇浩驚訝的問道。

「你想哪去了，我是正港男子漢好嗎，我也跟小趙開導過了，他也知道自己不應該跟我說那些話，我請他將心思專心放在工作上，我們會是很好的朋友，其實這次也是我特別請小趙來協助的，因爲他的心思是很細的。」天龍趕緊解釋著。

原來小趙在第一個命案發生的當天晚上，就因爲忌妒天龍跟宇浩可以有那麼好的互動，跟天龍抱怨甚至耍脾氣，天龍發現小趙竟然在爲這種事鬧脾氣，認爲小趙這樣不行，已經影響到工作，於是跟小趙說這案子不用他負責了，小趙當下很激動並哭著說不會再犯了，希望天龍不要換掉自己。

「這就奇怪了，如果兇手在找下手對象是如我們所判斷的原因，那連我們都不知道的事，兇手是如何知道小趙是同性性向的，而且又是在怎樣的機會下手殺害小趙的？」契襲疑惑的問道。

「對啊！龍哥！契襲哥說得有道理耶。」宇浩也疑惑的說道。

「這我怎麼會知道呢？」

了。

天龍回答的很不耐煩，畢竟沒能來得及及時阻止小趙被殺害的事，自己已經相當自責

「好了啦，我們大家先別煩了，一直待在辦公室裡面也不會有答案的，我們現在就照著龍哥說的，趕緊分頭去進行吧。」聖莘趕緊跟大夥提醒著。

天龍交代過後，大夥便開始行動了。

宇浩跟聖莘兩人先來到中西區的民宿，準備再仔細檢查命案現場。

「如何？有沒有什麼感應？」宇浩忍不住問。

「實在沒有什麼特別的感應，加上從現場的狀況看來，眞的一點都不像命案現場，沒有任何破壞也沒有任何哀怨的氣氛，怎麼看都像是剛退房打掃完的普通房間啊。」聖莘有點小小抱怨的說著。

「剛退房？」宇浩喃喃自語中，似乎又想到什麼：「聖莘，走，我們去看看其他的房間。」

說完宇浩就轉身就往其他房間去了。

「宇浩等等我，你是不是想到什麼了？」聖莘趕緊追上前去。

這間民宿是一間五層樓的透天，每層樓兩間房間，命案現場是在一樓的房間，宇浩跟聖莘兩人從一樓開始，一間一間的查看，結果他們發現除了一樓的命案現場外，其餘樓層

的房間就像廢墟一樣，非常髒亂且淩亂不堪。
「果然如我想的一樣。」宇浩若有所思的說著。
「照這樣看來，也就是說兇手要將屍體搬來這裡之前，就已經有先進來打掃整理過了。」聖莘看著宇浩說道。
「嗯，絕對是如此，而且我認爲兇手絕對不是隨機殺人的。」
「浩，這次小趙的事情，你眞的覺得會是有內鬼嗎？」
聖莘一邊找線索一邊忍不住問了宇浩關於內鬼的事。
「其實說眞的我也不知道，我只覺得這次的兇手跟我一樣，是擅長易經卦象，不，應該說功力是比我高的，我還眞是第一次碰到同門的對手。」宇浩有點自嘲的說著。
「你當初跟龍哥問過鄰居後，有沒有發現可疑的地方？」
宇浩快速的將鄰居婦人說的話，重複一次給聖莘聽。
「所以也就是說，附近鄰居都沒有人看到，案發前有人進出過這裡？」
「嗯，可以這麼說。」
這時宇浩的手機突然響起，他拿起來一看是未顯示來電的號碼，納悶這時是誰打電話來，還不顯示電話號碼，原本他是一律不接未顯示來電號碼的電話，不過不知道爲什麼，總覺得這次得接，最後決定還是接接看吧。

「喂！」

電話那頭許久都沒聲音，突然傳來一陣詭異的冷笑聲。

「呵呵呵，辛苦了，民宿有沒有找到什麼進一步的線索啊？」

宇浩仔細聽著電話那頭，是個陌生男子的聲音，不過這聲音一聽就知道是經過變聲器傳出來的，心裡已經猜到是兇手來電了。

「你爲什麼有我的手機號碼，而且怎麼知道我人在民宿現場？」宇浩試著冷靜的說著：「還有你膽子可眞大，敢這麼直接打來，不怕我追蹤。」

「黃大名探，你先不用急著問我問題，我打來只是想提醒你，我不只擅長易經八卦而已，而且到今天都已經過三天了，你們四大名探怎麼還在死胡同裡繞？黃宇浩你要多動動腦啊，不然只會跟著我設的局在走而已，如果這樣，是會讓我相當失望的，知道嗎？」神祕男子調侃的說著。

「你別太囂張了！」宇浩情緒有點激動：「自己莫名其妙殺人，竟還妄想著當救世英雄，你殺了人也絕不會有好下場的。」

「呵呵，那就只能怪你自己能力太弱，來不及救那些要被殺掉的人，我都已經留下記號要引導你了，結果現在竟然還妄想靠個女人做感應，你們四大名探是不是有點名過其實？不過別怪我不給你機會，仔細聽好了，下一個目標在民宿的震雷向，注意五行相剋及節氣時段，順帶一提，下一個可以朝永康諺語去找，諺語我已經拿給妳的女人了，加油，這次別再讓我失望了，哈哈哈。」神祕人諷刺不屑的說著。

神祕人話一說完就掛電話了，而剛剛宇浩也全程開擴音，要讓聖莘也能聽到兇手說的話。

「喂！喂！喂！他媽的，真的是氣死我了，這傢伙簡直把人命當遊戲在玩弄，剛剛講一堆什麼諺語，什麼拿給我的女人，是在講些什麼啊？」宇浩完全失去冷靜地叫著。

「浩，你先別急，冷靜點，兇手他剛剛提到震雷向是什麼意思？會不會是指東邊？」聖莘試著安撫宇浩的情緒。

被聖莘這麼一說，宇浩這才想起老師說過的話，老師不正叫自己記得朝向東邊去查嗎。

「聖莘快，民宿東邊好像就是永康區。」

「可是永康區那麼大，要從哪裡開始找起呢？」聖莘提醒著宇浩。

此時宇浩終於冷靜下來，並開始回想剛剛神祕人電話裡說的每一句話。

「兇手剛剛有提到，朝永康諺語方向去找，到底是什麼意思？」宇浩有點不耐煩的問著。

「永康諺語？」

「嗯，永康諺語，然後還要注意節氣跟五行相剋關係。」

「節氣跟五行相剋，那會不會是……」聖莘疑惑的說道。

「妳有想到什麼嗎？」

「前陣子去宮廟拜拜，在求籤時聽到旁邊有個人一直在講一些我聽不懂的諺語，我感到好奇所以走過去問他，他就寫在紙上唸給我聽。」

「什麼！」宇浩感到驚訝：「難道那個告訴妳諺語的人就是兇手？」

「怎麼說？」

「兇手剛剛有提到，諺語已經拿給我的女人了，原來是這個意思。」

宇浩急著想找到關鍵，沒有意會到剛剛說聖莘是自己的女人。

「兇手在亂講什麼啦，人家才不是你的女人嘛……」聖莘整個臉脹紅害羞的說著，不過又馬上恢復正經說道：「可是我沒仔細看對方的臉耶。」

「沒關係先不管這個了，先把諺語拿出來看看再說吧。」

聖莘趕緊翻一下包包，沒一會兒便在包包裡找到兇手給她的那張紙。

紙上寫著：

四月二十二，買無豆干來作忌。

鹽行、洲仔尾莊昔在臺江內海邊，莊民每於春夏之際，於江邊捕抓白蟶，或入海撈取，收穫甚多。道光元年四月二十二日，莊民入海撈捕，忽然海嘯洶湧而至，淹沒房舍，捕蟶及家居莊民遭海水捲走溺斃者無數，後人每於此日家家祭祀死難先祖，市場上魚肉雞鴨均被買光，甚至連豆腐干也買不到。

「四月二十二日，屬於穀雨節氣，剛好就是現在的當令季節，在五行上屬於木，上面寫著鹽行、州仔尾莊也就是今日的鹽行工業區那一帶，看來我們往那一帶去找應該沒錯。」宇浩看著諺語說道。

宇浩拿出手機看了一下今天的日期。

「今天是18號，算是下半月了，而穀雨算是春季尾，準備進入夏季火令季節，而永康鹽行工業區多以金屬加工業爲主要產業，所以五行上來說屬金，金剋木但是卻又受火剋，這麼看來……」宇浩表情凝重，沉思中突然想到金生：「走，我們往工業區河堤道路邊附近去找。」

在往永康工業區路上，聖莘還是有點擔心的問道。

「小浩，就算我們方向對了，可是受害目標該怎麼找呢？」

「現在管不了那麼多了，我們先過去再說吧。」宇浩心急地說：「順便call龍哥他們一起過去。」

宇浩馬上打電話給天龍，請他跟契龔兩人一起前往永康鹽行工業區的洲仔尾保寧宮會

	主卦 乾為天(金)		變卦 火天大有
勾陳	父母戊土 ———	世	官鬼巳火 ———
朱雀	兄弟申金 ———	動爻	父母未土 — —
青龍	官鬼午火 ———		兄弟酉金 ———
玄武	父母辰土 ———	應	父母辰土 ———
白虎	妻財寅木 ———		妻財寅木 ———
騰蛇	子孫子水 ———		子孫子水 ———

合，宇浩跟聖莘兩人先到保寧宮，等了約30分鐘後，天龍跟契龔兩人也趕到了。

「小浩，你確定下一個受害目標在這一帶嗎？」天龍問道。

「錯不了的。」宇浩自信的說道。

「小浩，那你知道下一個受害者是誰嗎？」契龔表情嚴肅地問道。

聽到契龔這麼問，宇浩內心突然緊張起來，因爲其實他自己也沒有什麼把握，但是目前也只能憑兇手在電話中，所說的那些提示追查，根據兇手提供的線索找到這一帶來，當然他也知道，這樣畢竟還是充滿著許多不確定性風險的。

「契龔哥，對不起，誰是受害者，我目前實在是還沒有明確的頭緒。」宇浩一臉歉意。

「浩，卜個卦吧。」聖莘拍拍宇浩肩膀說著。

「好，我也正有這個打算。」

宇浩排出今天的年月日干支及時支：己亥年（二〇一九）、戊辰月（4）、己丑日（22）、未時，以時空求卦方法卜出主卦爲：乾爲天極陽卦，變卦爲：火天大有卦。

「從主卦的卦意來看，我們要找的人是一位老闆或是主管職務，朝西北方向尋人，不過從變卦來看，此人目前有金錢壓力而且有強烈急迫性，再從日干神獸玄武來看，此人性格狡猾輕浮，似乎有預謀倒債的跡象，卦象顯示有跟同行借錢產生口舌紛爭。」

「老龔，我記得你不是有位朋友自己在創業當老闆，他的工廠不是就在永康鹽行工業區嗎？」天龍急問契龔。

「對齁，靠腰，聽你這麼一提我才想到老江。」

「你問問他，最近是不是有同行的老闆跟他調過錢，或是他最近有跟人調過錢。」

「好，我打給他問問看。」

契龔馬上撥給老江，但是響了很久老江都沒接。

「媽的，這死小子這麼緊急的時候不接電話。」契龔心急的說著。

「龍哥，現在時間相當緊迫，我們還是趕快分頭去問問這一帶的工廠好了。」宇浩提議著。

「嗯，也好。」

四人趕緊各自分頭去詢問這一帶的工廠，時間一分一秒的過去，四個人一家一家工廠的詢問著，直到下午5點半，四個人再次回到剛剛集合的地點。

「怎麼樣，有沒有問到任何訊息？」天龍詢問著大夥。

「媽的，我都快整個工業區問完了，還是沒有任何相關訊息。」契龔喘著大氣說著。

「小浩、聖莘你們呢？」

兩人也都直搖頭，一樣沒有任何進展，突然聖莘的電話響了。

「喂！好！我知道了，謝謝你提供我這麼重要的訊息。」

「聖莘，是誰打來的？」天龍問道。

「是我剛剛最後問的那間鎖螺絲有限公司的工廠廠長來電，說他們老闆下午跟朋友去一趟銀行，明明說很快回來，但是到現在都還沒看到人，打電話過去也都沒人接，本來不以爲意，聽到我在找人，覺得不放心所以打來告訴我。」

「鎖螺絲，好像就是老江的公司啊。」契龔驚訝的說著。

契龔急忙再次撥電話給老江，但是依然是響了很久，不管打幾次老江就是沒接電話。

「聖莘，廠長有沒有說他們老闆什麼時候外出的？」宇浩趕緊問道。

「廠長說大概是下午2點左右。」

「媽的，那時候我們已經在這裡了，卻還是沒來得及找到。」

宇浩感到相當生氣與懊惱，明明都已經預測對了，也都準確找到地方了，卻還是沒來得及找到人。

「小浩，你的意思是，老江很有可能已經……」天龍話說到一半，神色凝重：「聖萍，廠長有提到去哪裡的銀行嗎？」

「有，就在東區發現小趙現場附近的臺灣銀行。」

「什麼，又是東區。」宇浩心裡驚訝地想著，怎麼偏偏都是死門啊。

就在大夥正討論準備前往東區時，天龍的電話響了，未顯示來電號碼的電話，他心頭一驚，有種不妙的預感，趕緊接起電話。

「喂！」

「呵呵呵，你們眞的好可惜啊，就差那麼一點就找到人了，要找的人都從你們面前走過去，你們還是沒發現，不過周隊長你們別慌張，目標現在還活著喔，只是過了子時我就不知道了，哈哈哈。」神祕人說完就掛電話了。

天龍從頭到尾不發一語，保持鎭定的聆聽對方所說的每一句話，甚至是每個字的習慣用語，不讓兇手影響到自己的情緒。

「龍哥，該不會是？」宇浩直覺是兇手打來的。

「嗯，沒錯，是兇手打來的，看來他不只有你的電話，也有我的電話呢。」

「天龍，那他說了什麼？」契龔緊張的問著。

「他說目標有從我們面前經過，我們卻都沒發現。」天龍說的無奈。

「那他有沒有說目標是誰？」契龔害怕聽到目標是老江。

「這倒是沒說，不過他說目標現在還活著，但過了子時他就不保證了。」

「看來這個人似乎準確掌握著我們的行蹤，難道都一直在監視著我們嗎？」聖莘表情驚訝的說著。

「就算是精通易經八卦、六任、奇門遁甲，也不可能這麼精準知道我們在哪，在做什麼的，如果連目標經過我們前面都知道，表示兇手一定在某處監視著我們。」宇浩突然感到相當不悅。

「來這裡他會知道倒也不奇怪，畢竟是他引導我們找來的，往好的方面想，在這裡會被他監視到，表示我們的判斷是對了，但是知道宇浩你在民宿那裡追查訊息，這就讓我感到可怕了，而且照剛剛兇手的意思，可能是會選在子時對目標下手。」天龍冷靜的說著。

「媽的，實在有夠囂張的。」契龔覺得兇手根本是來嘲笑警方的。

「老龔，趕快再連絡你那位朋友，看看是否能聯繫的上。」

「唉，從剛剛連續打了七八通都沒接，也不知道目標是不是就是老江，眞是急死了。」

「看來我們先前往東區的那間臺灣銀行附近看看有沒有線索了。」

「好，我們趕緊去吧。」宇浩附和著。

四人連忙趕到東區臺灣銀行附近，這時已經是接近晚上7點了。

「宇浩你跟銀行保全問一下是不是能調閱下午的監視器畫面，聖莘妳去問一下附近鄰居，看看下午有沒有看到可疑的人或是有什麼奇怪的事發生，順便打電話給廠長，看他們聯絡上老闆沒，老龔你跟我去巷子裡的talking bar問問，快！我們把握時間。」天龍分派一下任務，四人趕緊分頭進行。

「保全大哥，我是刑事組的探員，可以請你幫我調閱一下銀行下午大約2點到3點半的畫面嗎？我正在追一位可疑的嫌疑犯。」

「哎呀，探員，真的很抱歉，就這麼巧，今天下午銀行大停電，整個行裡亂七八糟的，被客人罵翻了。」保全無奈的說著。

「怎麼會突然停電呢？常常發生嗎？」

「探員您愛說笑，銀行怎麼可能會常停電，那損失可是很難計算的，我們這裡從來就沒有停電過，今天也不知道怎麼搞的，停電就算了，還停了將近快1個半小時，搞的現場亂七八糟的，罵聲連連，其中還有一位客人不但大罵，還嗆說如果來不及匯款項害他跳票，要我們賠呢。」

「那你有印象那個人的長相或特徵嗎？」

「大概就170公分左右，中等身材的中年人，我好像有聽到行員叫他江老闆。」

宇浩心想，那應該有可能就是契龔哥的好友老江了

「那有印象他辦完離開銀行後，從哪邊走嗎？」

「印象中好像是往永康的方向去了。」

「好的，大哥，眞的很感謝您。」宇浩禮貌的說道。

另一邊，天龍跟契龔走進talking bar後，發現竟然一個客人都沒有。

「老龔，你不覺得奇怪嗎？這個時間點怎麼一個人都沒有？」天龍疑惑的說道。

「對啊，照理講，現在這個時間點，再怎麼樣也多多少少有人才對啊。」契龔同樣感到納悶。

這時酒保走過來招呼天龍跟契龔。

「兩位要來點什麼嗎？」

「酒保兄，請問今天下午有沒有一位170公分左右，中等身材的中年人來消費過？」契龔問道。

「不好意思，今天下午我們這一區停電，所以我們下午就暫時歇業休息，並沒有任何人進來。」

「這樣啊，所以今天下午你們這裡整個地區都停電啊？」契龔好奇的問著。

「嗯，而且還停滿久的。」酒保有點小小的抱怨。

「酒保兄，不好意思再請問一下，您有印象幾點停到幾點嗎？」天龍試探性問著。

「我記得好像是1點半停到快3點的樣子吧。」

天龍跟契龔兩人互看了一眼，心裡似乎有了共識。

「好的，非常感謝您，那我們就先離開不打擾您做生意了。」天龍邊客氣說著，邊起身準備離開。

「不會不會，不過兩位要離開了嗎，不坐下來喝個什麼酒之類的嗎？我調的酒很不錯喝喔。」

「改天一定，但是今天時間上比較趕點，下次再來好好品嘗一下。」契龔客氣的點了點頭。

「好吧，那兩位慢走喔。」酒保笑著目送兩人離開。

同一時間聖莘走進一間樂透彩券行。

「老闆，抱歉打擾您一下，請問今天下午有沒有一位170公分左右的中年男子進來買彩券？」

「小姐啊，妳這樣問我是要怎麼回答妳啊？我這邊每天都一堆人來買彩券，我怎麼會知道妳是在說誰啊？」老闆苦笑著說。

聖莘情急下就決定順口說出江老闆，想賭賭看彩券老闆跟老江是否有認識。
「喔，抱歉我是問，下午江老闆有沒有來買彩券？」
「哦，妳說老江啊，他每回去銀行後都一定會來買彩券，他今天應該沒去銀行，不然應該會來買才對。」
「所以今天江老闆沒有來囉？」
「對啊。」老闆肯定的說道。
「嗯，老闆謝謝您，祝您生意興隆喔。」答謝過後，聖莘便匆匆離開。
大約一個小時後，四人在附近商店裡頭碰面討論。
「小浩、聖莘如何，你們有問到什麼嗎？」天龍問道。
「龍哥，保全說今天下午這一區大停電，所以沒有監視器保存的資料畫面，但是說到銀行今天下午有個客人非常暴躁，聽他形容的特徵應該就是老江了。」宇浩趕緊跟天龍說明著。
「等一下，所以說老江今天下午是有到過銀行？」聖莘聽完宇浩說的話，驚訝的問著宇浩。
「我是從聽保全大哥形容的特徵來判斷的，而且出了銀行後就往永康方向去了，所以才認爲那個人應該就是老江，往永康應該是要回公司。」宇浩解釋是自己的判斷。

「聖莘，怎麼了嗎？」看著聖莘疑惑的表情，天龍忍不住問聖莘。

「其實我剛剛有問到一間彩券行的老闆，他剛好認識老江，跟我說老江每次去銀行結束後，都會去他的彩券行買彩券，可是他說今天老江並沒去買彩券，所以我以為老江應該今天沒去銀行。」

「對對對，買彩券是老江的習慣，他野心大也好賭呢。」契龔聽到彩券行，連忙說道。

「也就是說，假設保全沒說錯，宇浩判斷的也對，表示老江出了銀行後應該就被劫走了，而且也應該是往彩券行的路上被劫的。」天龍將訊息一一連接起來。

「龍哥，我剛剛有去調閱所有路口的監視器畫面了，有看到疑似老江的人，確實往彩券行的方向去，但是過了路口後卻突然轉進小巷子裡。」宇浩趕緊補上這重要的訊息。

「小浩給我看看，沒錯，這個人就是老江！」契龔興奮的說著：「我看一下他轉進去哪條巷子？好像是富農街133巷去了。」

天龍、宇浩、聖莘聽到後三人同時感到驚訝。

「幹嘛，妳們三人怎麼啦？」

「走，我們趕快過去。」天龍聽到是富農街133巷，整個神情緊張起來。

「怎麼了，怎麼了，你們急什麼啊？」契龔疑惑怎麼大夥反應這麼大。

「契龔哥，小趙陳屍的地點，就是在富農街133巷裡的一間學生宿舍，你沒有印象了嗎？」宇浩表情嚴肅的說道。

契龔聽完宇浩一說，跟著也緊張起來了，也不多問，跟著他們連忙趕到發現小趙陳屍的學生宿舍，現場依然還是圍著封鎖線。

「龍哥，你看門好像有被打開過的跡象。」宇浩手指大門說著。

「等等……」聖莘臉色有點發白：「我覺得頭非常暈眩，這裡面應該有不乾淨的東西。」整個人幾乎就快站不住了。

「老龔我們兩人進去，宇浩你陪著聖莘，順便留意附近有沒有可疑的人。」天龍趕緊交代一下，便跟契龔進入屋內。

「喂喂喂！龍哥你們等一下啊。」

不管宇浩的呼喊，天龍跟契龔已經衝進屋內了。

「唉！」宇浩無奈的嘆口氣：「聖莘妳怎麼樣了，要不要緊？」

宇浩試著讓聖莘坐下休息，可是發現不管他怎麼叫聖莘，她都沒有回應，宇浩開始慌張了，因爲聖莘現在整個人，似乎完全沒有任何反應，而且體溫也偏低。

「聖莘，聖莘！」宇浩看到聖莘如此，邊搖她的身體邊叫她：「有沒有聽到我的聲音？」

宇浩簡直快急死了，而天龍跟契龔這時還在屋內找尋線索。

「老龔我去二樓看看，一樓交給你。」天龍吩咐著。

「好，你自己小心點。」

這是一間兩層樓透天的學生宿舍，裡面隔有八間套房，環境是還不錯，就是可惜了在無尾巷弄內，而且空氣完全不流通，天龍在二樓時感覺實在很悶熱，沒多久契龔聽到天龍在二樓的呼叫聲，契龔趕緊衝上二樓。

「天龍，怎麼了？」契龔緊張的問。

「一樓如何，有什麼異樣嗎？」

「一樓沒有什麼異樣，還是保持當初的案發現場狀況，二樓呢？」

「好乾淨，乾淨到一眼就看到床上有一根手指頭。」天龍手指向床的方向，冷靜的說著。

「靠，什麼鬼啊，爲什麼兇手要故意拿一隻假的手指特地擺在那裡，是在耍我們嗎？」契龔對兇手的行爲感到噁心。而天龍此時心裡感到非常的激動，因爲他覺得從一開始到現在，他們四個人根本就是跟著兇手的劇本在走，幾乎完全處於被動，這時聖莘跟宇浩也來到二樓了。

「聖莘，妳還好嗎？」天龍關心的問道。

「嗯，對不起，剛剛一到門口，瞬間整個人像虛脫一樣，全身無力，整個頭好重好暈，不過現在好多了，對不起讓你們大家擔心了。」聖莘看向宇浩，一臉不捨的表情說道。

「眞的快被妳嚇死了，妳剛剛完全一點反應都沒有，體溫又低，害我以爲……」宇浩一度以爲要失去聖莘了，還好後來聖莘慢慢回復體溫跟意識，「沒事就好。」

「小浩，你看一下床上的手指頭，是不是兇手又打算留下什麼訊息給我們了？」天龍要宇浩趕緊過來看看。

「喂！他媽的，老江，你可終於接電話了，死小子整天跑哪去了，電話也都不接。」天龍說話的同時，契龔持續打電話給老江，這次電話終於接通了，不過不知道爲什麼，對方都沒有任何回應，沒多久，電話那頭突然傳來輕輕的譏笑聲。

「呵呵呵，老江已經因爲你們四大名探的無能，生命即將畫下終點了，你們實在太沒有時間觀念了，現在都已經晚上10點了，只剩下一個時辰的時間囉。」對方說完馬上就掛掉電話了。

「喂！喂！喂！媽的，兇手的下一個目標還眞的就是老江了。」

「可惡！是兇手接的嗎？對方怎麼說？」天龍的情緒也受到影響，開始感到不悅跟極度的羞辱感。

「對方說老江只剩下一個時辰的人生了。」契龔無助地說道。

「媽的，一個時辰夠了，我就不相信我們會輸他，各位，艮卦卦象的身體部位就是手，若以方位來說是西北向，五行爲土，我大膽判斷老江人現在一定在東區西北方的北區，若在以五行判斷及火令季節來看，我們現在趕往北區鄭子寮去找，快。」宇浩激動的說著。

話一說完，四個人趕緊前往鄭仔寮，一路上聖莘神情一直非常不安。

「浩，我整個人一直很不安。」聖莘心神一直感到不寧。

「聖莘，沒事的，有我在妳別擔心別怕。」

聖莘心想，讓我擔心跟不安的就是你啊，但是現在時間緊急，聖莘也顧不了那麼多了，四人終於趕到鄭子寮重劃區了。

「小浩，接下來呢？」天龍緊張的問道。

「艮卦象徵山，穩健、靜止。有教導人開發良知，去除貪慾，教人行而有止的道理。」宇浩快速的解釋著：「龍哥你這邊比較熟，這附近是不是有宮廟？」

「有，在花園夜市附近。」

「好，我們趕快過去，如果我判斷沒錯，老江應該就在那裡附近的空地。」

「那我們還等什麼，趕快去救老江吧，只剩下10分鐘了。」契龔擔心一到子時老江性命就危險了。

聖莘整路不發一語，只是一直不安的看著宇浩，四人來到宮廟附近。

「宮廟就在前面了，旁邊剛好就是一片空地了。」宇浩興奮的說著：「錯不了了，老江一定就在空地的木屋裡了。」

「老龔，還有多少時間。」天龍趕緊問道。

「還有一分鐘就子時了。」契龔看著手錶說道。

「很好，照這時間看來，兇手現在一定肯定也在裡面，直接殺進去吧。」

宇浩興奮的想著，媽的，看你還敢不敢這麼囂張，敢挑釁我，我黃宇浩可不是好惹的，宇浩一個箭步衝過去準備撞開木門，這時天龍突然覺得不對勁，大喊著宇浩。

「小浩等等，等等啊。」

宇浩不管天龍的吶喊，就直接將門用力一撞，木門雖然被撞開了，結果卻觸動了機關，老江掉入充滿水位的防爆玻璃空間裡。

「老江！老江！」契龔見狀大喊著。

「快點找東西把玻璃敲破。」天龍趕緊要大夥敲破玻璃。

老江雙手被反綁在椅子上，嘴巴被布摀住，表情掙扎痛苦，相當猙獰。

「大家快！我們直接開槍把玻璃打破。」契龔怒吼著。

不過任憑四人如何開槍，玻璃屋依然不爲所動，只能無奈的看著老江活活被淹死，而死亡時間剛好就在子時。

「老江啊！」契龔激動地大喊著：「黃宇浩，你他媽的在急什麼啊，天龍不是叫你等等嗎？」契龔忍不住轉頭對著宇浩怒斥。

「我……對不起，我眞的不知道會有陷阱，我以爲兇手會在裡面，所以才會迫不及待想衝進來抓他。」

宇浩看著眼前老江的屍體，聲音有點顫抖的說著。

「你媽的，我看你是只想著你個人的求勝慾望吧。」契龔依然無法原諒宇浩的衝動行爲。

「老龔別說了。」天龍要契龔冷靜點，「唉！小浩你怎麼會這麼衝動呢，這一點都不像你啊。」

「契龔哥、龍哥，對不起，我……我眞的不知道會這樣。」

宇浩心裡相當難過自責，當三人沉浸在難過的情緒裡時，都沒人注意到聖莘身體有了狀況，直到聖莘終於支撐不住，碰的一聲暈倒過去，三人見狀才趕緊將聖莘送往醫院，過了一段時間後，聖莘終於醒過來了。

「我……我在哪裡？」聖莘醒來看到陌生環境，忍不住問道。

「妳醒了啊，這裡是成大醫院，妳剛剛突然暈倒，嚇到大家了。」宇浩對著聖莘溫柔的說著。

「龍哥跟契龔哥呢？」

「他們倆先回家了，現在已經凌晨2點了，妳昏睡了整整兩個多小時了。」宇浩神情落寞的說著。

聖莘從宇浩的表情看出，他還無法平復心裡的自責感。

「浩，你別再自責了，契龔哥只是一時的氣話而已，我相信他是不會怪你的。」聖莘安慰著說道。

「唉！都怪我自己太過衝動，一心只想著抓兇手，結果反而害死了老江。」

聖莘這時仔細的回想，覺得這整件事怪怪的，因爲兇手似乎都預測到他們四人的下一步，而一方面聖莘也試著要讓宇浩轉移注意力，別一直陷在負面的情緒裡。

「浩，你有沒有覺得，這個兇手好像完全把我們都看透了，似乎全掌握我們的行蹤跟習慣。」

「嗯，說眞的我也在想這個問題，好像我們的每一步要怎麼做、會在哪，都在他的掌握中。」宇浩不解的說著。

「浩，易經八卦、奇門、六壬眞有辦法對人、事掌握到這麼精準嗎？」聖莘好奇的問。

「在我的認知裡，奇門、六壬都是預測的神學，對事情的發展與關鍵因素，確實可以預測出來，甚至可以幫助斷出對自己有利的方式去發展或是避免災難，可是也是必須要有一些基本的因子協助參考，才能更加的精準，譬如說人的八字參數值等。」

「所以說，要像兇手這樣如此精準的掌握是不可能的吧，除非……」

「嗯，除非兇手很清楚掌握我們的八字或是習慣。」

聽完宇浩這麼說後，聖莘突然背脊感到強烈的發涼，因爲要是果眞的如此，那眞的太可怕。

「算了，不講這個了，妳身體有沒有好點了？」

「嗯，我好多了，目前除了身體有點無力感外，其他都沒有什麼不舒服了。」

「唉……有可能是妳太累了，先多休息別再想了，這兩三天精神也夠緊繃的，先放鬆精神好好休息吧，現在也晚了，我就在旁邊的小床陪妳。」

「也好，你也好好休息一下吧。」

其實宇浩整個心根本靜不下來，因爲除了自責外，也開始感到害怕了，輾轉整夜難以入眠，天也漸漸亮了，宇浩起來盥洗完後準備出發到局裡。

「莘，妳今天也先好好休息，我先回局裡跟龍哥他們會合。」

「嗯，等好一點我會儘快趕回去。」
「好吧，那我先離開了。」
「好，自己小心點。」
「嗯，我會的。」
宇浩離開成大醫院開車返回局裡，當抵達辦公室時，天龍跟契龔兩人已經在裡面了。
「小浩，聖莘還好嗎？」天龍關心的問道。
「嗯，她身體無恙，精神氣色也好多了。」
宇浩走到契龔的身旁，非常內疚自責的語氣想跟他道歉。
「契龔哥……我……」
「唉，小浩，算了你也不是故意的，這一切只能說兇手實在太……他媽的王八蛋。」
契龔無奈的說著。
「契龔哥眞的對不起，都怪我太衝動了。」
「好了啦，別再說了，我們都不該繼續陷在負面的情緒裡。」契龔拍拍宇浩的肩膀：「還有更重要的事要處理呢，按照之前兇手的習慣，天龍啊，我想兇手應該有在老江的身上有留下什麼線索吧。」
「嗯，沒錯。」天龍對契龔的冷靜感到欣慰。

「龍哥，這次兇手又留下什麼線索了？」

「今天早上鑑識組的人員把一些鑑識資料給我看，可能因爲昨天晚上天色暗，所以我們都沒注意到老江的胸前有被寫上一個『山』字，小浩你怎麼看？」

「『山』字？嗯，我想一下。」宇浩快速在腦海裡回想昨天現場的狀況，「昨天老江是被水淹死的，身上卻有個山字，也就是說水把山包住，如果按照卦象來看，難道是山水蒙？」

「小浩，那是什麼意思？」契龔不解的問道。

「唉……這兇手眞的是……」宇浩很快就明白兇手的意思了，「契龔哥我解釋一下，你就會知道兇手有多狂妄自信跟譏笑我們了，在易經64卦中，山水蒙的卦象爲上卦是山，下卦是水，告訴你山下有危險，迷濛的霧氣讓腦袋無法做出正確的判斷，容易被蒙蔽。水在山下滲透，而水又是無形無影，所以將會慢慢地把整座高山侵蝕掉、這種損失是有去無回的，就像是小鬼偷錢一樣，一點一點地搬走。這顯示一個人在這時候的意識不是很清楚，容易誤入陷阱，不知不覺陷下去。加上前途茫茫多迷惑，妄動則凶，切記勿貿然行事，不然容易被周圍不清的環境誤導，做出錯誤的判斷。簡言之，就是兇手覺得我們很無知，需要多加強。」宇浩無奈的解釋著。

天龍、契龔兩人聽完小浩的說明後都沉默不語，兩人都覺得這個兇手實在太可怕了。

「龍哥，除了這個還有別的提示或線索嗎？」

「暫時沒有了。」天龍望著鑑識組給的資料說著。

雖然都可以解讀出兇手留下的訊息，但宇浩可一點都開心不起來，因爲他的內心早已認定自己差兇手太遠了。

「天龍，我在想兇手其實會不會是我們所認識的人？因爲對我們個人的行蹤還有能力跟習慣都這麼清楚，加上又擅長預測學，不就能更加清楚我們的下一步會怎麼走。」契龔疑惑的說道。

「龍哥，其實仔細想想，這次的三個死者，幾乎都是我們所認識的人甚至是好朋友。」

「你果然認識民宿的死者。」宇浩還沒說完，天龍就打斷他的話。

「龍哥，你眞的很厲害，沒想到你已經猜到我認識民宿的死者了。」宇浩有點驚訝的表情。

「因爲我發現，從一開始整個事件下來，你完全亂了分寸以及常常非常浮躁。」

宇浩心想，也該是讓夥伴知道自己跟小揚的關係了，於是決定說給天龍跟契龔知道。

「唉……其實我一開始還只是覺得面熟而已，等到我看到屍體臉上的胎記，我就確認死者是我學生時候的好友，她雖然是個女生卻總是打扮男生樣，而且個性也非常男性化，大學畢業後我們就失聯了，應該說我是刻意避開不跟她連絡跟見面，因爲她對我非常好也跟我告白過，但是我一直把她當好兄弟看待，我知道她從小就是個問題人物，所以對她也特別照顧，久了她對我越來越有感情，所以畢業後我就刻意的避開她，只是眞的沒想到再次看到她的時後，竟是在這樣的情況下，雖然打扮個性都相當陽剛，但是她其實是非常善良的，也好打抱不平，總是喜歡幫人出頭，自從她爸爸過世後，她幾乎就靠自己獨立生活，雖然我知道她過得很辛苦，但是卻一直沒主動聯繫過她，所以當我認出是她的那一刻，我實在非常壓抑與難受。」宇浩難過自責的說著。

「既然這樣，我們當然就更應該把兇手抓到，讓他受法律的制裁，還有不好意思，剛剛打斷你的話，你剛剛是想說什麼呢？」天龍爲自己的無理跟宇浩道歉。

「我是想說，仔細想想這次的三個死者，幾乎都是我們所認識的人甚至是好朋友，我認爲這絕對不會是巧合，應該是兇手故意的。」

天龍、契龔沉默了一會兒，覺得宇浩說的有道理。

「老龔，你覺得如何？」

「小浩說的很對，以目前三位死者來判斷，都是我們所認識熟悉的人，我也認爲這絕對不可能是巧合，顯示兇手除了知道我們外，也絕對熟知我們的社交圈，不只如此，甚至有可能這些受害者也都認識兇手，這樣說來，兇手就如我們剛剛的猜想一樣，是我們認識的人。」契龔認同宇浩的推測，所以認爲兇手一定是認識的人。

「從被害者來看，前兩位有性向上的不明確問題，但是老江呢？他應該是很正常的性向，所以不知道爲何也會被兇手殺害？這樣不就與我們一開始推定的方向有所差異了。」天龍擔心一開始就朝錯誤方向進行。

「龍哥，之前我們在找老江的過程中，卦象上有提到老江正面臨金錢壓力，而且似乎有預謀倒帳的可能性，會不會是因爲這樣才被兇手盯上，畢竟我們之前也有推測過，兇手似乎有想要匡正世俗的不安與導正世俗的正義感。」宇浩提醒著天龍。

「但是就我對老江的認識，老江實在不可能會做惡意倒帳的事，更何況是傷害自己信譽的事，他把信用看的很重的。」契龔解釋著。

「唉，老龔，其實人在缺錢的時候，什麼事都會被逼急的。」天龍無奈的說著。

「就算是這樣好了，兇手怎麼會知道老江有倒帳的這個想法呢？」

「契龔哥，我們透過卦象都能預測到了，相信兇手也是會知道的。」

三人陷入苦惱了，總覺得線索到老江這邊就斷了，接下來該怎麼辦呢，正在煩惱的時候，契龔的手機響起，他拿起來一看是丁曉雯打來的，雖然現在很煩，還是決定接一下，於是走出辦公室。

「喂！小雯，這麼早打電話來什麼事啊？」契龔有點不耐煩的問道。

「契龔哥，昨晚爲什麼又沒回我電話，我不管啦，人家要新聞啦。」丁曉雯一開口就是高分貝抱怨著。

「好啦好啦，眞是受不了妳。」契龔實在有點受不了。

契龔將昨天晚上老江的事跟丁曉雯說，也將這段時間來發生的三起命案，都是由同一位兇手所殺的，而兇手是誰及殺人動機目前還不知道，只知道兇手對易經八卦、奇門遁甲、六壬非常精通，所以會在每個死者的身上都會留下八卦符號的線索讓警方追查。

「哇！契龔哥，這麼聽起來很有趣耶，兇手都會特意留下八卦符號給警方是嗎？」

「我剛剛不是就說了嗎，都記下來了沒？」契龔無奈的說著。

「哇塞，這樣不就是道士鬥刑事了，這故事太有梗了。」丁曉雯內心整個藏不住喜悅感，因爲她覺得這次的題材實在有太多想像的空間了。

「喂喂喂在說什麼啊，總之目前線索就是這樣，別再亂寫了知道嗎？」

「嗯，感謝契龔哥哥，有進一步消息要第一個讓我知道喔。」丁曉雯開心說著。

「好啦，先這樣，掰掰。」契龔掛上電話走回辦公室裡。

「老龔，是誰這麼早打電話來啊？」天龍質問著。

「沒有啦，就一個老朋友打來關心我的近況而已。」契龔言詞閃爍著。

其實天龍懷疑是那個丁曉雯打來的電話，但因爲沒有證據證明，加上現在案情又膠著，實在沒有心力再想其他事情，畢竟有更需要專注重要的事要面對著。

「這次老江身上所留下來的線索只是兇手用來諷刺我們的言語，接下來我們該怎麼做呢，龍哥？」宇浩無奈的問著。

「是啊！天龍，下一步我們該怎麼走？」契龔感到目前似乎沒有頭緒了。

天龍又何嘗不是感到無力呢，這次的兇手跟過去以往不同，更加聰明、更加狡猾，一個不小心可能會害同仁傷亡的，正感到頭痛時，聖莘走進辦公室。

「大家早。」聖莘振奮精神的跟大家問候。

聖莘這時候進來，剛好緩解了辦公室氣氛。

「小莘早啊，身體還好嗎？怎麼不多休息呢？」契龔關心的問道。

「對啊，莘，怎麼沒有多休息呢？」宇浩也關心的說著。

「唉，這幾天我們被兇手搞得戰戰兢兢，更何況對方又是高手，在這種的情況下，老實說我也靜不下來啊。」

「呵呵，說的也是，我跟老龔和小浩正愁線索斷線了呢。」天龍苦笑的說著。

正說著，天龍的電話突然響了，四個人同時緊張起來，天龍拿起手機一看，是夏浩雲打來的，他笑著示意大夥別太緊張。

「喂！處長什麼事嗎？好，我知道了，我們馬上過去。」天龍表情凝重的掛上電話。

「龍哥，該不會又有受害者了吧？」宇浩緊張的問著。

「不是，別那麼緊張，是處長請我們四人過去他的辦公室一趟。」

四人一聽不是又發生命案，精神隨卽放緩，不過一想到處長找，可能也不會是有什麼好事，四個人立刻前往處長的辦公室，叩叩叩，天龍敲了敲處長辦公室的門。

「誰啊？」夏浩雲隔著門大聲問著。

「報告，刑事組周天龍、黃宇浩、應契龔還有鄭聖莘四人到。」

「進來吧。」夏浩雲正坐在沙發等著，「你們四位坐。」夏浩雲的表情相當凝重，看得出應該也承受很大的壓力。

「這段時間辛苦你們了，上面已經開始在關切這個案子了，不到兩個禮拜的時間已經出現三個受害者了，你們現在有掌握到什麼樣的線索了嗎？」夏浩雲開頭就直接問重點。

「處長說眞的，這段時間來我們確實一直受制於兇手的局路在走，而且這次的兇手也相當精明，似乎總能掌握我們的一切行蹤甚至對我們四人瞭若指掌，感覺像是衝著我們四人來的，眞的很抱歉到現在爲止我們一點頭緒也沒有。」天龍一臉無奈的說道。

「唉，沒想到你們四人也是會有一籌莫展的時候。」夏浩雲嘆了一口氣。

辦公室裡，所有人都一臉無奈的對望著。

「處長，那上頭現在的意思是希望怎麼做呢？有要求我們多久時間內要破案嗎？」爲了不讓夏浩雲有壓力，天龍主動詢問上頭的意思。

「其實上頭本來已經要求我把你們撤換掉了，但是我跟上頭說，這次的案子，除了你們四人外沒有人有辦法破案的，但沒想到上頭堅決要換其他組來接手，結果沒多久，局裡就收到一通神祕電話。」

夏浩雲說到這裡，故意停下來看著四大名探，看四人沒反應繼續說道：「一開始以爲是有人要來通報訊息，結果對方卻自稱是這起案件的兇手。」聽到這裡，四人表情驚訝的對望。「並且對方警告說只要換掉你們，會讓我們付出更多代價，到時候只會更亂，說完就掛電話了，我們也來不及追蹤電話。說眞的，天龍啊，你們這次有沒有信心能破案呢？」夏浩雲擔心的問著。

四人保持沉默不語，同時針對兇手敢打來局裡，嗆明要四人繼續追緝自己這件事感到相當憤怒，簡直完全是被看扁了。

「契龑，你的辦案經驗最豐富了，難道這次連你也覺得棘手嗎？」夏浩雲看著契龑無奈的問著。

「處長，說實在的，就如同天龍說的，這次我們幾乎都是讓兇手牽著走，應該說根本就是照著兇手的劇本在演，我現在也被搞得亂七八糟的，根本完全來不及反應跟思考。」

契龑越說越心虛。

「對了處長，我可以好奇的問一件事。」宇浩決定要打破僵局。

「什麼事你問？」

「就是兇手怎麼會知道上頭想撤換掉我們呢？時間點也掌握的太準了吧。」宇浩感到相當疑惑。

「這也是我今天找你們來的重點之一，局長跟局裡的同仁也都感到相當震驚，我相信不可能是你們說出去的，因爲這連你們都不知道的，那麼重點來了，兇手是怎麼會知道的？」夏浩雲驚訝的問著。

「處長，其實不瞞你說，我們四人覺得這次案件，局裡可能有內鬼。」天龍小聲地說著。

夏浩雲聽到這敏感的話題，示意天龍要說有證據的話，畢竟隔牆有耳，天龍明白夏浩雲的意思，所以就沒再繼續說了。

「各位，我有個提議，順便想聽聽大家的想法。」聖莘說道。

「嗯，聖莘妳說說看。」夏浩雲微笑期待的眼神看著聖莘。

「我認爲，我們現在可能以分別行動的方式來進行，不需要再有狀況就四人一起行動了，既然兇手熟悉我們，當我們一起行動時對方便可以專注在一個點，與其這樣不如我們分頭行動，換我們讓兇手疲於分散精神。」

「嗯，聽起來不錯，天龍你覺得呢？」夏浩雲滿意的看著天龍問道。

「嗯，我也相當贊成聖莘的想法，就目前的情況看來，確實我們必須要分頭行動才能有機會把主控權拿回來。」天龍附和著聖莘的想法。

「好，既然如此，我想就這麼辦吧，由天龍你來規劃分配，我會再多派一位人員協助你們，整合你們所需要的資訊，第一時間發訊息給你們。」

「嗯，不過處長，我想這個人最好是不要曝光，默默的協助我們就好，不然我擔心又會發生像小趙的情形，我判斷兇手的目標是只要我們四位，不希望有人協助。」

天龍、契龔、聖莘三人不約而同點頭同意宇浩的建議。

「好，我知道了，那我們就用個代號名稱來傳遞資訊，只要看到那個代號就是我們自己人的訊息，如果沒看到就是有人故意干擾，雖然沒有證據，但畢竟你們懷疑局裡有內鬼，還是小心點好。」

「處長想的眞周到，那我們要用什麼代號呢？」契龔詢問著天龍。

「我想就用遁甲吧，遁甲的意思，是代表著我們需要保護好甲木將軍，使他免於被庚金殺害，所以只要在每個訊息前面有遁甲字眼就是可信資料，這樣如何？」宇浩提議著。

「好，就這麼辦，你們立刻開始行動吧。」

討論結束後，四人離開處長辦公室，並回到他們自己的辦公室進行第二次研議。

「天龍，你現在打算怎麼做呢？」契龔問道。

「我想接下來，我們自己四個人也避開直接通訊或通話吧，不管有什麼事，都直接透過遁甲傳遞訊息與內容，雖然麻煩點甚至有時間差，但這都是爲了讓我們彼此不受影響，也爲了製造兇手的壓力，擾亂他的步調，所以大家忍耐一下吧。」宇浩、契龔、聖莘三人相當認同，並且覺得充滿信心。

時間回到老江出事前一天，四月十七日（老江死於四月十九日的子時！）

「喂！謝董啊，上次跟您提的事情您考慮的如何啊？」江敏圖電話中期待聽到好消息。

江敏圖是老江的全名，他是一間螺絲廠的老闆，20多年前創業，事業在10年前到了高峰，但是這幾年因爲科技工業的興起，競爭者越來越年輕化，創新科技工具讓自己的公司來不及趕上變化，原本穩定的市場訂單節節敗退，這讓老江近5年來承受極大的經濟財務壓力，只能靠著不斷籌資以債養債。

「江董啊，房地產我眞的不懂啦，而且我對投資農地眞的沒興趣，加上金額又那麼大，一次就要5仟萬，現在生意已經大不如從前了，我也想保留多一點現金來面對市場不確定性跟風險啊。」謝董在電話那頭講的無奈。

「我說謝董啊，5仟萬對您來說根本就不算什麼啦，而且那塊農地將來有機會可以變更爲建地，到時候就不只値這5仟萬了，說眞的，我要不是因爲公司擴廠正需要現金，我早就自己買下來了，哪裡還輪的到您呢，是吧。」江敏圖依然想辦法在說服謝董。

老江因爲公司訂單大不如前，公司營收下滑嚴重，結果不斷舉債，如今已經嚴重超貸，資金成本壓力相當大，公司其實已經瀕臨資金斷鏈的危機了。

「唉，老江啊，我對房地產眞的實在沒興趣，不然你先問問其他人吧，我這邊你就不用等我了。」

「謝董啊，我可是念在我們是多年交情的好朋友才跟你報這個賺錢的好機會耶，既然你不要，以後就不要後悔，怪我沒給你機會喔。」江敏圖說完就掛電話了。

其實謝董早已聽說老江的公司財務出現很大的危機，所以對老江的話充滿不信任，畢竟謝董也是生意人，對一個財務出現危機的人所講的話是會非常防範的。

「媽的，老謝不肯買，說穿了就是不肯相信我，再拖下去這個月公司就要跳票了，眞他媽的，要不是因爲之前貪心爲了搏一次大單，怎麼會搞成現在這樣的局面？我這次眞的會被美國那邊害死了。」江敏圖氣憤的說著。

江敏圖邊走邊自言自語，原來他爲了要搶德國大廠的大單，竟然跟美國上游的盤元廠達成協議，先以期貨方式買入美商原料，準備囤貨螺絲的盤元原料，然後向德國廠證明自己有足夠的原料來完成需求量，之後再讓美國廠商以低價附賣回協議買回原料，這一切都是江敏圖自己打的如意算盤，先以保證金吃期貨，再收德國商的高額成數訂金，這樣一來一往他就可以先以50萬保證金來換得1仟萬的50%訂單金額，說到底老江根本打從心底沒打算製造貨品給德國，也沒打算囤原料。

「這次不但五佰萬飛了還連帶損失保證金50萬，這不是在逼我死嗎？」江敏圖感到萬念俱灰：「唉，眞的只能怪自己貪心了，看來明天又得跑一趟銀行了。」

原來美國廠商那邊厲害，提前知道市場需求有反轉跡象，原料價格將大漲，所以到處找人假裝銷貨，而剛好老江就是自己上門的魚，既然是自己上門的魚，美國廠商那邊怎麼會放過呢？

四月十八日大約中午時間

「廠長，我先外出去一趟銀行，工廠有任何狀況隨時call我，知道嗎？」江敏圖謹慎的交代著。

「老闆您放心吧。」

其實老江一出門並沒有先往銀行去，而是先跑去找一位懂算命的老朋友。

「喂！申老師我現在人已經在你家門口了，不是已經約好了怎麼你人不在呢？」江敏圖小小抱怨一下。

申老師是老江透過朋友介紹認識的，每當老江有什麼問題都會來請教他，久了以後就跟他成爲無話不談的好朋友了。

「江老闆，抱歉抱歉，我臨時有重要事必須外出，要不改天你再跟我說說，你上次提到有關農地投資的事吧。」

原來老江是來跟老朋友提農地的事，想直接讓那位朋友算一算這是值得投資的農地，順便希望申老師也能投一點錢。

「哎呀，什麼事比得上賺錢重要呢，算了算了，我先去銀行等等再來找你好了。」江敏圖生氣的說著。

「好，不好意思啦，江老闆那你先去忙，我們等等下午見。」

老江這幾天因爲被債務逼得緊，所以幾乎都不太接聽電話，卽使是電話一直響他也都裝作沒聽到，他無奈的趕到銀行處理匯款的事。

「喂喂喂，櫃檯小姐現在是怎樣，爲什麼讓VIP客戶等那麼久呢？你知不知道如果害我過三點半來不及匯款，造成的損失妳可賠不起啊。」江敏圖對著銀行櫃檯的人員大聲咆哮著。

「對不起！對不起！江老闆眞的很不好意思，不知道怎麼搞的今天銀行的電腦系統有點問題，更要命的是現在這一區又斷電，我們先用電話照會給其他分行同仁，請他們先趕快協助您這邊的匯款作業，才不至於造成您的損失。」櫃檯人員一直跟老江賠不是。

「總之你們盡快給我搞定，有任何損失我一定會要你們賠償的。」江敏圖氣憤的說著。

這時老江的電話響了，他一看是黃董打來的，哇，所有人都可以漏接或不接，這一位可不行啊。

「喂，黃董啊，我記得我記得，您放心我這就在銀行匯款了，您放心，今天一定會如期讓您收到款項的，什麼？哎呀，上次真的是誤會啦，我怎麼會做這種事呢？我可是有信用的生意人，您放心，您今天一定會收到款項的，好好好，請您放心，匯好了我一定會馬上知會您一聲，沒問題的，好，謝謝您了，掰掰。」媽的，一群酒肉現實的人，一出事每個跑得跟什麼一樣，連貨款都怕我拖。

老江掛掉電話後一直碎碎唸，約莫下午2點半將銀行事情處理好後，老江走出銀行，看了一下手錶。

「好久沒去光顧一下彩券行了。」江敏圖往彩券行的方向走去。

老江不自覺看了一下手機，有將近20多通未接來電，老江連看都不想看來電號碼，心想反正都是來討債的沒什麼好康的事，突然手機響起，一看是申老師的來電。

「申老師您忙完啦。」江敏圖接起手機說著。

「是啊，老江你還在銀行附近嗎？我們約附近巷子裡的酒吧見面如何呢？我就在附近的宿舍。」

「好啊好啊，我馬上到。」

「啊，乾脆你來宿舍找我，我親自泡咖啡請你，順便跟你賠個不是。」

「這麼好啊，呵呵，這怎麼好意思呢，那我就不客氣囉，我等等馬上到。」江敏圖興奮的說著。

沒多久，老江趕到宿舍跟申老師碰面。

「老江，好久不見，什麼事找這麼急啊？」申老師滿臉笑容地說著。

「還不就是……」江敏圖抓抓頭髮，一臉不好意思的表情。

還未等老江說原因，申老師就搶先幫老江回答。

「怎麼，又想找我投資啊？」

「當然啊，有好的賺錢機會，我當然一定要報給好朋友的嘛。」江敏圖一副重義氣的表情。

「好啦，先嘗嘗我泡的咖啡，然後慢慢說，我仔仔細細的聽，這樣可以吧。」。申老師苦笑了一下。

「哈哈哈，還是老師您上道啊，這麼好的賺錢機會當然要仔細聽囉。」江敏圖手勢誇張的說道。

但是他不知道此時自己已經踏入死亡的陷阱裡了，在喝了申老師泡的咖啡沒多久後就失去意識了，再次恢復意識時已經晚上11點多了，他發現自己已經被反綁在椅子上，而且嘴巴被布給塞住無法開口說話，完全不知道到底發生什麼事了。

「老江，你最近很缺錢，騙了不少投資人的錢吧！」申老師看著剛甦醒的老江冷冷的說道：「我原本打算睜一隻眼閉一隻眼，畢竟老朋友一場，但是你竟然連老人家的退休金都騙，這實在是過頭了喔，搞得幾個老人家相約自殺，你這樣怎麼還有良心過日子啊。」

老江這時只能瞪大著眼睛，驚恐地盯著申老師。

「我想你的命，今天就暫時交給老天爺來安排囉，我知道你愛賭，所以既然你愛賭，我就替你安排一場賭局，我們就來賭一賭，你覺得如何呢？很刺激喔。」申老師平靜的說著。

「等等會有人來這裡找你，但是我不知道他們找不找的到你，就算找到了，也不知道夠不夠冷靜將你救出，如果他們夠冷靜，我想你的命要保住，應該就沒問題了，如果他們能將你順利救出，那我就算一組會中獎的樂透號碼給你，助你度過財務危機的難關，但是如果他們沒辦法把你救出來，那你的人生以後也不用那麼辛苦了，從此可以解脫了，你也不用太感謝我喔，那就這樣吧，我先走了，祝你平安喔。」

申老師說完就一派輕鬆轉身離開了，而老江已經急到流下眼淚了，他完全不知道怎麼會這樣，只祈求稍後那些人可以把自己救走，過沒多久老江就聽到有人大聲吶喊：「宇浩等等，等等啊。」接著老江便掉進防彈玻璃的大水池裡，慢慢被淹死了。

時間回到現在四月二十日

新聞快報：

昨天深夜警方在臺南市北區鄭子寮一處空屋裡，發現一具屍體，該名死者是一位螺絲廠的老闆，據傳是因為欠下賭債而且公司接連出現財務危機，於是在空屋裡自殺。

「媽的，這些新聞記者是怎麼回事？根本胡說八道一通，老江明明就是他殺，怎麼現在變成自殺呢？」契龔氣憤的說著。

「可能又是丁曉雯吧，算了，記者愛怎麼寫怎麼說我們現在實在管不了，趕緊把犯人給抓到制裁他，才是我們現在的首要任務。」天龍安慰著契龔說道。

契龔此時心裡想著，明明今天早上已經跟丁曉雯說明過了，怎麼還是亂報呢？

「老龔走吧，我們再去東區的案發現場一趟。」

「怎麼突然又要去現場？」契龔疑惑的問道。

「再去找找有沒有漏掉的線索吧。」

「嗯，也好。」

說完天龍跟契龔兩個人再次前往東區的學生宿舍找線索。

「天龍，我們已經在裡面來來回回好幾次了，怎麼看實在都看不出有任何一點線索，這些現場實在是整潔到不像發生過命案，而且都跟案發當天留下來的現況一模一樣，顯示兇手案發後完全沒再來過，怎麼看應該都不像是第一案發現場。」契龔忍不住抱怨著。

「床上的那根手指頭依舊在那裡，我們現在實在也不好破壞現場，不過以老江的屍體來看，這跟手指頭也不是老江的，這到底是誰的手指頭呢？」天龍表情嚴肅皺著眉頭說道。

其實天龍心裡一直納悶，到底爲什麼兇手對他們的一切行動瞭若指掌，而且還指名他們繼續追查他，難道是因爲如果換人，兇手害怕就無法照著自己的劇本走了嗎？許多謎題都讓天龍傷透腦筋。

「老龔，所有訊息資料你有理出頭緒嗎？」

「現在我想我們一步一步來釐清吧，從最早的第一位死者是在中西區的民宿裡，兇手在屍體上留下線索，但是一開始的線索似乎只是想讓我們知道，死者的一些個人特性，並沒有太多進一步的連結性。接著出現第二位死者在東區的某一間學生宿舍裡，也就是從第二位死者開始，身上所留下的線索開始出現連結性，但是這次的連結性主要是挑釁，兇手只是想告訴我們，他是在替天轉世道的亂象，也是因爲這樣，我們才判斷兇手挑選的對象，應該是以性向不明的爲主，結果兇手打電話給我們，直接給我們提示，雖然我們判斷對了但是還是阻止不了老江的死。」契龔突然想到什麼似的，感到驚訝：「等等，慢著……」

「怎麼了？想到什麼了嗎？」

「天龍，看來老江本來就是兇手計畫由我們來親手殺害的。」

天龍聽完陷入沉思，似乎明白了契龔說的意思。

「姑且先撇開死者跟我們的關係，兇手很可能早就知道宇浩會算出老江被關的所在地點，而且似乎知道宇浩在找到當下一定會心浮氣躁的衝過去開門，因爲他曾經用宇浩擅長的八卦做挑釁，其實現在仔細想想，如果我們當時沒有去開門，現場似乎沒有裝置任何機關讓老江掉到水池裡的，唯一會讓老江掉下去的關鍵就是開啟那道門。」契龔慢慢的解說著。

「也就是說，如果我們那時候就算沒有找到老江的地點，老江其實也不會怎麼樣，所以我們等於是間接幫兇手殺掉老江了，是吧。」

「嗯，恐怕是如此。」契龔突然覺得兇手實在是太可怕了。

「媽的。」天龍內心不由得一陣怒火。

「如果我的判斷沒錯，這三個人只是兇手對我們的熱身，簡單來說這個兇手到目前爲止只是在對我們做測試，看我們夠不夠格挑戰他，而且我相信兇手心裡早就打定好，如果老江沒死證明我們四人只是名過其實，不夠資格挑戰他，若是老江死了，他才覺得我們夠格跟他鬥，所以當他知道我們要被撤換掉他時當然相當氣憤，因爲好不容易有對手可以玩。」契龔越說越氣：「媽的……這兇手眞的就如宇浩說的，實在有夠囂張有夠狡猾聰明的，而且把這一切當遊戲在玩。」

天龍聽到整個人都氣到激動的顫抖了，內心相當的憤怒，認爲自從當刑警後，生涯第一次感到這麼的受辱。

「老龔，照你這麼說來，兇手殺這三位死者的動機就是純粹對我們四人的測試，至於剛好是我們所認識的人也是兇手故意如此，就是想擾亂我們的冷靜，是嗎？」

「沒錯，我是這麼判斷的，所以接下來的才是重頭戲。」契龔表情凝重說道。

「我想我們自己可能也要小心，我們必須認定兇手對我們的行蹤及個人資料是熟悉的，甚至是我們所認識的人，另外我也想不透，當我們在永康的工業區時，他爲什麼會知道老江從我們前面走過去？」

「天龍，其實我覺得這是兇手故意要讓我們以爲他正在附近監視著我們才這麼說的，你想想，如果老江眞的從我們的面前走過，我怎麼可能會不知道？雖然那時候我們並不知道老江就是兇手的下一個目標，但是如果我有看到一定會跟他打招呼叫住他的，只要拖到那麼一點時間，相信兇手的計畫一定無法如期進行的，所以我相信兇手一定早就把老江抓走了，然後故意說的好像隨時在掌握我們的行蹤一樣。至於兇手知道我們的電話也可能是去查出來的或是有可能是打到局裡問到的。」契龔果然是老江湖，心思可以如此細膩地說道。

「嗯，沒錯，我覺得你說的有道理，我們就先不要被這些因素干擾到，但是還是得小心行事才好，當然也不排除局裡有內鬼這件事。」

「當然，接下來我們都得小心才好，弄不好一個不小心，我們又莫名其妙成了殺人共犯了。」

另一邊宇浩跟聖莘來到中西區的民宿案發現場，兩人一樣想再仔細找找是否有遺漏沒找到的線索。

「浩，還好嗎？在想什麼表情這麼凝重？」聖莘擔心的問著。

「我越想越覺得不對勁。」

「什麼事不對勁呢？」

「如果說老江是因爲我衝動去開了門，才因此啟動機關而死，那假設我沒去開門的話，老江會不會說不定就不會死了？」宇浩冷靜的說道。

「怎麼說呢？」聖莘表情疑惑的問著。

「莘，妳仔細地回想看看，當天現場除了門是機關外，還有什麼情況是會讓老江掉進水裡？」

聖莘試著回想當天現場的狀況，似乎除了門以外，好像就沒有其他的機關了。

「浩，聽你這麼一說，好像是除了開啟門以外，似乎沒有任何機關是會讓老江掉進水裡，所以也就是說，開啟那扇門是唯一會讓老江死亡的關鍵囉？難道……」聖莘露出驚訝的表情。

「嗯，沒錯，我們成了兇手殺人的工具了，他判斷出我們一定可以在時間內找到老江的位置，所以特地留下這樣的機關讓我們去觸發。」宇浩一臉回憶的說著。

聖莘心想如果不是宇浩過於好勝心的話，或許眞如宇浩所說的，就算沒來得及找到老江，老江可能就是會沒事，也因爲這樣，所以兇手才又特別激怒宇浩，如此看來兇手應該是非常熟悉宇浩的個性。

「浩，事情都過去了，就別再胡思亂想了，搞不好兇手也是有其他機關的安排，我們先專注民宿的搜索吧。」

「唉，妳說的也對，先專注眼前的事吧。」宇浩微笑的看著聖莘：「走，我們進去吧。」

兩人走進民宿的一樓案發房間內。

「都已經過了幾天了，現在可能也感應不到什麼了吧。」

「可還說不定呢，我先來感受一下周遭的氛圍吧。」聖莘要宇浩打起精神，別放棄。

「好吧，那我就上去二樓看看吧，自己小心一點喔。」

「好啦，我知道，倒是你自己才要小心，別看到什麼又激動起來了。」

「知道啦。」宇浩故意淘氣的回答。

兩人在裡頭又找了將近兩個小時的時間。

「唉，莘，我這邊什麼線索都找不到，這兇手實在是太冷靜了，每個現場都整潔乾淨到不像發生過命案，眞的是沒什麼破綻可言，妳那邊有感應到什麼嗎？」宇浩忍不住佩服的語氣說道。

「我這邊也都沒什麼感應耶。」聖莘一臉無奈的表情。

「可想而知，畢竟這裡應該不是第一現場，不過我們難道一點辦法都沒有了嗎？」宇浩無奈地抱怨著。

宇浩實在按奈不住情緒，拿起電話便直接撥給了天龍。

「喂！龍哥，你們那邊有什麼進一步發現嗎？」

「目前還是沒有進一步發現什麼，另外不是說暫時別打電話聯絡嗎？」天龍有點責備的語氣。

「我想說這樣回報比較快啊，我跟聖莘目前也沒進一步發現。」

「嗯，知道了，之後記得用訊息的方式傳遞喔。」掛電話前，天龍提醒著。

「好，我知道了，先這樣吧。」宇浩說完快速切斷電話。

「龍哥怎麼說呢？有進一步發現嗎？」聖莘也急於想知道天龍他們有沒有消息。

「唉，龍哥他們也是完全沒進展，現在連對方的殺人動機是什麼都還完全摸不著頭緒，怎麼去分析判斷下一步呢？再從這三位死者來判斷，似乎是一點關聯性也沒有，唯一的關聯性就是都是我們認識的人，兇手是故意專挑我們認識的人吧，總覺得就是擺明故意挑釁我們，但這能當殺人動機嗎？」宇浩自嘲的說著。

「浩，其實我有想過，這三位死者會不會只是兇手拿來對我們的測試啊？」聖莘猜測的說道。

「哦？這話怎麼說。」宇浩好奇的問道。

「首先兇手整個過程中挑釁味道非常的濃厚，並且似乎非常了解我們的習慣跟辦案手法，尤其對方知道你懂得運用易經八卦追尋線索，而挑我們認識的人，無非是想測試當我們在面臨到自己的朋友或是親人受到威脅時，我們是不是還能夠保持冷靜跟沉穩。以老江的例子來說，我們算是失去冷靜跟沉穩了，不但如此，還無形中成為兇手的殺人工具，最囂張的是，對方還打到局裡要求不准撤換掉我們，直接指明要我們四大名探繼續追緝他，我在想如果我沒判斷錯誤，接下來才是眞正的開始，也就是說前面這三位對兇手來說只是熱身而已。」聖萍表情嚴肅說道。

當聖萍在解釋時，宇浩一直閉目專心聆聽著，並且在腦海裡不斷回憶著這整個事件的過程。

「嗯，我想妳說的沒錯，應該就像妳說的，也許也正因爲如此，兇手才沒留下任何蛛絲馬跡的線索，簡單來說就是要我們跳脫目前侷限的思維，眞正的挑戰才剛要開始。」

宇浩在情緒上，有種說不上來的激動，因爲他實在等不及要接受這種挑戰了，然而聖萍從宇浩表情中知道他正享受著這種挑釁與挑戰時，這也是她所擔心的情況，深怕宇浩再次失去冷靜，陷入危險的陷阱中。

—第三章—

殺人動機！

時間回到申老師學生的時候，申老師本名申俊輝，是個功課好但話不多的孝子，從小跟媽媽兩人相依爲命，申媽媽爲了讓自己唯一的孩子能有好的教育跟生活環境，一天做三份工作，也因爲這樣而太過勞累，在申俊輝準備考大學的那年病倒了，申俊輝看到媽媽病倒的那一刻，非常自責自己沒有注意到媽媽的身體狀況，在醫院裡一直拜託懇求醫生救救自己的媽媽。

「醫生，醫生，拜託你一定要救救我媽媽好嗎？要花多少錢我都會想辦法去湊去借的。」申俊輝抓著醫生的手懇求著。

「申同學，我不是跟你說過了，你媽媽現在需要的是找到適合的器官移植，才有生存的機會，現在就還沒有找到合適的器官啊。再說了，另一個現實的問題，你一個學生是要怎麼湊手術的錢啊，這眞的不是我的問題。」醫生看也不看申俊輝一眼，只是冷冷地說道。

其實醫生已經被申俊輝煩到受不了，充滿不耐煩的語氣回答，都已經跟他解釋那麼多了，怎麼還是聽不懂，而且他覺得一個學生怎麼可能有辦法籌到手術費，所以一點也不想浪費時間在申俊輝身上。

「醫生，算我求求你，我有問到其他家醫院，已經有人願意捐贈我媽媽需要的器官了，可不可以直接跟那家醫院拿或是買呢？」

「你是有病嗎？器官怎麼可能直接檯面上買賣啊，而且我們是不同體系的醫院，是沒有辦法將捐贈的器官拿來自己用的，你不懂這一行的行政流程，就別再自作主張了好嗎？好了我不想再多說了，我還有事要忙先離開了。」

其實說穿了，醫生是認爲申俊輝根本不可能支付的了手術費，一點都不想幫申媽媽開刀做白工。

「醫生，醫生，我求求你，拜託你幫幫我，救救我媽媽，我媽媽跟我就兩個人相依爲命，好不容易我就快能出社會賺錢了，我都還來不及孝敬她讓她享福，醫生我跟你跪下求求你幫幫忙了，拜託拜託。」申俊輝下跪哭喊著求醫生幫幫自己的媽媽，因爲他實在非常愛自己的媽媽。

「我說過了不是我的問題，你是聽不懂嗎？」

說完轉身就離開了，不管申俊輝如何哭喊，頭也不回，申俊輝依然跪著不肯起來，他不敢置信醫生會這麼無情，畢竟是一條人命啊，一旁的護士都替申俊輝這孩子感到難過，紛紛過來扶他站起來，也都鼓勵著他要堅強，他站起來跟護士道過謝，等自己情緒調適好，才走回媽媽的病房裡，媽媽是在一間三人的健保房裡休息著。

「小輝啊，醫生怎麼說呢？」申媽媽看到孩子為了她這麼疲累，不捨的問道。

「媽，醫生說我們運氣眞的很不錯喔，不但已經等到需要的器官了，而且還說可以幫忙協助我們手術費的負擔呢。」

申俊輝強忍著情緒開心的跟媽媽說明，為了不讓媽媽擔心，他選擇跟媽媽撒謊，從小到大媽媽總是教導他做人要誠實，要問心無愧，他也總是把媽媽的話聽進去，從不讓她擔心，而這是他長這麼大來第一次跟媽媽撒謊。

「眞的啊，眞是太好了，這樣媽媽的身體就可以好了，就不用再讓小輝這麼辛苦，白天上課晚上還要來照顧媽媽了，你這陣子瘦了不少，媽媽實在覺得對不起你，讓你吃了不少苦。」申媽媽難過地望著自己的孩子。

「唉呦，媽，妳又來了，我不是說了別擔心我嗎？照顧妳是我應該做的事啊，而且妳還不是為了我才把自己身體累出病來的？我現在這樣哪算得上辛苦啦，倒是妳要趕快把身體養好，等妳出院後我帶妳去旅行，我們一起去環島臺灣好不好？」申俊輝知道媽媽一直想環島。

「呵呵，傻孩子，媽媽出院後就要趕快去工作賺錢了，你還要上大學呢，相信我們家小輝的成績一定可以考上醫學院，等你順利考上醫學院，我們母子再一起去旅行好嗎？」

「好好好，都聽媽咪的話，只要媽咪能趕快好起來，小輝什麼都好。」

申俊輝強忍內心的痛苦，堅強地告訴自己，媽媽一定會好起來的，然而時間一拖就是半年，申媽媽的身體狀況越來越糟，漸漸地進入彌留的狀態，最後申俊輝無能爲力，只能眼睜睜看著自己媽媽蓋上白布離開人世，而申媽媽也沒來得及等到他順利考上臺大醫學院就走了，自從媽媽離世的那一刻起，申俊輝內心的人格起了極大的變化。

「申醫師，申醫師，醒醒喔，病人已經在診間等候您了。」護士依柔輕輕拍著申俊輝的肩膀。

時間回到現在，依柔是申俊輝診所裡的護士。

「好，依柔妳請病人等一下我馬上到。」

由於昨天熬夜太晚，申俊輝累到趴在桌上睡著，被依柔叫醒後，試著洗個臉讓自己更清醒，到病房幫病人看診結束後，就又回到自己的辦公室了，晚上診所打烊後，走回自己的房間，習慣性地打開電腦上網。

「來看看最近有什麼好商品吧。」

申俊輝打開電腦連結到暗網，這是一個地下網站，專門提供消費者想要的任何服務，只要你想的到的事情都可以，例如器官買賣、殺人實境秀、買賣軍火等等，自從申俊輝眼睜睜看著媽媽病逝後，內心便開始有了扭曲的人格產生，他痛恨無用的醫療制約體系，開始憤世忌俗，痛恨不公平的事情，媽媽過世後他發憤考上臺灣大學醫學系，希望扮演拯救貧窮人的醫療救世主，他痛恨制約的體制，因此他不甩一切的規矩及行政流程。

「這個網站眞的不是人的世界啊，這些賣器官的人總有一天都會有報應的。」

其實他是相當痛恨暗網這個網站的，每一次都是心痛地在找尋所需要的商品，他透過這個網站找尋自己的病患所需要的器官，但內心是相當掙扎跟痛苦的，因爲他知道在暗網的這些器官是如何來的，所以他內心常告訴自己，要幫這些器官找到新的主人繼續生存下去，而這也成了支撐他繼續來暗網的精神理由。

「自從上次老江的事件後，已經過了4個多月都沒動靜了，相信四大名探應該已經快受不了精神壓力了吧，最近暗網都沒有適合的器官可以使用，也差不多該準備到市場進行器官獵捕了。」

申俊輝面帶微笑地看了看行事曆，原來他只要在暗網上找不到合適的器官，便會親自操刀到市場拿取合適的器官，表面上他是一位外科醫生，但實際上他精通奇門、六壬及周易八卦，透過這些術理學掌握天時、地利、人和的時機點，展開他想創造的世界之道。

「四大名探，你們可千萬別讓我失望啊。」申俊輝自言自語冷笑著：「媽咪，妳在天上有沒有看到我努力的濟世救人呢？媽咪我好想妳啊，妳等等我，兒子就快可以跟妳見面了，我還要帶妳去環島喔，媽咪記得要等等我喔。」

—第四章—

獵殺開始！

天龍、宇浩、聖莘、契龔，四大名探在這四個月飽受上頭的壓力，只要一發生命案幾乎都將矛頭指向他們，結果每次調查後都確定不是神祕人犯案，甚至有民眾匿名謊報，說自己是神祕人想挑戰四大名探，搞得四大名探不但疲於奔命，也不能錯過任何一件命案的案件外，還得被社會大眾數落，加上還有丁曉雯這位記者，總是加油添醋的報導，害四個人生活簡直一團亂。

「天龍啊，都已經4個月過去了，今天都9月1日了，兇手一點動靜都沒有，現在是怎麼樣啊？阿龍，我們還要再繼續追緝下去嗎？兇手會不會已經失去殺人追捕的遊戲興趣了啊？」契龔睡眠不足的抱怨著。

「失去興趣？這個推測是不可能發生的，兇手一定是故意按兵不動來消耗我們的精神，4個月都沒動靜，我相信兇手一定是在默默編排劇本，這時候鬆懈才是最危險的時候。」天龍怒拍桌子。

「龍哥，我相信你說的，但是我們現在連一點線索都沒有，這樣被動的等下去，實在不是辦法，加上這4個月來，大小命案矛頭全都指向我們，搞得我們生活亂七八糟，我擔心在兇手還沒開始行動前，我們自己可能就先陣亡了，畢竟這4個月大家每天都精神緊繃，也都沒能好好睡上一覺。」聖莘話說得很直：「浩，你怎麼看呢？」

宇浩除了沉默不語外，還有點恍神，畢竟4個月沒能好好休息，精神也都不太好。

就在此時刑事組的同仁小齊，匆匆地推開他們四人辦公室的門跑進來。

「龍哥，1線電話，好像是你們在追緝的兇手打來的。」小齊慌張地說著。

四人聽到又是兇手來電，這都已經不知道是第幾通了，天龍雖然覺得無奈，還是拿起電話筒開啟擴音。

「喂！」

「呵呵呵，四大名探好久不見了，最近好嗎？有沒有睡好？」

四人一聽到這熟悉的笑聲，全都從椅子上彈坐起來，宇浩心想總算是等到你了。

「躲了4個月了，終於肯出來面對啦，有什麼事快說。」天龍故意譏諷他。

「聽起來你們是迫不及待的想看到我呢，怎麼樣？是不是我讓你們失望了？」兇手反譏諷四大名探。

「你到底想怎樣？」反而是宇浩沉不住氣對著話筒大喊著。

「呵呵呵，黃宇浩你別急，4個月前你能讓老江準時在12點赴黃泉路，已經足以證明你的實力不錯了，或許哪一天有機會我跟你可以合作，組一個殺人團喔，另外順便提醒你們該收收心好好工作囉，因爲新的慶典卽將開始了，哈哈哈。」兇手說完就掛掉電話了。

「他媽的，他是有病是不是，我們眞的是遇到瘋子了。」契龔忍不住打了個冷顫。

「坦白說，這個兇手實在有夠囂張狡猾，而且還很有膽識呢。」天龍忍不住露出讚賞他的表情。

「哼，不管如何，他倒是激起我的鬥志了，我絕對不會放過他，也絕不會讓他失望的。」宇浩激動的說著。

「不管怎樣，兇手竟然將殺人這種事當作慶典，難道他的動機只是純粹好玩？」契龔感到不可思議地說著。

「各位，旣然兇手都敢打來局裡嗆聲，看來兇手已經準備好了，這一仗我們可不能輸啊。」天龍大聲說道。

「廢話，別忘了我們可是四大名探，從來沒輸過沒怕過呢。」宇浩難掩興奮的表情。

「我們就照之前說的方式分頭進行，以暗號通訊，這一次換我們將主控權拿回來。」天龍提醒著。

四人默契的點頭，鬥志非常高。

時間拉回到8月30日晚上9點。

申俊輝結束門診後，打了通電話給獅子會的會友李祖權。

「喂！祖權，我是俊輝，你睡了嗎？」

「哎呀，是申醫師啊，真是好久不見，最近好嗎？」接到申俊輝的電話，李祖權感到相當驚喜。

「呵呵，還是老樣子囉。」

「這樣啊，哈哈哈，對了，今天怎麼想到要打給我呢？接到你的電話我真是嚇了一跳，我還以爲經過上次那件事，你就不會再找我了。」李祖權自嘲的說著。

「怎麼會呢？我知道會長是大忙人，總是要爲社團著想的，只是我個人對於放款就眞的比較沒興趣，我還怕我沒參與，會掃會長的興呢？」

原來李祖權是創立獅子會的會長，本身是在建築公司上班的經理人，個性活潑樂觀且相當活躍，創立獅子會就是希望多點機會認識有錢人，不過私底下會在會裡找一群更有資產的人做資產投資，一開始只是房地產的投資，後來越做越大，也開賭局也做資金放貸，而申俊輝剛好是這個獅子會的會友，所以李祖權曾找申俊輝加入一起放貸做投資人來賺利差，申俊輝對此感到很不悅，還把李祖權訓了一頓，覺得怎麼可以假藉獅子會的名義私下做這種事。

「哎呀，申醫師你別這麼說啊，每個人都有選擇的權利，你不喜歡當然就不要勉強自己囉。」

「呵呵，那眞得謝謝會長的體諒，對了，另外我怎麼聽說奕欽破產準備跑路了？他不是有跟會長一起做放款的投資人嗎？怎麼還會破產？」申俊輝不解地問道。

奕欽是獅子會的另一位會友，很年輕就繼承了家裡不少的財產，他有加入放款的投資計畫，其實李祖權當初找上奕欽就是看上他有繼承了上億的財產，所以找他來當資金端，並且讓他去做債務催收，但是奕欽個性衝動又好賭，幾年下來幾乎把錢給敗光不少，而這段時間李祖權累積了不少資產，當然這一切都是李祖權設計的。他總是假藉獅子會的名義找會友當投資人，然後鼓吹會友一起加入放款的投資計劃，一方面又邀請他們開設賭局，不少會友資金就默默的被他吸乾，最後又回過頭去找李祖權借錢，李祖權就要他們用投資名義的方式，介紹他們的人脈加入，然後賺傭收與利差，這樣李祖權就有源源不絕的會員跟經費了。

「唉，別提他了，自己好賭又沒本事裝闊，結果還有臉回來跟我借錢要人情，要不是因爲他有繼承家裡財產，我才懶得理他。」李祖權表情非常不悅。

「祖權啊，我最近對你的放款計畫也開始有興趣，找時間出來見面，吃個飯聊聊好嗎？」

申俊輝主動邀他一起見面吃飯，聊聊他的放款計畫，李祖權一聽，當然相當願意。

「哎呀，申醫師主動找我了解，當然沒問題啊。」

「好啊，那約明天晚上7點如何？」

「好啊，沒問題，那約哪裡呢？」

「我們約永康金三角大樓附近有間水漾餐廳好嗎？」申俊輝問道。

「好，那我們明天晚上7點見囉。」

「好，明天見。」

李祖權心裡相當興奮，因爲又有肥羊上鉤了，但是他卻萬萬沒想到這是他人生的最後一餐了。

時間來到9月1日下午1點半。

申俊輝打電話給會友奕欽。

「喂，奕欽，我是申醫師。」

「申醫師啊，好久不見，怎麼了？」王奕欽緊張的問道。

「聽說李會長自殺了耶？你有聽說了嗎？」申俊輝相當緊張且驚訝的語氣詢問王奕欽。

「什麼！怎麼可能，什麼時候的事？」王奕欽相當驚訝聽到李祖權自殺的事。

「我也不知道，我只是聽人說而已，我還沒求證過，聽說是在金三角大樓他租的小辦公室裡自殺的。」

「怎麼可能？他發生什麼事了嗎？否則他好端端的怎麼突然自殺？」

「所以我才想問你啊？你不是跟會友的互動還不錯嗎？」申俊輝故意這樣問。

王奕欽心裡想著，哼，李祖權你死了活該，幹了這麼多見不得人的事，眞是老天有眼早該讓這種人死一死了，原來自從王奕欽敗光錢後，李祖權就假藉好心要借他錢，說是兄弟一場不用急著還，但是條件是幫他賣毒品，由於王奕欽急缺錢又相信會長是自己的好哥們，一定會挺他，就幫忙賣毒品，誰知道出了事就全推說自己不知情，自己是無辜的。

「你可別亂說啊，誰跟他互動不錯？」王奕欽急忙撇清自己跟會長的關係。

「那奕欽你可不可以現在幫我過去金三角大樓確認一下這件事？」

「申醫師你這麼關心會長幹什麼？就不要管他就好啦。」

「唉，我不是關心他，我是關心我的錢啊。」

「申醫師你……你也參加放款計畫了嗎？你不是反對嗎？」王奕欽相當驚訝聽到申俊輝有參與放款計畫。

也難怪王奕欽會這麼驚訝的問道，因爲申俊輝當初是反對他自己參加這計畫的人。

「總之你先過去幫我確認一下，我再給你酬勞好不好？」申俊輝故意用酬勞吸引王奕欽去金三角大樓。

「好吧！那我現在出發也要半個多小時，等我到了確認過後再打給你。」

果然一聽到有酬勞可以拿，王奕欽馬上就答應了。

「嗯，再拜託你了，我可是投資500萬喔。」

「是喔！那我要500萬的一半酬勞才願意跑這一趟，因爲我的時間也是很寶貴的，而且你也不希望別人知道你做放款的事吧。」王奕欽怕申俊輝聽到酬勞費後就不讓他去，便故意威脅他。

「好吧，要不是我現在在看診沒空過去。」申俊輝假裝很困擾，自己因爲正在看診無法親自過去，「那記得別讓人知道是我叫你去的，知道嗎？」

「好，成交，等我消息。」

王奕欽很開心地出門，沒想到跑個腿就可以賺250萬，心裡正想著這個申醫師也太好削了吧，卻不知道這也是申俊輝爲什麼打給王奕欽的原因之一，因爲他知道王奕欽相當缺錢一定會爲了錢跑這一趟路，另外他也知道王奕欽跟李祖權兩人私下已經因爲放款業務，逼死過不少人了，所以申俊輝心裡早就盤算著，要讓這兩顆獅子會的老鼠屎消失。

9月1日下午2點多時，刑事組接獲報案，臺南市永康區金山角大樓的辦公室發生一起奇怪的死亡事件，四大名探接到通知後馬上趕去現場查看。

「又來了，又是完全沒有打鬥的痕跡，現場還是一樣保持的這麼完美。」契龔對案發現場感到莫名的噁心。

「小浩，你來看看死者額頭的符號是什麼意思？」天龍表情凝重的說著。

宇浩走近死者一看，死者額頭上有䷆卦象。

「龍哥，這是地水師卦，主大凶象，有強烈教訓的現象，另一個層面的意思是有經驗者方得勝。」

「這麼說還是挑釁的意思囉。」

「可以這麼說。」

「天龍，死者的身分已經查到了，是永康名權獅子會的會長，本身是建築公司的經理人。」契龔走過來跟天龍報告著。

「死者有跟什麼人結怨嗎？」

「如果照同事的回報，知道他私底下有在做放款的事業，我想可能是這部分跟人有財務糾紛吧。」契龔猜測著。

「所以我們可以推測，兇手有可能就是因爲跟死者有財務上的糾紛，因此才殺了死者。」

「我總覺得這個兇手的殺人動機沒有這麼簡單。」宇浩認爲兇手不會爲了錢而殺人。

「天龍，你看窗戶，聖莘應該發現在打暗號了。」契龔看著窗外說著。

原來到現場只有天龍跟宇浩還有契龔，而聖莘則在另一棟大樓某層樓，正用望遠鏡觀察案發現場的周圍，這是因爲依犯罪心理學來看，兇手往往喜歡在案發現場躲在人群中偷偷觀察自己的傑作。

「我就不相信你沒混在人群中觀察。」

聖莘心裡想著，果不其然，聖莘注意到附近有個可疑的人，神情緊張慌張地看著金三角大樓，鬼鬼祟祟來來回回的走了好幾次。

「總算被我找到了吧。」聖莘心裡吶喊著。

聖莘趕緊用鏡子反射太陽光以摩斯密碼告知天龍他們。

「宇浩、契龔，快點，聖莘發現有可疑人剛轉進右邊的巷子裡了。」

「總算逮到你了。」契龔一個箭步馬上衝進巷子裡。

「站住。」宇浩大聲喊著。

那人聽到站住後拔腿就跑。

「媽的，這次絕對不會讓你跑掉。」宇浩內心相當激動。

宇浩、契龔、天龍三人好不容易終於抓到可疑人士，只見被抓的人大喊著：「不關我的事啊。」

「哼，到現在還裝蒜啊，有勇氣殺人沒勇氣承認。」宇浩大聲說著。

「眞的不關我的事啊，我沒有殺人啊，殺人的不是我。」

「小浩先等等，我們先聽聽他怎麼說。」天龍示意要宇浩先冷靜下來。

「我不知道你們是刑警啊，剛剛電話裡的人也沒跟我說淸楚，只跟我說到他指定的命案現場晃一下，然後就走進巷子，等到聽到有人大喊要我站住我就開始跑，我還在想對方是誰，他就跟我說事成之後會有錢可以拿，我心裡想反正有錢可以拿，所以我也沒想那麼多。」可疑人士解釋著。

「誰打給你？」契龔好奇問道。

「其實我也不知道對方是誰？只知道他跟我說只要照著他的指示做就有錢可以拿。」可疑人士一臉無辜樣。

「對方是不是男生？還有他怎麼會有你的電話？而且你連對方是誰都不知道爲什麼要聽他的指示？」宇浩心急地說著。

「是男生的聲音沒錯，至於他怎麼會有我的電話，反正我有拿到錢就不管那麼多了。」

「他如何把錢給你？」天龍問道。

「他似乎早就把錢放在指定的地方，我照著他說的地點過去找，確實有錢。」

其實這位可疑人士就是王奕欽，他到金三角大樓才發現現場已經被封鎖線圍起來了，他看到後非常緊張，因爲怕自己拿不到錢，所以來來回回好幾次，又擔心自己被誤會成殺人兇手，趕緊隨口跟天龍他們撒謊。

「糟糕！」天龍突然心裡大聲的喊著。

「我想我們可能中計了，兇手早就算到我們會有分頭行動的安排，所以有可能也會在遠處觀察著我們的一舉一動，宇浩快，你趕快回去找聖莘還有沒有在大樓裡。」

宇浩似乎聽懂天龍的意思，心急的往聖莘待的大樓方向跑，留下天龍跟契龔在原地繼續盤問王奕欽。

「你說你有拿到錢，把錢拿出來給我看。」天龍對著王奕欽士說道。

「你憑什麼拿我的錢？」

「就憑我們懷疑你跟一起謀殺命案有共犯結構關係，看你是要乖乖把錢交出來就沒事，還是要拿這筆錢等著吃牢飯打官司。」契龔非常不耐煩，略帶威脅的語氣怒吼著。

「幹，算我倒楣，錢給你們，這樣可以放我走了吧，莫名其妙扯上什麼命案，我先說我可是無辜的喔。」王奕欽覺得自己怎麼那麼倒楣，隨手往口袋裡掏出自己的錢，給了天龍他們。

「哇靠！就為了這幾千塊你就這麼乖乖聽話啊。」契龔訝異的說道。

「好了，你走吧。」天龍讓王奕欽離開：「契龔，我們把這些錢拿回去給鑑識組，請他們鑑識看看有沒有什麼線索。」

「好。」

另一方面宇浩急忙跑到聖莘待的大樓裡，發現聖莘被人反綁在椅子上，並且呈現昏迷狀態，宇浩見狀趕緊衝過去她身邊。

「聖莘，聖莘。」宇浩慌張地拍著聖莘的肩膀叫著。

「浩。」聖莘醒來虛弱地叫著宇浩。

「莘，妳感覺怎麼樣？發生什麼事了？」宇浩自責又心疼的說著。

「我也不知道發生什麼事，當我打完暗號給你們後，準備轉身前往支援的時候，我就失去意識了，然後下一個意識就是聽到你在叫我了。」聖莘邊說邊用手輕輕敲著自己的頭。

「唉，看樣子我們又被兇手擺了一道了，全都中計了，你發現的可疑人物，其實只是一位聽從兇手指示的棋子，我們的一切行動還是都在兇手的掌握裡，不過幸好妳平安無事。」

宇浩看到聖莘人只是暈過去，並沒有什麼大礙便鬆了一口氣，因為他非常害怕聖莘有什麼萬一。

「嗯，放心我沒什麼事。」聖莘安慰著宇浩。

只是聖莘心裡疑慮的想著，兇手既然都能找到自己了，怎麼沒把自己抓走，用自己來威脅夥伴們？

「莘，站得起來嗎？我們趕緊離開這裡去跟龍哥他們會合。」宇浩這段話打斷了聖莘的思考。

「好，我們趕緊離開這裡。」

聖莘站起身後，宇浩看到坐墊上留有幾行文字。

「莘，等等，坐墊上似乎有什麼訊息？」應該又是兇手留下了什麼線索吧，宇浩心想著。

坐墊上的文字寫著：「後天八卦秀乾金，八方匯集獨缺巽。」

「浩，你看的懂這是什麼意思嗎？」

宇浩在心裡想了一下，很快反應過來這是八卦裡的44卦天風姤，但是沒想到這起命案的報案電話，就是兇手自己打的，原來兇手早就在金三角大樓附近了，他算準王奕欽到命案現場的時間，主動打電話報警，就是希望利用王奕欽把宇浩、契冀、天龍支開，然後將這段文字透過聖莘留下線索給他們。

「莘，我想兇手是想傳遞44卦的天風姤䷫給我們。」
「這是什麼意思呢？」聖莘疑惑的問道。
「天風姤的卦意，是代表邂逅不期而遇，簡單來說，會有突然意外之喜或是意外之災，另外從精神層面來說，代表著思慮不定。」
宇浩心裡反復思索著，兇手留此卦象到底是想說什麼？
「浩，兇手留這個卦象是想提示什麼嗎？例如下個對象或是地點什麼之類的？」聖莘好奇的問道。
「對象？」宇浩聽到聖莘這麼說，「難道是……」
宇浩像是想到了什麼，也不管那麼多了，立刻打電話給天龍。
「喂，小浩啊，不是說了用訊息傳遞不要打電話了嗎？你怎麼……」
「龍哥，剛剛抓到的人呢？」沒等天龍說完，宇浩等不及搶問。
「他離開了啊，怎麼了嗎？」
宇浩心裡暗叫，媽的，晚了一步。
另一邊，王奕欽離開天龍他們後，走在中華路上心裡覺得自己有夠倒楣的，正準備打給申俊輝時，一輛車靠近他停了下來，對方搖下車窗，王奕欽一看是申俊輝。
「啊，申醫師我正要打給你呢。」王奕欽有點不悅的說著。

車。

「先上車再說。」申俊輝示意要王奕欽先上車，王奕欽也不疑有他，就坐上申俊輝的車。

「幹，眞倒楣，沒想到現場已經有刑警了，害我差點被誤會成殺人兇手，你的錢還沒拿到，就先白白損失幾仟塊了。」

「哦？所以會長眞的死了？」申俊輝假裝關心的問道。

「嗯，而且我在現場有聽到圍觀的人說，李會長好像是跟人有金錢財務糾紛，才會引來殺機，好像不是自殺的。」王奕欽面無表情地說著。

申俊輝沒多說什麼，只是一直靜靜地開著車往前。

「申醫師我們現在是要去哪裡？還有你什麼時候可以給我該給的錢？」王奕欽只關心著自己的酬勞。

「我們先去安南區我朋友開的賓館，那裡安全點，也方便討論事情。」

「也好，先離開永康這裡吧，免得等等又被刑警找麻煩。」被誤會成殺人犯，王奕欽整個人心情很差。

申俊輝開車載著王奕欽來到安南區的湘南大賓館，兩人下車後，申俊輝帶著王奕欽往裡頭去，不過一路上都沒看到什麼人，也沒看到老闆。

「怎麼一個人都沒有，老闆呢？」王奕欽疑惑的問著。

「老闆剛好外出不在。」

「中醫師你好像對這裡很熟耶，不需要人帶，都知道怎麼走。」

「喔，因為我常來啊。」

申俊輝帶王奕欽走進某一間房間後，打開一個暗門，裡頭還有一個不算小的空間。

「呦，房中房耶，哇塞！裡面空間也滿大的說。」王奕欽邊說邊往內走。

「你跟李會長到底騙了多少人多少錢？」申俊輝突然語氣變得沉重，低沉的問道。

王奕欽還來不及回頭看申俊輝，便發現裡面木地板中間埋著一個人，王奕欽嚇了一跳，正準備往回跑時就不省人事了，沒多久王奕欽突然被一個劇烈的疼痛給驚醒，醒來後他發現申俊輝正手拿手術刀在切開他的肚子，王奕欽痛到嘶吼的狂叫。

「幹，申醫師你在幹什麼？哇！哇！你快停下來啦，痛死了，你到底在幹什麼啦。」王奕欽痛到哭喊著。

「王奕欽，你跟李會長幹了些什麼事，應該不會沒印象了吧。」

「拜託你饒了我，那都是會長叫我幹的啦，哇！拜託你別再切了，好痛啊。」王奕欽大叫痛到快暈過去了。

申俊輝會對王奕欽做這種事，是因為王奕欽跟李祖權也曾經對還不起錢的人做過同樣的舉動，當債務人還不起錢的時候，李祖權會叫王奕欽把人架走綁起來，然後把債務人的器官取出來賣錢來抵債，他現在也讓王奕欽嚐嚐這種撕裂的疼痛感。

「所以李會長先去等你囉。」申俊輝面無表情冷酷地說道。

王奕欽這時候才知道原來李會長是被申俊輝給殺掉的，結果自己因爲貪財才中了申俊輝的圈套，不管他如何哭求申俊輝都沒用，最後還是失血過多死了。

時間回到6月20日。

一名老婦人因爲長期失眠跟感冒來找申醫師看診，而他對長者都會特別的關心與耐心。

「陳姨，您只是輕微的感冒，記得要多休息喔。」申俊輝笑臉溫柔的說著。

「喔，這樣啊，還好只是輕微的感冒而已。」

「對啊，您要多休息，這段時間我看您精神一直都很不好，是不是有什麼事在煩沒睡好呢？」申俊輝輕聲的關心著。陳姨聽到申醫師關心的詢問，不禁悲從中來。

「陳姨怎麼啦？怎麼哭了呢？」他看到陳姨難過到流淚，忍不住緊張的詢問發生什麼事了。

「申醫師其實不瞞你說，自從上個月我女兒過世後，我就一直很難走出來，我實在想不透，一個好好的女兒養那麼大，怎麼說沒就沒有了。」

陳姨越講越傷心難過，申俊輝終於知道，原來陳姨這段時間一直承受著失去女兒的痛跟思念，他心裡相當難過聽到這樣的消息，因爲他非常了解失去至親的痛苦。

「陳姨，不好意思我方便了解您的女兒是怎麼……過世的嗎？」

「她是自殺的。」

「什麼！怎麼會這樣呢？女兒發生什麼事，這麼過不去非得自殺呢？」申俊輝覺得陳姨的女兒也太不會想了，怎麼放著媽媽自己先走呢。

「都是那該死的影片，那老闆實在是很沒天良，竟然會在房間裝針孔攝影機偷拍。」

「陳姨，您說的是什麼意思？什麼偷拍？」申俊輝不解地問道。

「我女兒上個月跟男朋友去安南區一間賓館過夜，沒想到那間賓館的老闆竟然在房間裝針孔攝影機，結果把小倆口恩愛的影片分享到網路上，我女兒本來跟男朋友開開心心的準備論及婚嫁了，現在因爲這段影片，造成她心理的陰影，我發現後跑去跟老闆爭論，結果老闆說是年輕人自己拍的，說他是生意人不可能在房間裝針孔攝影機，還說我沒證據就這樣亂說話，如果造成他的信譽跟生意受損就要告我，結果我女兒承受不了壓力，竟然趁我沒注意選擇吃安眠藥自殺了。」陳姨越講越傷心難過。

「怎麼會這樣呢？」

申俊輝聽完後也難過流淚，並安慰陳姨，人死不能復生，自己的身體要好好的照顧好，別太難過，如果傷了身體不值啊。

「陳姨，那您知道女兒是去安南區哪一間賓館嗎？」

「她是去安南區的湘南大賓館，那個老闆眞的是太沒天良了。」陳姨情緒激動的說著。

申俊輝跟陳姨說像老闆那種人一定會有報應的，或許是有跟人聊聊吧，陳姨心情好多了，拿過藥後就跟申俊輝道謝離開診所，而此時申俊輝在心裡已經暗自在盤算著事情了。

時間來到7月18日。

永康奇美醫院晚上救護車送來一位老婦人急診，救護車從安平將老婦人送上車後就一路CPR急救，當晚剛好是申俊輝值班，當他知道急診室送來一位急救的長者後，他趕忙衝過去支援。

「患者的狀況現在如何？」

「申醫師，患者目前已經沒有生命危險了，但是由於腦缺氧時間有點久，所以很有可能會腦死成爲植物人。」

「患者有家屬親人嗎？」申俊輝關心的問道。

「患者就是被自己的小孩氣到中風才緊急送醫院的。」護士無奈的說著。

「怎麼回事？」申俊輝感到有些驚訝。

「聽患者的先生說，他們的小孩是個小混混，整天跟兩老伸手要錢，如果不給還會毆打兩個老人家，先生還說如果患者成爲植物人，就讓患者先走，因爲他實在無力支付醫療費用。」

申俊輝聽聞這些話，心裡感到非常沉痛，於是心裡偷偷做了決定。

「把患者安頓至單人病房吧，每月需要的醫療費用由我來支付。」申俊輝吩咐著護士人員。

「申……申醫師這……這樣好嗎？」護士有點不捨的說道。

「照我說的做吧。」

「好吧，申醫師您眞是個好人，您一定會有福報的。」護士爲申醫師的行爲感到驕傲跟感動。

時間回到現在9月1日。

「龍哥，他離開多久了，知道往哪個地方去嗎？唉呀，算了，龍哥你聽我說，我現在來不及解釋了，總之剛剛我們抓到的那個人就是兇手的下一個目標，我們現在趕快往安南區的一些旅館去找人，先約海佃路的麥當勞碰面吧，到了我再跟你解釋。」宇浩說完匆匆掛上電話，天龍雖然一頭霧水，但是也馬上跟契龔兩人前往安南區。

「浩，怎麼回事呢？」聖莘也被宇浩搞得有點緊張了。

「走吧，路上我再跟妳慢慢解釋。」宇浩一路上跟聖莘解釋著：「剛剛有提到，44卦天風逅有不期而遇的驚喜或意外，而我跟龍哥還有契龔哥原本以為剛剛抓到的人是兇手本人，結果卻不是，但若換另一個角度來看，跟剛剛的陌生男子算是不期而遇，所以我便推測這個人是兇手的下一個目標。而兇手又提到後天八卦以及缺巽，而巽為東南方，以後天八卦的方位來看，就是在安南區了，若根據此卦象的場地卦意來看，要找人可以往一些小旅館之類或遊藝的場所。」

另一邊契龔跟天龍已經抵達安南區海佃路麥當勞了。

「天龍啊，小浩有沒有給出明確的方向啊？否則我們這樣在安南區漫無目標的找，要找到什麼時候呢？」契龔稍微有點小小抱怨。

實在不是因為他不相信宇浩，而是這樣找實在太沒效率了，坦白說天龍心裡也是很清楚，這樣實在太難找了，正苦惱時天龍的電話聲響起了，但是伴隨著電話聲來的是不少警車的聲音，而且也越來越多警車從他們身邊經過，他趕緊看了一下手機，是夏浩雲的來電，心中充滿不安的情緒。

「喂！處長，怎麼了？」

「天龍，安南區某間賓館的老闆打電話來報案，說裡面發生命案，你現在馬上趕到安南區的湘南大賓館去。」

天龍聽到這，心裡有底了。

「老龔，原來是在湘南大賓館裡。」

「現在這麼多警車聲，難道……」契龔覺得不妙。

「沒錯，我們又晚了一步了。」天龍無奈的說著。

話一說完，兩人便趕往湘南大賓館，但是天龍、契龔兩人的內心都充滿著怒火，因爲他們離湘南大賓館不過50公尺的距離而已，天龍馬上打電話給宇浩，通知他前往湘南大賓館，10分鐘後宇浩跟聖莘也趕到現場了，現場已經拉起封鎖線了，也來了一堆記者，兩人看到丁曉雯竟然也已經到現場了，不過因爲時間緊迫，兩人並沒有理會她，而是直接走進屋內。

「龍哥，現場怎麼樣？」宇浩一進到屋內，等不及直接問狀況。

「現場依然保持相當乾淨，看來又是一個非第一案發現場的地方了。」天龍氣憤地說道。

「怎麼會呢？我們這樣前前後後不過才一個半小時的時間，這麼短的時間裡到底是怎麼發生的？」聖莘對整件事感到不可思議。

「我想應該就在我們放走被害者後，兇手應該就動手了，再一步步將一切的場景按照劇本放置好，就像兇手所說的，慶典已經開始了，一切都照著他的劇本在演了。」契龔講得既無奈又氣憤。

「他媽的，這個兇手殺人也太有效率了吧。」宇浩簡直不敢相信兇手能在短時間內完成這些事。

第一次深深感受到他跟兇手是不同level的。

聖莘此時非常冷靜的觀察屍體的每個細節，契龔則跑去外面看看是否有可疑人士。

「奇怪，這次兇手都沒有在屍體上留下任何線索，倒是在胸口下面有一條很深很寬的刀疤，而且刀口切的非常完整，難道……」聖莘懷疑死者體內可能有器官被取走。

宇浩似乎看出聖莘的疑慮。

「莘，妳是不是懷疑死者有器官被取走？」

「嗯，因爲這次屍體跟兇手過去留下線索的方式不同，所以我認爲有可能這次兇手是想透過取走的器官留線索。」聖莘大膽推斷著。

「好，假設這個推判正確，眞有器官被取走的話，如果我判斷沒錯，應該是膽。」宇浩肯定的說道。

「小浩，您憑什麼線索來判斷是膽器官呢？」契龔質問著。

「這我晚點跟各位解釋清楚好嗎？我們先再仔細觀察現場有沒有留下其他的線索。」

天龍也認爲宇浩說的沒錯，現在首要就是趕緊查看現場是否有其他的重要線索，即使現場如此乾淨也不能大意，至於是什麼器官就等鑑識組的人員來協助鑑定了。

「老龔，你先趕快查一下死者的身分以及相關資料，聖莘妳去問一下老闆什麼時候發現屍體的，還有這段時間有沒有看到可疑人士進出，順便調閱一下監視器。小浩你現場再仔細檢查一下，看看兇手是否有留下什麼蛛絲馬跡的破綻或是線索，大伙動作快，我們沒有時間再這麼被動跟消極了。」天龍冷靜地分配所有人的下步行動。

天龍已經完全被兇手挑起怒火了，簡直把四大名探耍著玩，其實此時四人也都完全沉不住心裡的怒氣了，四人走出屋外在天龍話都還沒說完已經都各自積極動作起來了，偏偏這時候丁曉雯又叫住契龔。

「曉雯妳又來啦，還眞是命案現場都擋不住妳。」契龔有點不耐煩說著。

「丁記者妳是準備又要來亂寫是非報導了嗎？」聖莘非常不客氣地怒斥著。

聖莘看到丁曉雯心情就不好，對於這種違背良心報導的記者她最痛恨了，就是有這種唯恐天下不亂的人，社會問題才會越來越多。

「哼，鄭探員我們都同樣都身爲女人，有必要講話這麼衝嗎？而且我寫的都是事實，不是捏造的假象好嗎？況且我今天又不是來找妳，我愛找誰就找誰，這是我的自由妳管得著嗎？奇怪了，難道我找誰還得經過妳同意啊。」

丁曉雯不愧是記者，伶牙俐嘴的口才講到聖莘啞口無言，但是聖莘實在覺得不需要浪費時間在這種人身上，契龔見狀趕緊打圓場。

「喂！聖莘啊，丁記者也是眞心想幫我們的忙，我相信以丁記者的專業一定會幫我們做正向報導，也順便提升我們四大名探的名氣，況且我們也確實需要媒體來協助我們，讓社會大衆知道案子現在進行得如何啊。」

「契龔哥你別傻了，這種人只會關心自己的新聞是不是夠勁爆，能不能成爲獨家或是頭條，你還不知道嗎？」聖莘覺得契龔實在是太天眞了。

天龍見狀趕緊阻止聖莘繼續說下去，並跟聖莘說刑警跟記者在案發現場外吵非常難看，不要再讓人放大解讀了，也要求丁曉雯不要再騷擾自己的夥伴了，要什麼新聞自己想辦法去挖，說完就叫大夥開始做事。

「哼，我警告妳，再敢亂寫我一定告死妳。」離開前，聖莘忍不住嗆了丁曉雯。

「哇！我怕死了，看到時候誰告誰，不要以爲警察我就不敢告。」丁曉雯也跟著回嗆。

聖莘說完便轉身氣憤的離開，而契龔在離開前偷偷塞了張字條給丁曉雯，她打開字條一看，上面寫著四個月前的兇手又開始回來展開殺戮了。

「哈哈，折騰了四個月兇手終於再次回來，這下可以寫刑事鬥道士的續集了，道士兇手啊，我就知道你一定會再回來的，太好了。」丁曉雯興奮的自言自語起來，她的腦袋裡又開始在想劇本了。

天龍回到局裡辦公室，等待大夥調查好回辦公室報告。

「天龍，原來這名死者叫王奕欽，專門從事放款收高利貸爲主，過去也用過殘忍的手段逼死過不少人，像這樣的人死了似乎也解決了不少人的麻煩呢。」契龔有點苦中做樂，半開玩笑的語氣說著。

「龍哥，我全部都仔細檢查過了，除了死者身體的刀痕外，其他的部位跟周圍環境都沒有任何線索了，依照兇手過去的犯案手法與心思的細膩度，兇手似乎是故意留下這麼專業俐落的刀痕，我個人推測兇手應該是一位外科醫生。」宇浩表情嚴肅的說道。

「嗯，很好，至少這樣我們可以縮小調查範圍。」

「但是龍哥，這會不會是兇手故意讓我們這樣想的，結果又是要誘導我們往錯誤的方向呢？」

不難想像宇浩會如此擔心，畢竟從一開始宇浩的每一步幾乎都在兇手精準預測的劇本下，造成他開始對自己的自信心產生動搖，不知道已經有多少次被兇手牽著走了。

「小浩，你聽我說，你要相信自己的判斷，我們都知道這個兇手對自己相當有自信，而且向來直球對決，所以我相信他就是要我們這樣的判斷，就是要我們從外科醫生這個方向去調查，而我個人也是這麼判斷的，你想想看，除了高明的外科醫生外，一般人怎麼可能可以把傷口處理的這麼完善？」天龍知道宇浩受兇手影響，鼓勵他一定要相信自己的判斷。

宇浩聽天龍這麼一說，認爲現在絕對不是懷疑自己的時候，信心絕對不能被兇手動搖。

「龍哥，謝謝你。」

「少來這麼客套了，重點是我們不能再受兇手的影響，如果連我們都懷疑自己，那這場仗要怎麼打啊，是吧。」天龍用拳頭在宇浩的胸前輕捶著，爲他加油打氣。

「嗯，我知道了。」宇浩露出難得的笑容。

「聖莘，妳那邊有什麼消息嗎？」天龍望向剛回到辦公室的聖莘問道。

「龍哥，湘南大賓館的老闆說自己是在巡房的時候，發現案發的房門由裡面鎖住，用鑰匙打開門，看到死者靜靜地趴在床上，一開始老闆並不知道死者當時已經死亡，但是因爲對方已過了退房時間，所以老闆便大聲叫他，發現怎麼叫都沒反應，走近拍他也沒反應，將他翻過來才發現對方已經死了，老闆說他記得那時候是下午4點45分左右。」

「老闆有提到死者是自己來還是跟人一起來的嗎？」

「龍哥等等！」聽完聖莘說的內容，宇浩突然感到有疑點，打斷了他們的對話。
「小浩，怎麼了？」
「莘，妳剛剛的意思是，死者死前有跟老闆交談過嗎？」
「嗯，老闆說死者是自己一個人來訂房休息。」聖莘回憶的說著。
「老闆又跟妳說下午才發現死者趴在床上死亡的？」宇浩繼續追問著。
「小浩，怎麼了，這樣有什麼問題嗎？」契龔不解地問道。
「各位，我們不是看過現場後才判斷湘南大賓館非第一案發現場嗎？」宇浩試著解釋自己的疑點：「但是如果死者是自己去登記投宿旅館，那不就表示死者是在賓館內被殺的，但是這絕對是不可能的，因爲在這麼短的時間內，現場不可能可以如此乾淨，也就是說有可能是賓館老闆在撒謊。」宇浩猜測地說著。
另外三人聽宇浩這麼說後，當下才驚覺事有蹊蹺，四人連忙趕緊返回湘南大賓館，抵達時老闆已經不在位置了，四人驚覺不妙，因爲他們有可能錯失了抓住兇手的機會了。
「老龔你趕快再去搜查其他房間看看。」天龍急著說道。
「沒問題，交給我。」
「莘，我們去附近看看能不能找到兇手。」宇浩拉著聖莘的手說道。
「好。」聖莘跟著動作。

「龍哥，拜託你了。」宇浩跑出賓館前向天龍大喊。

兩人果然是一起辦案多年的夥伴，彼此默契的眼神互相示意，天龍就了解宇浩的意思，馬上打電話回局裡調派弟兄前來支援圍捕，而四人也非常有默契地認爲死者應該不是只有一位，賓館老闆可能也已經遭遇不測了，聖莘所看到的老闆應該是兇手裝扮的，他們相信兇手一定還藏身在湘南大賓館現場或是附近。

過了一會兒天龍、宇浩、聖莘同時聽到玻璃被用力敲破的聲音。

「大家趕快過來啊，我在發現屍體的房間這裡。」契襲大喊著。

天龍、宇浩、聖莘三人快速趕到契襲所在的房間。

「果然就像我猜測的一樣，這裡有一間房中房。」契襲激動的說著。

契襲一開始便決定先往發現屍體的房間再去觀察一次，結果發現掛鏡子的牆面左上角有個小凸角，他運用經驗判斷認爲這應該是機關，推擠後覺得鏡子後面有空空的感覺，便用力的將整個大鏡面敲破。

「小浩，你不是最後一個檢查的人嗎？你他媽的怎麼沒有發現這個房中房，你到底在搞什麼？」契襲氣憤的指責宇浩。

宇浩看到這一幕，覺得自己竟然沒發現這個暗房，實在太大意了，不過他也因爲被契襲這樣大聲的指責，內心感到非常的不悅，其實這段時間來，四大名探的情緒都被兇手搞得非常容易激動，此時聖莘默默看著宇浩也沒多說什麼，她知道宇浩是被兇手搞到壓力大，許多事情煩心，所以沒注意到這間暗房，但是她也知道現在不是找藉口或是解釋的時候。

「老龔，現在不是追究責任的時候，趕快看看玻璃後面的暗房裡有什麼線索。」天龍趕緊打破僵局。

「媽的，黃宇浩你給我認眞點啊。」契龔還是忍不住怒斥著。

「嗯。」

宇浩冷冷的回應一聲，也難怪契龔如此生氣，畢竟四人已經被兇手搞得相當難堪，一點差錯都不願再發生了，加上不斷被兇手耍著玩，每個人都快失去耐性了，四人走進玻璃後方的暗房內，雖然裡面也保持得相當乾淨，但是隱約可以感覺得出來，這裡應該就是殺人的第一現場了，因爲現場有個裝滿著血液的玻璃瓶，裡頭也有畫著一些符號。

「好啊，總算被我找到第一現場了，就不相信你有多厲害，都不會留下破綻。」契龔像是發洩情緒的叫著。

「大家千萬別大意。」天龍提醒著大夥。

聖莘抬頭看了天花板一眼，發現天花板正上方掛著一面鏡子反照著地板，她透過鏡子定神仔細一看，竟然是一個人躺在地板裡面。

「大家快看前面的地板，有一個人被埋在那裡。」聖莘手指著前方的地板。

鏡子正下方的地板被挖空成一個方型，可以清楚看到裡面躺著一個人，天龍看了一下後心裡有了最壞的預感。

「各位，我想那位應該才是這間賓館眞正的老闆，可能已經……」天龍無奈的說著。

聖莘走近屍體附近檢查，結果在死者的胸前看到熟悉的符號。

「浩，你快過來看一下，這個人的胸前有一個八卦的圖象。」聖莘激動的叫著宇浩，宇浩趕緊走上前看。

「這是一個後天八卦的符號，我再看看有沒有其他線索。」宇浩神情凝重地看著後天八卦圖象說著。

「拜託你檢查仔細一點啊，別再出差錯了好嗎？」

契龔有點故意諷刺的說著，因爲他覺得宇浩這陣子總是心不在焉，不過這也難怪了，除了兇手給的精神壓力外，加上自責的內疚感，還得面對媒體輿論，搞得他這陣子容易常常恍神。

「老龔，別說了，讓小浩保持專心。」天龍用噓的手勢說著。

「哼。」

宇浩雖然心裡難過被契龔如此不信任，但還是打起精神專注的檢查屍體，他發現死者胸前除了後天八卦圖外，胸口的下面還有一些看不太懂的文字。
「這幾行文字看起來好像是反著寫的，一時間難以看得懂寫些什麼。」宇浩吃力地看著死者胸口下方的文字。
「浩，可以由上面天花板的鏡子來看，這樣應該比較容易看懂。」
「嗯，對，有道理。」
宇浩抬頭試著找映在鏡子裡的文字，其他三人也同時抬頭看天花板鏡子裡的文字，雖然字體很小，但還是能勉強的看到內容，宇浩邊看邊唸著這幾行字。

宅術仁心為凡人　病痛皆因肉身起
陰陽五行相沖剋　周易參透八卦齊
人體依序本宮得　已獲巽宮救世濟
文王卦來借方位　四方節氣尋契機

「小浩，這到底是在寫什麼？」天龍一臉有看沒有懂的表情。
「媽的，這是什麼鬼啦。」契龔最沒耐心也最受不了猜謎題了。
「如果我判斷的沒錯，這些是兇手講他的殺人動機跟指示追緝他的方法跟方向。」

宇浩此時竟然有種奇妙的感受，當他看著這幾段文字時，內心突然感到一陣憐憫，他也不知道爲什麼自己會有這種想法，更不可思議的是，他此刻的情緒竟然可如此的平靜，他擔心這會不會是自己過度失去信心的後遺症。

「浩，你怎麼會如此的肯定呢？」聖莘好奇問著。

「因爲這幾段文字是有一些關聯性，有些是在敘述情境，有些是在敘述心境，所以我才會如此肯定。」宇浩表情有點落寞的說道：「龍哥，還記得我們認爲兇手有可能是外科醫生嗎？」

「嗯，我記得。」

「首先我們先看第一行的**『宅術仁心爲凡心，病痛皆因肉身起』**，這段文字我個人的解讀是，兇手在說明自己身爲醫生，主要是想要救助世間的苦難。」

契龔對宇浩的此論點嗤之以鼻，但是他並沒有受到影響，不理會契龔繼續解釋。

「第二行**『陰陽五行相沖剋，周易參透八卦齊』**這段文字應該只是在說明透過周易可以了解到陰陽五行彼此有相沖剋，當參透周易時便具備了解八卦與複卦所要表達事事意象的能力。第三行文字，我判斷是兇手殺人順序的關鍵**『人體依序本宮得，已獲巽宮救世濟』**，先從後面已獲巽宮這句來看，各位還記得嗎，我們在湘南大賓館找到的第一具屍體在身體不是有一道很寬很深的刀痕，那時聖莘不是有提到，不知道死者是不是有器官被取走，我當下不是說，應該是膾吧，之所以會這麼說，是因爲我跟聖莘在大樓裡看到坐墊上的文字，有一段這麼寫著『八方匯集獨缺巽』，而巽本宮在人體的器官就是膾，因此我當時才大膽斷定是膾被取走，所以現在再從第三行來看，兇手殺人的目的，已經可以確定是取走人體器官爲主了。」

宇浩停了一下嘆口氣繼續說道：「至於最後一行文字『**文王卦來借方位，四方節氣尋契機**』，在易經八卦裡，分有伏羲八卦及文王八卦，其中伏羲八卦是指先天八卦，而文王卦指的就是後天八卦，所以兇手的意思是要我們以後天八卦來斷卦方位，下面的四方節氣，我認爲是在指二十四節氣裡的立春、立夏、立秋、立冬的四季時間點。」

天龍、契龔、聖莘三人聽完後，都深感易經八卦眞的是中國老祖宗一門高深的學問，天地萬物的人事物，竟然都可以透過64卦去判讀其因果關係，實在是太不可思議了。

「照你這麼說，這幾段文字就是兇手在告訴我們，他的殺人目的與追緝他的方向，是嗎？」天龍直覺這個兇手根本就是個人才。

「嗯，就是如此。」

「他媽的，我只覺得這個兇手有病，而且就這麼有信心，敢下這種戰帖，我們可是四大名探耶，簡直是不把我們擺眼裡了。」契龔此時已經快被兇手氣到想殺人了。

聖莘不知道自己爲什麼會對這幾段文字特別有感受，她覺得兇手的內心應該有無比的掙扎與無奈，認爲他應該是期望有人可以協助自己停止這一切的殺戮，不過她大概沒猜到宇浩也對這幾段文字有跟她一樣的感受。

「各位，按照兇手過去的手法以及對自我的自信，我認爲他這幾段文字的指示，可信度是相當高的，現在我們可以更聚焦鎖定兇手是一位外科手術醫生，並且知道兇手殺人的目的是以取得器官爲目的，現在的問題是兇手的下一個目標是誰？我們必須在他下手前，找出關鍵線索跟證據將兇手繩之以法。」天龍肯定大夥的努力，對於兇手的追緝有前進一大步了。

「天龍，重點就是我們到底該如何找出兇手的下一個目標呢？我講難聽一點，小浩又技不如人，每次都是被兇手牽著走，總不能又是有死者出現，才又期待兇手留下線索來追緝吧？」

契龔雖然話說得很酸，但是也講得非常有道理，到目前爲止別說要抓兇手了，就連阻止兇手殺害下一個受害者的機會都沒有，甚至是一步步走入兇手的殺人的劇本裡，這叫四大名探情何以堪。

「契龔哥，你這麼說實在太不公平了，追緝兇手一直是我們四個人的責任，怎麼可以全部都怪宇浩呢？」

聖莘覺得契龔老是針對宇浩，對宇浩非常不公平，明明就是四個人得共同面對的責任，現在竟然都變成是宇浩該負一切責任。

「莘，別說了，契龔哥說的沒錯，我技不如人還一直處於被動，害大家一直陷於被兇手牽著走的窘境。」宇浩自責的說著

「浩，你爲什麼都把責任往自己身上攬嘛？」

聖莘眞的覺得宇浩不必這麼委屈自己，也氣宇浩總是把責任都往自己身上攬，其實說穿了，她是心疼宇浩的委屈，而天龍心裡也覺得這次契龔說得有點過了頭。

「都不要再吵了，我知道大家的心情都很糟，情緒也都很激動。」天龍看著契龔：「老龔，你剛剛的話很沒責任，這不是只有宇浩的責任，是我們四個人的責任，當然小浩技不如人這是事實，但是我們大家在這時候不是更應該同心相信彼此才對嗎？責怪只會讓我們彼此更分裂而已。」

四大名探此時確實感到前所未有的壓力，畢竟好幾個月都沒能好好休息，幾乎都處在精神緊繃的狀態，加上又有媒體的輿論壓力在。

「龍哥，我想卜個卦，雖然我技不如兇手，但是卜卦來指引還不是問題。」

「他媽的黃宇浩，你有完沒完，還來啊。」契龔大聲怒斥著。

「契龔你說完了沒。」天龍有點受不了契龔，大聲喝止他。

「小浩你開始吧。」天龍示意宇浩卜卦，不要理會契龔。

	主掛 水山蹇 兌金(金)			主掛 水火既濟 兌金(金)	
白虎	子孫子水	—— ——		子孫子水	—— ——
騰蛇	父母戌土	————		父母戌土	————
勾陳	兄弟申金	—— ——	世	兄弟申金	—— ——
朱雀	兄弟申金	————		子孫亥水	————
青龍	官鬼午火	—— ——		父母丑土	—— ——
玄武	父母辰土	—— ——	應　動爻	妻才卯木	————

宇浩排出今天的年月日干支及時支，己亥年（二○一九）、壬申月（9）、辛丑日（1）、申時，並以時空法求卦，卜出主卦爲水山蹇，變卦爲水火既濟。

「小浩，卦象怎麼說？」

「主卦水山蹇爲艮下坎上，艮止坎險，險中又有止於出險的情況，見險而止，不進犯之象，蹇卦的意思是難，也就是說，前面有危險而無法順利前進，此卦表示我們宜向西南方，而不利往東北方向，此時適合靜不宜胡亂行動。若以世應來看，可以知道兇手已經開始行動了，而水山蹇屬於兌宮，因此可以斷定兇手的下一個目標器官爲肺。又變卦水火既濟，表示有機會帶來短暫的功名或戰果，但是要注意，別因一時的得志而掉以輕心。總而言之，我們目前是在安南區，大膽假設兇手是大醫院的外科醫生，若以西南方位來說，可以朝麻豆區的奇美醫院去進行調查。」

「老龔，你先趕往奇美醫院調查一下，最近是不是有安排肺部的手術，看看有哪些醫生被安排在肺部手術，我要全部完整的詳細資料，聖華你跟老龔一起過去，協助查看哪一位肺部病患是在等待肺的捐贈，順便了解情形。」天龍快速交代：「小浩，我們去醫師公會了解，臺南所有外科醫生有哪些名單，我們不能全賭在奇美醫院。」

「好，我也贊成，畢竟不確定兇手一定是奇美醫院的醫師。」

其實宇浩的心裡有個疑慮並沒說出來，他在卦盤上看過世應的生剋關係，一般世是代表自己，應是代表對方，自己處在兄弟爻而對方處在父母爻，在六親生剋關係中，父母生我，而父母又代表著工作、長輩等等之類的訊息，這些訊息都讓宇浩覺得不安。

「難道兇手是我所認識的人嗎？」宇浩在心裡忍不住暗自問。

「龍哥，不好意思醫生公會那邊可以麻煩你先過去嗎？我有點事情想先去找個人可以嗎？」

「什麼事情有這麼重要，非要在這時候找人？」天龍有點錯愕的說著。

「龍哥不好意思，那個人也算是我的線民，我想去跟他問一些事情，順便請他協助幫忙調查一些線索，我結束後馬上過去跟你會合，好嗎？」宇浩感到有點抱歉的說道。

「好吧！那你自己要小心點，快去快回。」

「好，我知道了，謝謝龍哥。」

說完宇浩打電話給朋友，跟對方約在東區某間咖啡店，在過去的路上，整個人都處在心神不寧、精神緊張狀態，好不容易來到了咖啡店，宇浩停好車快速走進去找人。

「宇浩，這邊。」L叫著他。

「老師，不好意思讓你等了一會兒。」

原來宇浩是來找自己的老師L，只要每次心裡有所疑慮，或是案情有所膠著，L總是他心裡最後的依靠，這次心裡有一些解不開的疑慮，想再次跟老師請教。

「不會啦，那麼久沒聯絡了，最近好嗎？」L關心的問道。

「唉，幾個月前跟你提過的殺人兇手，在消失了四個多月後，最近又開始行動了，上次在電話中跟你講到，我被兇手算計，成爲了他殺人的工具，害我到現在都還非常自責。」宇浩一看到自己的老師，心情一放鬆便開始抱怨起來了。

「哇，事情都過了將近四個多月了，還自責啊。」

「所以今天才又想來找老師聊聊啊，這一次這位同門師兄弟對手，實在是讓我眞正感受到，自己眞的是非常的井底之蛙。」宇浩自嘲的說著。

「喂，宇浩，要對自己有信心好嗎，你沒聽過同門不同宗也不同命啊，每個人的能力都不一樣，或許這次的對手在周易八卦的能力上是不錯，但是你辦案經驗多，在判斷上或許比他精準。」L趕緊安慰的說道。

主掛
水山蹇
兌金(金)

白虎	子孫子水	▅▅　▅▅	
騰蛇	父母戌土	▅▅▅▅▅	
勾陳	兄弟申金	▅▅　▅▅	世
朱雀	兄弟申金	▅▅▅▅▅	
青龍	官鬼午火	▅▅　▅▅	
玄武	父母辰土	▅▅　▅▅	應　動爻

主掛
水火既濟
兌金(金)

子孫子水	▅▅　▅▅
父母戌土	▅▅▅▅▅
兄弟申金	▅▅　▅▅
子孫亥水	▅▅▅▅▅
父母丑土	▅▅　▅▅
妻才卯木	▅▅▅▅▅

「老師，今天來，我想還是要跟你請教，關於卦象求卦的方向。」

「呵呵，我就知道又想佔我便宜了，好吧，此刻我們大師哥名探，又碰到什麼難題了呢？」L有點故意半開玩笑的問著。

宇浩拿出剛剛卜的卦象，主卦爲水山蹇，變卦爲水火既濟給老師看，L看了一下後，微微的笑了。

「宇浩啊，當你求卦的時候，心裡在想什麼呢？」L好奇的問。

「就想抓兇手囉，所以才會問接下來該如何追緝兇手以及該怎麼做？」

「呵呵，所以說，你從以前啊，就只知道拼命進攻。」L故意數落一下他。

「老師，你就別再挖苦我了嘛。」宇浩苦笑的說著，現在他可是一點衝勁都沒了。

「好啦好啦，看在你這麼帥的分上，就幫幫你囉。」

L以詼諧的語氣逗著宇浩。

「呵呵，就知道老師會願意幫我的。」

在宇浩心裡，L一直是他非常崇拜的老師，加上老師讓他覺得有所依靠，所以每次見面總是他最放鬆的時刻，除了這點外，就是老師每次看他的眼神，總讓他覺得很不自在。

「宇浩，你自己是怎麼解讀呢？」L先反問宇浩自己的看法。

「我是跟同事說，兇手已經開始行動了，而兇手提過『人體依序本宮得』，而水山蹇爲兌宮，所以我斷定兇手下一個器官目標是肺，我大膽假設兇手是大醫院的外科醫生，若以西南方位來說，可以朝麻豆區的奇美醫院進行調查，而變卦水火既濟，表示結果會有所收穫。」

「嗯，不錯啊，其實大致上你都已經正確解讀了啊，現在就朝著你的判斷去進行，將會有所進展的。」L鼓勵著宇浩說道。

「唉呦，老師，可是我還是很擔心耶，雖然已經請同事前往奇美醫院了，天龍隊長也去醫師公會，準備查醫師名冊，但內心總覺得很煩、很沒信心。」宇浩有點小抱怨。

「宇浩你放輕鬆點啦，不要被之前的事情，去影響到你的情緒跟信心啊，你知道你剛剛能解讀到這樣，我相信兇手碰到你也會覺得很害怕的。」

「眞的嗎？老師你可別只想安慰我喔。」宇浩此刻心情有點小雀躍。

「要對自己有信心一點。」L肯定的對他比個讚。

「老師，謝謝你陪我聊聊，我現在好多了，加上有老師你的肯定，我就更加有信心了。」

其實L知道宇浩就只是需要找個人談談心而已，他知道宇浩爲了這個案子，已經好幾個月沒能好好休息了，除了擔心之餘，也心疼他如此勞累，所以只要宇浩需要找，自己都會盡量排開事情跟他碰面。

「呵呵，我覺得你只是太勞累了，要多休息，知道嗎？」

「或許吧，抱歉今天無法陪老師太久，我必須趕到天龍隊長那邊了，改天再好好跟老師聊聊喔。」

「沒問題的，你趕快去忙，我也有事必須離開了，我想或許兇手正在等你將他繩之於法喔，加油。」

「我一定會抓到兇手，將他繩之於法的。」只要講到兇手，宇浩都會特別激動。

「對對對，就是這種氣勢跟信心。」L對著宇浩信心喊話。

「好，那我先離開囉。」

「嗯。」

另一邊聖莘跟契龔來到了麻豆區的奇美醫院，聖莘問了一下醫院大廳的人員，很巧，她剛好是護理長。

「請問院長在嗎？」聖莘客氣的問道。

「不好意思，請問有什麼事嗎，你們是哪裡找呢？」護理長禮貌性地反問。

「您好，我們是刑事組的探員，有些事情想跟院長請教。」

護理長聽到是刑事組的人，有點嚇到頓了一下，心裡有點緊張，怎麼會有刑事組的人來找院長呢？

「不好意思，院長他現在人不在醫院，不過應該是快回來了，還是我先帶你們去院長室等，好嗎？」護理長也不敢多問些什麼。

「好的，麻煩您了。」

護理長帶聖莘他們來到院長室門口，雖然院長不在裡頭，但是她還是禮貌性的敲過門後才打開。

「那先麻煩兩位先在院長室稍坐一下，院長應該等等就回來了。」

「好的，謝謝您。」

聖莘一進院長室就一直在觀察環境。

「契龔哥，看起來院長是一位相當愛乾淨的人，而且自律性極高喔。」聖莘看著院長室環境，忍不住說道。
「嗯，對啊，整個房間乾淨整潔的像是沒在用一樣。」契龔一副不可思議的表情看著室內環境。
兩人在院長室邊等邊觀察，約莫過了將近30分鐘後院長走進來了。
「抱歉抱歉，讓兩位久等了，聽護理長說你們是刑事組的人，請問有什麼我可以協助你們的地方嗎？」院長客氣的說道。
「院長您好，我是刑事組的鄭聖莘，這位是我的同事應契龔，是這樣的，最近有一位殺人兇手是……」
「喂，院長啊，你們醫院的外科醫生有幾位？」
「契龔哥，你在做什麼啦，我們又不是在詢問犯人的好嗎？院長不好意思。」
不等聖莘說完，契龔插話問得像是訊問犯人般的口氣，因爲他實在沒耐性從頭說明，所以乾脆就直接問重點，但是聖莘覺得契龔這樣眞的很沒有禮貌，所以充滿歉意的表情趕緊跟院長道歉，不過還好院長示意沒關係的。
「針對應警官您的問題，我先跟您報告一下，我們醫院的外科醫生總共有60多位，每一位都相當的優秀。」院長胸有成竹的說道。
「院長不好意思，不曉得您知不知道，貴院的外科醫生有誰擅長易經八卦、奇門遁甲、六壬等這一類的預測學嗎？」聖莘明知道這個問題會有點愚蠢，但是還是忍不住問了出來，一旁的契龔聽到後，用一個傻眼的眼神盯著她看，彷彿也在說這個問題顯得很蠢。

「這個我可真的愛莫能助了，畢竟每位醫生都是有自己的興趣，我們醫院並不干涉這個私領域的部分喔。」院長很認真的回答聖莘的問題，讓人感覺不出這問題有什麼不對。

聖莘很快速的跟院長說明此次的來意與近來發生的一些凶殺案事件，院長聽完後倒抽一口氣。

「哇！如果真如你們所說的，兇手有可能就是我們院方的人囉，這真的是太可怕了，雖然我才剛調來這裡，對這裡的環境跟同事還沒有完全熟悉，但光聽起來就覺得恐怖。」院長驚訝的說著。

「那院長，請問我們可以看一下最近貴院手術的安排時間表嗎？」聖莘請求院長提供資料協助。

「可以的，我請護理長等等將這段時間來的手術表，調給您過目。」院長的配合度相當高。

「好的好的，真的非常感謝院長您願意配合與協助調查。」

「別客氣，幫助你們也是幫助我們醫院自己，畢竟誰都不希望自己的工作單位，有殺人犯存在或甚至跟殺人犯一起共事的。」

「對啦，院長你這樣配合就對了，這樣我們才能更快將兇手抓到，要不然傳出去，對貴院也是很難聽的，是吧。」契龔故意一臉見不得人好的表情般說著，聖莘在一旁覺得有點快受不了契龔這種態度。

「哈哈哈，應警官您說的是。」院長笑得既無奈又尷尬，畢竟誰都不願跟殺人犯共事的。

「喂，護理長嗎？我是院長，請妳現在將這兩個月來以及未來一個月的手術班表，把它印出來拿到我的辦公室來，麻煩妳了，謝謝。」

約莫五分鐘後。

「院長，是我。」護理長敲門說道。

「應該是拿來了，請進。」

「院長，這是您剛剛要我準備的資料，都在這裡了。」

「好，謝謝妳，辛苦了。」

「不會，那我先去忙了。」

「好，妳先忙去。」

護理長關上門後便離開了。

「兩位，這疊資料就是我們醫院這段時間的手術排班表，提供給兩位，希望對你們有幫助。」院長客氣的說道。

「院長你放心啦，這疊資料對我們有很大的幫助啦。」

契龔說完也不管院長還拿在手上，就直接順手就從院長手中拿過來，院長有點錯愕沒來得及反應。

「呵呵，能幫助到兩位那就眞是太好了。」院長再次尷尬的笑著。

此時院長一邊說著話一邊站起來走向辦公桌，可能是緊張到口乾吧，拿起水杯喝了口水。

「院長，不好意思，這排班表上的醫生怎麼都是編號啊？」聖莘有點看不太懂班表。

「啊，哎呀，眞是不好意思，這是爲了方便我們院內同仁能快速清楚誰値班，護理長好像拿到我們自己內部在看的班表了，眞是抱歉，我馬上請……」

突然院長說話聲音變小，而且話才說到一半整個人就昏倒過去了。

「院長，院長！」聖莘見狀，趕緊衝過去扶住院長並大聲呼喚他。

「靠，現在又是怎樣了?這個兇手該不會連我們要來這裡都預測到了吧，而且是在院長的水杯下毒？」契龔已經快要被兇手給搞瘋了，現在只要有任何的突發狀況，他潛意識裡就覺得又是兇手預測到了。

「契龔哥別抱怨了，你趕快去通知護理長來，還有別驚動了醫院的病人與其他人員，院長現在還有微弱的呼吸，剛剛喝的水一定有問題，看來兇手早就知道我們會來了。」其實連聖莘也都下意識地認爲是兇手搞的鬼。

「唉，媽的又是這樣，聖莘妳先看著，我趕快去通知護理長。」

「好。」

契龔離開院長辦公室，馬上衝到醫院大廳去找護理長。

「奇怪，院長的水是什麼時候被調包或是下藥的，我們進來院長室的時候，我就發現院長的辦公桌上已經有這個水杯了，而且杯子裡面的水明明是……」聖莘一邊想一邊看四周是否有異狀，突然發現院長辦公桌下方好像有什麼圖樣？

聖莘靠近一看，背脊突然發麻發涼，因爲她又再次看到一個熟悉的符號了，一個八卦的圖象，驚覺不妙，而聖莘對八卦圖象有點略懂，看著圖象自言自語，心想：「這不是兌卦嗎？而且如果我沒記錯的話，兌宮所對應的器官我記得好像是肺，該不會院長就是下一個器官受害者吧？」突然覺得還好宇浩有事先卜卦，判斷到兇手有可能就是麻豆區奇美醫院的醫生，她檢查了一下，院長還有心跳只是微弱了點，照這樣看來，院長應該只是昏過去，目前看來沒有生命安全的疑慮。

「聖莘，我把護理長帶來了，院長現在怎麼樣了？」契龔緊張的問著。

「看起來應該只是昏過去。」

護理長趕緊過來看看狀況，在護理長緊急處理的過程中，聖莘跟契龑提到，有看到兇手在院長辦公桌下方留下一個兌卦的八卦圖象。院長經過護理長的妥善協助後，便將他安置在病房休息，而聖莘跟契龑就在病房外面守著，提防兇手將院長抓走殺害，契龑也順便跟天龍回報醫院這邊的狀況。

天龍跟宇浩原本擔心兇手不見得是奇美醫院的醫生，不過現在既然可以確定兇手就是奇美醫院的醫生，兩人便離開工會趕往麻豆的奇美醫院了。

「小浩，幹的好，多虧你的卜卦與精準的解讀，讓院長免於被兇手殺害並取走肺。」在過去的路上，天龍還是忍不住讚美宇浩。

不過宇浩自己倒是內心非常平靜，一點也沒有因爲成功阻止兇手殺害院長，心裡有任何一絲的高興，反而覺得這一切是那麼的不實際，大概是因爲兇手給他的心裡陰影太深了，自己現在的內心，畢竟還是恐懼大過喜悅感吧。

「怎麼啦？怎麼一副心事重重的樣子，我們第一次搶在兇手前找到人，應該高興才對啊，還是你還在在意那句技不如人的話啊？」天龍覺得宇浩的反應出奇的冷淡，一點都不像過去的他。

「也沒有什麼事啦，只是突然覺得可能運氣好而已，呵呵。」

宇浩笑得有些尷尬，因爲他沒想到這次會這麼順利，也因爲太順利反而覺得不踏實，兩人在晚上約八點多左右來到了醫院的院長室，此時院長也已經醒過來跟契龔他們在聊天了。

「哎呀，黃警官，久仰久仰，這次多虧有您的神算，我才得以保住性命啊。」院長一看到宇浩，不但一直誇他，也很感謝他的神算，自己才得以獲救。

「哪裡，院長您太客氣了，我們只是盡本分而已，只是不好意思，還是讓您受到了一些驚嚇了。」

「黃警官你這說的是什麼話，命你都幫我保住了，這一點點小驚嚇算的了什麼呢？」院長激動的說著。

「院長，您現在人覺得如何呢？」天龍關心的問道。

「嗯，我覺得精神還不錯，目前也沒有什麼不舒服的地方，倒是我有個問題想請教周隊長。」

「院長您請說。」

「像這樣你們救了我的命，讓兇手沒有機會拿到我的肺，會不會害到另一個人成爲受害者啊？哈哈。」

院長用有點半開玩笑的語氣問這問題，其實像他這樣的身分地位，加上自己本身也是醫生，所以這樣的語氣似乎不是很恰當。

「我說院長啊，您是不是在象牙塔裡待久了有點無聊啊，這種事竟然能說得這麼玩笑輕鬆啊。」契龔不客氣的說著。

天龍雖然覺得契龔講得很衝，但卻未加以阻止，因爲他也確實覺得院長的言語並不妥當。

「不好意思，我沒別的意思，我只是擔心有人會因爲我得救而喪失性命，這感覺眞怪耶。」院長越想解釋卻越糟。

聖莘發現氣氛不太對，趕快搭話圓場。

「院長，您才剛剛恢復元氣沒多久，今天也辛苦一天了，時候也不早了，我們也不要打擾您太久，今天要記得早點休息喔。」

「喔，好好好，你們也辛苦了。」

四個人離開院長室準備回局裡去。可能是因爲都太專注在院長的事了，完全沒有人發現醫院大廳坐著丁曉雯，就是那麼巧合，她剛好到奇美醫院看病，正在大廳等號碼領藥，看到四大名探感到非常驚訝，敏感的她馬上覺得四個人同時出現在這裡，絕對不是一起來看病的，難道最近的凶殺案跟這家醫院有關聯？她的腦袋又開始再度充滿想像了，而四大名探在晚上9點離開醫院回到辦公室裡。

時間回到8月27日晚上7點。

「院長。」申俊輝輕聲的叫住院長。

「俊輝啊，有什麼事嗎？」

申俊輝除了在外有開自己的診所外，也有在奇美醫院擔任主治醫師，比較麻煩的是，有時候必須得永康跟麻豆相互輪調協助。

「昨天本來有位要開胸腔手術的患者，後來爲什麼被院長您取消了呢？」

「喔！你是說莊伯伯啊。」

「嗯。」

「俊輝，你不知道他們家的經濟條件跟狀況吧，以他們家目前的經濟條件來說，根本不可能負擔的起手術費以及術後住院的醫療費用，我們畢竟是醫院不是慈善機構，這一刀開下去醫院會賠錢的。」院長要申俊輝務實一點，凡事不能只有感性面。

「院長，可是這事關人命啊，人命是無法用金錢來衡量的。」申俊輝解釋著。

「俊輝啊，並不是每個人都像你一樣，我有聽說了，上個月你値夜班時，急診室來了一位病患，同事說你幫那位病患負擔了所有的相關醫療費用，不只如此連住院的費用你也都負擔了，你要知道如果醫院像你一樣每個可憐的病患都這樣做，那我們奇美醫院早就倒啦。」院長覺得申俊輝這種行爲是會害醫院賠錢的。

「院長，您這話說得嚴重了，我只是盡我所能地給予病患最該有的尊嚴與照顧……」

「對、對、對，全醫院就你最偉大，你最有愛心，我們都很市儈、沒良心，這樣可以了嗎？」

沒等申俊輝說完，院長已經聽不下他的那套理念而打斷他的話，而申俊輝早就有耳聞院長的為人了，雖然此時話被打斷讓他感到極度不被尊重，但是他還是強忍下來，之所以如此，那是因為他盡量不想跟院長有衝突，這樣會讓自己在醫院不好做事。

「院長，不好意思，我沒別的意思，也許是我太過單方面思考了，只想到自己的立場，卻沒考量到您跟醫院的立場，如果有讓您覺得失禮的地方，還請您見諒。」申俊輝將態度放軟說道。

「對啦，你會這樣想是最好的，我知道每個人都有自己的立場囉，不過不能只站在自己的角度看事情啊，我是這家醫院的院長，當然要把醫院的利益擺最前面來考量啊，是吧。」

「是啊，院長對不起是我太衝動了，為了彌補我對您無理的行為，我有個朋友在安南區有開一間賓館，那裡有間暗房，我們再一起去那裡喝酒吃飯，順便請傳播妹陪您好嗎？」申俊輝想用院長的喜好來討好他。

「哎喲，哎喲，申俊輝你可真讓人看不出來有這樣的嗜好啊。」院長對於申俊輝有這樣的嗜好感到不敢置信，因爲平常他總是一副拒人於千里之外的態度，下班後也都自己一個人活動，極少跟人有互動，也因爲這樣，同事也不愛跟他一起共事，不過他對病患卻是完全不同的態度。

「噓，所以院長您要幫我保密啊，拜託了。」申俊輝壓低音量小聲說著。

「哈哈哈，好啦，既然申醫師也是同道中人啊，這下以後下班可就多了一起玩的同好了。」

「院長，那我們就約後天29日下班後一起去湘南大賓館吧，坐陪跟吃的都由我來準備，您只要準時7點到就好，好嗎？」

「好好好，沒問題，我今天眞是太開心了，沒想到平時看起來乖乖的申醫師竟然也是同道中人啊，哈哈哈，那後天晚上的節目就交給你囉。」院長興奮期待的表情說著。

「好的，沒問題，就這麼說定了，我們後天晚上見囉。」

其實申俊輝一直知道院長是一位好色之徒，而且已經多次假藉院長名義騷擾新進的女同仁，常常玩弄女同仁的感情，有時候還會偷拍上床的影片威脅女同仁不准說出去，簡直是渣男的行爲，他就是看準這點，對院長投其所好，準備將院長拐出來後再進行殺害，他要爲這些受害女同仁討回該有的公道。不過院長卻不知道，他將慢慢走進申俊輝幫他安排好的人生終點站，而約29日主要是因爲他28日要先去處理掉湘南大賓館那位沒天良的老闆爲陳姨女兒報仇，他已經查出這間賓館的老闆長時間盜賣偷拍的影片，並且已經有非常多的受害者，因爲承受不了壓力而選擇自殺了，不過他自己的時間也是相當緊迫有限，因爲他在9月1日晚上11點也跟自己的學生有約。

時間回到9月1日晚上10點。

「天龍，現在呢？」契襲表情略顯疲態。

「大家今天先回家好好休息吧，這段時間眞的辛苦你們了，有什麼事我們明天早上進辦公室再討論吧，我相信兇手沒有得逞，應該也需要時間好好規劃，應該不會這麼快有行動。」

天龍非常捨不得夥伴這段時間來承受的壓力，他也知道大家都累壞了，難得今天成功阻止兇手，眞的該讓大家好好的休息了，契襲、宇浩、聖莘三人也都認同天龍的看法，都決定回家好好休息放鬆一下，畢竟已經有將近四個月的時間沒能好好休息了，而契襲在離開辦公室沒多久後，電話又響起了，他一看是丁曉雯的來電，雖然覺得很煩，還是決定接起電話。

「喂！曉雯啊，怎麼啦？這麼晚還打來。」契襲有氣無力的問著。

「契襲哥你眞的很不夠意思耶，你們四大名探去了麻豆奇美醫院辦案怎麼沒有通知我一聲嘛。」丁曉雯電話一接通就霹靂啪啦大聲抱怨著。
契龔聽到曉雯知道他們去過奇美醫院嚇了一跳，趕緊放低音量詢問。
「妳是怎麼知道這件事的？誰告訴妳的？」
「哎呀，就我剛好去麻豆奇美醫院看診囉，在大廳等號碼要取藥時，結果就看到你們四個人準備離開醫院啊，契龔哥說眞的，你告訴我，這幾次的命案是不是跟奇美醫院的醫生有關啊？」
丁曉雯有點故意試探的問著，畢竟想從中挖到好題材的新聞。
「唉，我們現在也只是懷疑而已，又沒有證據。」契龔覺得怎麼這麼倒楣，竟會被丁曉雯看到他們去奇美醫院。
「所以你們現在懷疑，兇手是奇美醫院的醫生囉？」丁曉雯興奮的說著。
「嗯，但我們只是懷疑還沒有證據喔。」契龔眞的覺得，這個丁曉雯實在有夠煩人，自己都快累死了，她還一直問下去不肯結束。
「所以你們是去找你們懷疑的那位醫生嗎？」
「不是啦，我們只是去找院長了解情況啦。」契龔被問到有點不耐煩了，只想趕快掛電話好好休息。
「你們去找院長？找院長做什麼啊？」丁曉雯有點訝異，心裡一驚：「難道院長是犯人嗎？」

「曉雯啊，今天我眞的很累想早點休息了，妳也別再亂猜早點休息，有什麼事改天再聊吧。」契龔實在沒力氣再講下去了。

「喔，好吧，那你早點休息吧，晚安。」

掛上電話後，丁曉雯心想，天啊！這可是大新聞啊，原來麻豆奇美醫院的院長就是這起連續殺人案的兇手，她馬上打電話給她的上司，要求給她留下最大版面的頭條版位。

另一邊，宇浩在回家的路上不斷在心裡問自己，眞的有這麼輕易就成功阻止兇手了嗎？因爲他總覺得事情怪怪的，但是又說不上來哪裡怪，所以當他一回到家，馬上撥電話給聖莘，除了關心聖莘是否順利到家外，還是有些事情想跟聖莘確認清楚。

「喂！莘。」

「浩，怎麼啦？」聖莘接起電話關心的問道。

「妳有平安到家了嗎？」

「嗯，我到家有一會兒了，你呢，到家了嗎？」

「嗯，我剛到家。」

「怎麼啦？什麼事悶悶的？」

聖莘電話中聽出宇浩心情煩悶，她擔心宇浩過度給自己壓力，並把這段時間來一切的過錯，都往自己身上攬，不過她也知道宇浩就是這樣個性的人，所以不管自己有多累，都很願意靜靜的聽宇浩傾訴事情。

「莘，妳說妳在院長的辦公桌下看到兌卦，除了這個之外還有發現其它什麼訊息嗎？」

聖莘聽完宇浩的問題，知道宇浩果然還是覺得，這次能順利阻止兇手，純粹只是運氣好。

「沒有耶，不過倒是有件事讓我一直想不透，覺得奇怪。」

「哦，是什麼事讓妳想不透呢？」宇浩聽到有可疑的地方，情緒跟精神特別抖擻一下。

「就是我跟契龔哥進院長辦公室時，我就已經發現院長喝的水杯已經在他的辦公桌上了，從頭到尾也沒有人進來過，院長的杯子也沒離開過他的辦公桌，那水杯裡的水是什麼時候被調包或是加藥的呢？」聖莘疑惑的說著。

「爲什麼這裡讓妳覺得怪怪的呢？也許有可能在你們進去前水就被換過了啊。」

「浩，就是這裡讓我覺得怪，因爲我跟契龔哥是先進去院長室等院長，那時候杯子就在桌上了，但是當時是空杯的，等到院長進來時，他手上是有拿著瓶裝的礦泉水，所以桌上那杯水，是他自己倒入自己所買的礦泉水的。」

宇浩靜靜地聽著聖莘的說明，同時陷入了沉思。

「也就是說，院長其實是喝了自己倒的水，然後沒過多久就昏倒了？」

「嗯，沒錯。」

「那在你們跟院長談話的期間，有沒有人進來過去靠近那杯水過？」

「我跟契龔哥在跟院長談話的過程中，只有護理長進來過，但是她只是拿資料進來站在門口附近，並沒有進到辦公桌，她把資料拿給院長後就離開了。」聖莘回想著說道。

「那院長是什麼時候喝水的？」

「就在接過護理長的資料後。」聖莘說道：「契龔哥馬上就從院長手中拿走資料，資料被契龔哥拿走後，院長就走向桌子，喝了一口自己倒在水杯裡的水，接下來就一邊講話一邊在找東西，沒多久就昏過去了。」

宇浩回想著聖莘說的每句話、每件事，並試著想像當時的情境。

「浩，我在想是不是院長在買水的時候，兇手其實就已經在他附近，趁院長不注意時將水換過，畢竟兇手就是醫院裡的同仁，而院長在明，兇手在暗，院長並不知道對方是兇手，所以就沒注意到。」

「莘，如同妳剛剛的推測，如果院長的水是在醫院裡的商店買的，那有這情況就不無可能了，甚至還有一種可能就是兇手主動幫院長買水的，這樣只是更加確定兇手就是麻豆奇美醫院的醫生了！接下來就只剩下把兇手給揪出來，而且這次兇手失去取院長肺的機會，一定會再找下一個受害者取肺，我認爲在兇手還沒取到肺時，我想我們就暫時不必擔心下一個器官的受害者了。」宇浩肯定的說道。

「嗯，那你要好好休息，別太累了好嗎？」聖莘溫柔的叮嚀著。

「好，我知道，你自己也是別太累了，晚安。」

「好，晚安。」

宇浩掛上電話後，整個心一直無法靜下來，總覺得很不安，一整晚無法睡著，也不知過了多久，宇浩聽到電話聲響，驚醒起來接起電話。

另一邊，晚上11時申俊輝跟自己易經八卦的學生碰面，他叫夏元穎是一位國中老師。

「元穎，我聽說你最近把學來的八卦拿來泡妞害人啊？」一見面申俊輝便以嚴肅的表情問道。

「老師您找我來就爲了這件事啊？」夏元穎一臉無奈的說著：「我說老師啊，您是知道的，每個人對事情的未來都是感到好奇的啊，我不過是幫一些女性朋友解答她們的疑惑罷了，怎麼可以說我在害人，我這可是在幫她們耶。」

其實申俊輝每次在網路上開班教授八卦課程，都會在每一期結束後，跟學員一同碰面聚餐，目的也是希望透過面對面的了解每位學生，他當時就對夏元穎沒有什麼好感，覺得他說話狂妄自大，有嚴重的自戀傾向，那時心裡就有點擔心夏元穎會是個麻煩的問題人物。

「元穎，我不想聽你狡辯，我開班教易經八卦是有原則的，請你注意你自己的言行，否則別怪我沒提醒過你。」申俊輝嚴厲的警告夏元穎。

「老師，我知道你自從上次同學會聚餐後，就總是對我做的事情有很多意見，我想您是忌妒我才處處刁難我吧？」夏元穎非常不悅的嗆著申俊輝，也不再用敬語了。

「我有需要嫉妒你什麼嗎？」申俊輝低頭斜眼瞪著夏元穎。

「哼，你嫉妒我比您高、帥、青出於藍，我運用你教我的八卦幫女生解惑，結果她們看到我高富帥自願倒貼上來，也不是我能決定的事啊。」夏元穎覺得這一切，自己才是最大的受害者。

「算了，我不想再聽你說歪理了，我不允許自己的學生利用八卦來貪圖美色，這樣就算了，結果還是個人品糟糕的無賴，又常常喜歡背地裡散播謠言，最讓我痛苦的是你竟然用我教的八卦，設局害同事被騙錢。」

「什麼叫做設局騙人？您自己不會運用所學來賺錢還怪……怪……怪我……」夏元穎話說到一半突然全身無力，頭感到非常沉重：「你在茶……茶裡面下了藥？」

「元穎你別怪我，我必須讓一切的不完美消失，記得，如果碰到通靈的探員，記得請她找一位黃宇浩，他是一位刑警，同時也是你易經八卦的學長，他發現你的屍體時，叫他趕緊卜個卦找線索吧。」申俊輝邊說邊流淚。

夏元穎努力地想站起來往外跑，無奈身體不聽使喚，沒多久他便失去意識了。

時間回到9月2日早上。

「小浩，又有新的受害者出現了。」天龍電話中聲音非常急促說著。

「在哪？」宇浩一聽到又有新的受害者出現時，整個人驚醒過來大叫，心想未免也太快出現受害者了吧。

「在東區，你趕快過來東區復興國中，我在附近等你。」

「好，我知道了。」

宇浩掛上電話看了一下時間，原來已經早上9點50分了，也沒來得及好好整理儀容，隨便盥洗一下就趕去復興國中。

同一時間申俊輝照往常一樣在診所門診，突然有一位老婦人來訪。

「申醫師。」老婦人親切著喊著申俊輝。

「哎呀，是李媽媽啊，今天怎麼有空來呢？」申俊輝開心的問著：「怎麼樣，您的小孩一切還好嗎？」

申俊輝非常溫柔的語氣關心著李媽媽，並且牽起李媽媽的手慢慢的往座位區移動，到座位區後慢慢讓李媽媽坐下，其實申俊輝非常受到病患的愛戴，因爲他總是很有耐心的聽著病人說話，也常常鼓勵病患給予很多信心，尤其對長輩病患特別關愛，不但醫術好人又很溫柔，外表又是斯文帥氣，所以很多病患都是緣故介紹要來找他。

「申醫師，我今天就是要來感謝您的，我兒子多虧您的幫助才能順利脫離險境，我也要好好感謝那位捐贈器官給我兒子的恩人，眞的非常感謝您這麼費心的幫忙。」

「李媽媽您別這麼說，這本來就是我們做醫生該盡的本分啊，而且您的孩子還這麼年輕對您又孝順，說什麼我都要全力將您的孩子帶回您身邊的。」

「您眞的是我兒子的救命恩人，不但積極幫忙找到合適的器官，而且還幫忙負擔一切的手術費，您的大恩大德我眞的這輩子還不清了，如果沒有您，我眞的快沒勇氣活下去了，您眞的是大好人，這世界眞的需要多一點像您這樣的醫生來幫助我們這些艱苦人。」

老婦人邊說邊掉淚，畢竟她只剩下這兒子了，如果連她兒子都離開，那她也沒有勇氣活下去了。

「李媽媽，其實您才是最偉大的人，辛苦養大孩子，我只是盡我該盡的本分而已，實在沒有幫到什麼忙，而且我不要您一直掛心錢的事，只要您跟孩子好好生活下去，把孩子教育好，讓他將來成爲對社會有幫助的人，就是對我最好的回饋喔。」申俊輝安慰著李媽媽。

「謝謝，真的很謝謝您。」李媽媽非常感動申俊輝爲她所做的一切。

「李媽媽您也要好好照顧自己的身體喔，別累壞了，有什麼狀況隨時記得來找我喔。」

「好好好，我會顧好自己的身體，真的感謝您，那我就別打擾您太久，先離開了。」

「嗯，李媽媽您路上小心，注意安全喔。」

老婦人說完便感動的離開了，申俊輝此時心裡感到相當踏實與開心，畢竟救濟世人一直是他的志願，不過下一秒就立刻回復憂鬱嚴肅的表情走回自己的辦公室，而他也不太跟同事間有太多互動。

回到東區的場景。

宇浩趕到與天龍約的地點，天龍已經在學校門口等他了。

「龍哥，知道死者的死亡時間嗎？」宇浩一見面劈頭就問死亡時間。

「目前還不知道，法醫已經在現場了，老龔跟聖萃也在趕來的路上了。」兩人邊說邊走向案發現場。

「好，那什麼時候接到報案的？」

「我是早上9點20分在局裡接到通知趕過來的，據同事們的說法，早上9點接獲民衆報案，弟兄們趕過來發現屍體有奇怪的符號，第一時間想到有可能是我們正在追緝的兇手所犯的命案，所以在9點20分通知我。」

「這次兇手行動得這麼快啊，大概是因爲沒得到肺所以急了吧，死者的肺被取走了吧。」宇浩話說得很肯定。

天龍沉默了一會兒才緩緩說出被取走的器官。

「其實這次死者被取走的是胃。」

「什麼！怎麼可能？」宇浩簡直不敢相信自己所聽到的。

沒多久契龔跟聖莘也都趕到現場了。

「天龍，現在現場的情況是怎樣？」契龔緊張的問道。

天龍快速的跟契龔還有聖莘說明現場的整個狀況。

「他媽的，這兇手是怎樣，都不用休息的嗎？」

「浩，兇手怎麼會跳過肺部直接取走胃部器官呢？」聖莘疑惑的問著。

「這只有一種可能，就是兇手其實已經取得肺了。」

「哼，你就這麼肯定他一定按照順序？」

契龔話說得有點酸，但宇浩必須是堅定相信兇手一定會照順序。

「好，假設小浩你的判斷是對的，那肺部的受害者是誰？屍體在哪裡呢？」其實天龍也覺得兇手應該不會跳過肺才對。

宇浩現在覺得思緒一團亂，他實在也搞不懂如果兇手已經取得肺部，但是怎麼能這麼無聲無息呢？

「龍哥，你說弟兄們發現的符號是什麼？」

我就是想等大夥都到了再一起進去看，我們走吧。」

四人走進屋內檢查屍體，發現這次屍體的額頭上出現䷋圖象，宇浩一看到天地否卦，心中懂了一些事情，因爲否卦除了是凶卦外，還有閉塞不行之意，上下不和，百事不通，有災難、損財之事。

「龍哥，除了這個外，還有沒有其他的訊息？」宇浩心急的問道。

「似乎沒有了。」

這時宇浩注意到聖莘臉色有點慘白，身體也發寒著抖動。

「莘，妳還好嗎？」宇浩擔心的看著全身發抖的聖莘。

「各位，這裡的磁場不對，有很強烈的怨氣。」聖莘用有點虛脫的聲音說道。

天龍、宇浩、契龔三人同時望向聖莘。

「聖莘，是死者在現場嗎？」天龍急著問：「有沒有辦法問他是否有看到兇手？」

「我確實感受到死者強烈的恨意，他非常不甘心，他說他無法表達殺害他的人是誰，只說兇手有非常濃的藥水味，還說要借他身體的器官來用，而且刀法俐落，另外死者說他是在醫院被殺害的。」

「各位，我想兇手應該知道我是敏感體質的人。」

「莘，這怎麼說？」

「因爲死者說，兇手要他傳遞訊息給一位叫黃宇浩的探員，當黃探員發現到死者自己的屍體時，請黃探員趕快卜個卦，別錯過了時機。」

天龍、宇浩、契龔三人驚訝的互看一眼，這表示兇手對他們四大名探非常熟悉。

「小浩，既然兇手都這麼說了，你趕快進行，另外聖莘妳能否問到死者叫什麼名字？」

「死者叫夏元穎，職業是學校老師，其他的死者就不願多說了。」

「是復興國中的老師嗎？」

「應該是，他不願多說了，而且已經離開了。」

「契龔，你現在先趕快去復興國中問一下，是否有一位夏元穎的老師。」

「好，我現在馬上過去。」

天龍安排的同時，宇浩已經排好今天的年月日干支及時支。

	主卦 地水師 坎宮(水)			變卦 山水蒙
白虎	父母酉金	— —	動爻	子孫寅木 ———
螣蛇	兄弟亥水	— —	應	兄弟子水 — —
勾陳	官鬼丑土	— —		官鬼戌土 — —
朱雀	妻財午火	— —		妻財午火 — —
青龍	官鬼辰土	———	世	官鬼辰土 ———
玄武	子孫寅木	— —		子孫寅木 — —

己亥年（二〇一九）、壬申月（9）、壬寅日（2）、巳時，以時空法求卦。

「小浩，卦象怎麼說？」

「此爲地水師卦，代表一切事情都是有跡可循的，如果沒有規矩便不成方圓，也意味著經常有突發狀況，而上六爻動變卦得第4卦山水蒙，這個卦是異卦相疊，艮是山的形象，喻止，而坎是水的形象，卦意爲山下有險，仍不停止前進，是爲蒙昧，故稱蒙卦。但如果懂得把握時機，行動切合時宜，則具有啟蒙和通達的卦意，簡單來說就是既然我們停止不了，就照著我們的經驗判斷來行動吧！另外卦象也顯示我們目前處境雖然艱困，但是會有轉機的機會，而兇手雖然處於有利的局面，但是終究是會有漏洞破綻可循的，我想目前我們可以往北區去調查留意，因爲兇手下一個目標可能會是在北區。」

其實宇浩有點心不在焉，因爲他實在不明白，兇手究竟是放棄肺部，直接取下一個胃，還是已取得了肺部，但若取得肺，那屍體呢？

「龍哥，我想再去麻豆奇美醫院找院長，我還是覺得怪怪的。」宇浩決定再去奇美醫院一趟。

「你覺得哪裡怪怪的？」

「我也說不上來，直覺上就覺得得再去醫院一趟。」

「那好吧，聖莘妳跟小浩一起去一趟奇美醫院找院長，我待會兒跟老龔去北區。」

「好。」聖莘點點頭。

宇浩跟聖莘直接往麻豆奇美醫院出發，30分鐘後契龔回到命案現場。

「天龍，復興國中果然有一位老師叫夏元穎，不過聽說人品非常糟，常常喜歡背地裡散播謠言，而且會設局騙同事錢，聽老師們說已經有位老師被騙了一大筆錢，結果承受不了而自殺了。」

契龔不禁覺得，好像這些死者都有一些共通點，就是都幹一些該死的行為，而天龍同樣也在心裡自問，看來兇手殺人都是挑過的。

「咦！小浩跟聖莘呢？」契龔環顧看了一下四周。

「我讓他們兩人再去一趟奇美醫院找院長。」

「怎麼突然要他們去找院長？」契龔不解問道。

「小浩說他一直覺得事情怪怪的，所以想要再從院長那裡重新找線索。」

「哼，黃宇浩那小子，拜託別再出什麼錯了。」

「你現在是在幹嘛啊，爲什麼說話都要這麼針對小浩呢？」天龍有點受不了契龔如此態度。

「天龍啊，難道你不覺得是小浩害我們大家一直在繞圈子嗎？這樣一直被兇手耍著玩你受的了？」契龔氣憤的著。

「老龔，我應該說過了，這不是小浩一個人的責任啊，不然你說，這次你幫到什麼了，你雖然辦案經驗豐富，但是這次呢？你也是完全提不出辦法來不是嗎？既然如此爲什麼就不能好好相信自己的夥伴，你難道還在爲老江的事生氣嗎？」天龍忍不住回嗆契龔毫無作爲，只會一直抱怨。

「沒錯，老江的事我越想越不甘心，如果不是那小子太自負，媽的，老江根本就不會死。還有你剛剛說我這次都沒幫到什麼，你他媽的那是因爲我在忍耐，幹，每次都等那小子卜完卦才行動，人早就都死光了啦，剛剛說兇手下一個目標會在北區，結果又說想去醫院，也不知道那小子到底在想什麼，現在我們到北區是能幹什麼？北區那麼大，你說說看我是要去哪裡找兇手啊？」契龔完全失去冷靜大聲咆嘯著。

「剛剛小浩出發去奇美醫院時，跟我說往上次老江出事地點附近看看，或許會有收獲。」天龍冷冷看著契龔說著，兩人講到火氣都不小。

「媽的，或許有機會，這麼敷衍的話虧他都講得出來。」契龔簡直氣炸了。

「你說完了沒，去還是不去？」天龍有點動怒的問契龔。

「走啦。」契龔心不甘情不願說著。

兩人在往北區路上時天龍電話響起，是夏浩雲打來的。

「喂！處長請說。」

「喂！天龍這是怎麼回事？今天早上的報紙跟新聞頭版頭條，都在報導這起連續殺人命案的兇手，經警方調查發現兇手疑是是麻豆奇美醫院的院長。」夏浩雲說得相當激動。

「啥？你說什麼，新聞怎麼會這樣報導，這是誰說的？」天龍看向契龔說著。

契龔聽到天龍提到新聞，心裡直覺不妙，心想該不會又是丁曉雯亂寫什麼了吧？

「我就是正要問你是誰說的，這案件只有你們四大名探最清楚，是不是你們有跟記者說了什麼？」夏浩雲有點動怒的質問天龍。

「處長，請你相信我，我們不可能跟記者亂說什麼的，最近大家都忙到累壞了，實在沒有心力再跟記者說話了。」天龍邊說邊看向契龔。

契龔越聽越覺得不妙了，一定真的是丁曉雯亂寫什麼把事情搞大了，不自覺地往窗外看，故意避開天龍的眼神。

「天龍，幾十年的老朋友，我當然知道你的個性，但是這次真的是麻煩了，不管怎樣你都要給我想辦法搞定這件事，別讓事情變得不可收拾，否則到時候就別怪我沒留情面了。」夏浩雲盡量克制怒氣把醜話講在前。

「好，我知道了。」天龍覺得很無奈。

天龍說完便掛上電話，轉頭看了契龔一眼，天龍大概猜到應該是他透露了什麼消息給丁曉雯了，天龍選擇保持沉默，現在實在不想談這個話題，只想專心眼前的事，不過還是故意停在路邊買了一份報紙，而契龔也心裡有數，默默不說話。

另一邊宇浩跟聖莘在趕往麻豆奇美醫院的路上，兩人相互討論著案情。

「浩，你有想過兇手爲什麼要取走器官嗎？」

「我想兇手應該只是單純喜歡收集人體器官吧，畢竟是醫生，所以就想收集來展示吧。」

「可是我覺得兇手這麼高明，應該不會有這種嗜好，會不會也許有某些原因，才造成他不得不這麼做吧。」聖莘似乎試圖爲兇手找殺人理由。

「莘，不管是什麼原因，他就是殺人兇手，這是不可能改變的事實啊。」宇浩提醒著聖莘。

聽到這，聖莘心裡當然也清楚明白這個道理，也知道不管是什麼原因，都不能同情殺人犯。

「到了，我們下車吧。」

「嗯。」

兩人跟門口警衛說明來意與身分後，走到院長室門口。

同一個時間天龍與契龔在上次老江出事地點附近，坐在車上觀察與等待，沒多久天龍看到有個人鬼鬼祟祟的，他在宮廟旁的空地附近徘徊。

「老龔你看。」天龍用手指著前方。

「嗯，我也看到了，那個人確實感覺怪怪的。」

「嗯，而且從剛剛就一直在這一帶附近徘徊，我們留意一下。」

「媽的，是還要留意什麼啊，直接下車去盤查就好了啦。」

說完契龔就開車門下車，往那個人的方向走過去，契龔個性就是很沒耐心，他就是覺得天龍都過度小心，結果反而有時候會錯過時機。

「喂！喂！喂！老龔。」天龍趕緊下車跟過去。

「喂！我是刑警，想檢查一下你的身分，有沒有帶證件？」契龔語氣強硬的說道。

「警官我有做錯什麼事嗎？爲什麼要檢查我的證件？」陌生男子問道。

「我看你鬼鬼祟祟在這邊徘徊這麼久了，是有什麼事嗎？」

「沒什麼事啊，我只是在等人而已，有個人叫我在這裡等他，說什麼要交給我重要信件。」陌生男子一臉無奈的說著。

「等等，你說有人叫你在這裡等他？」天龍覺得事有蹊蹺。

「對啊。」

「聽你這樣講，你並不認識對方是嗎？」

「嗯，我們沒見過面，只是曾經在網路上聊過幾次。」

天龍跟契龔兩個人默契的互看一眼，不過天龍實在不懂現在年輕人的世界，從來不曾碰過面或不認識的兩人，可以在網路上聊天甚至約碰面，這樣風險不是很高很危險嗎？

「喂！年輕人，你們是約什麼時間要在這碰面？」契龔不客氣的問道。

「哎喲，我們只說今天中午在這裡碰面，也沒說明確的時間啦。」陌生男子已經開始不耐煩了。

「奇怪耶，既然不認識也沒見過面，你們是要怎麼認出對方啊？而且既然時間也過了，你怎麼沒想過要離開？」契龔不解的問道。

「請問你們要怎麼聯絡彼此呢？」天龍沒管契龔的問題直接先問重點。

「奇怪，你們問那麼仔細幹什麼，在這裡徘徊的又不是只有我一人，爲什麼只針對我？」

「媽的，你是怎樣，做賊心虛是不是啊，是在怕什麼？」契龔快失去耐性了。

「靠，你才吃飽沒事撐著，有本事去抓壞人啦，老是找我們平民百姓的麻煩，拿我們納稅人的錢也不做正事。」陌生男子不客氣的嗆著。

「媽的，你說什麼，有種你再說一次。」

「老龔，好了別再說了，年輕人我們先離開不打擾你了。」

天龍趕緊把契龔抓住，免得他動手打人，但是他沒發現到有臺車從剛剛就一直停在他們的對面，車上的人冷笑的看著這一切，而他就是兇手，他故意花錢請人到附近徘徊，目的就是要引四大名探出現，然而他發現只有兩人出現時，他心裡知道另外兩位去醫院了，所以馬上撥了電話。

回到奇美醫院。

「院長您在嗎？」聖莘敲著院長室門問著。

「好像沒有人回應。」宇浩看沒人回應，私自打開院長的辦公室門走了進去。

「浩！」聖莘緊張的叫著宇浩，要宇浩別這麼做不過也跟著進入，宇浩仔細的觀察著院長辦公室，實在是非常乾淨整潔。

「哇！好整潔的辦公室啊，看來院長是一位細膩有潔癖的人呢。」宇浩驚訝的說著。

「嗯，不過浩，我們還是趕快離開，我們這樣不好吧。」

「莘，妳還記得院長是在哪裡昏到的嗎？」宇浩沒有理會聖莘的擔憂，一邊問聖莘一邊仔細的檢查院長辦公室。

「就在那個辦公桌旁。」聖莘指向宇浩身邊的辦公桌。

宇浩看向辦公桌走過去仔細觀察，看到宇浩檢查得這麼細，聖莘覺得宇浩想再來找院長的動機似乎是想證明什麼。

「浩，怎麼了嗎？」

「其實我懷疑院長有可能認識我們在找的兇手。」

「這是當然的啊，既然我們判斷兇手是這家醫院的醫生，院長當然認識自己醫院的醫生啊。」

「我指的是院長應該是知道兇手是誰，甚至還協助兇手取得器官。」

「為什麼你會這麼猜測？」聖莘驚訝的問道。

「妳上次不是說院長在喝完自己倒的水後就昏倒了。」

「對啊。」聖莘點點頭。

「妳想想看，心思這麼細還有這種看起來有極度潔癖的人，會這麼輕易的跟人交換水瓶嗎？或是倒水之前也不先把水杯清洗過？」

「聽你這麼一說有道理，所以浩，你懷疑院長是共犯？」

「我是這麼推測的。」宇浩看著四周繼續說道：「原先我們來到醫院是要查兇手是不是奇美的醫生，結果意外阻止兇手殺院長取肺，現在看過辦公室後，我反而覺得是院長跟兇手沒料到我們會這麼快找到醫院來，所以就在你們等院長的時候，他就打電話給兇手說自己現在被刑警找上該怎麼回應，而兇手跟院長說，假裝喝水後昏倒，這樣院長就不會被懷疑了，並有機會跟妳和契龔哥暫時分開了。」

「這話怎麼說？而且這樣做的用意是？」

「爲了擺脫嫌疑！」宇浩看著聖莘：「以正常人的心態而言，當一個人已經受到驚嚇，就是一個受害者了，這時警方就不會再過度追問什麼事了，而且當我知道我們早上看到的死者是胃部器官被取走時，我怎麼樣都不相信兇手會跳過肺部的順序而直接取胃，因爲他這樣做不就是宣告自己輸掉這場祭典遊戲了嗎？畢竟他對自己是非常的有自信的，相信也是自尊心相當高，而且他會留下宣言的，妳還記得嗎？」

聖莘回想著當院長在房間休息時，她跟契龔在門外守著，確實就認定院長是受害者，沒懷疑他是共犯這件事。

「嗯，聽起來似乎很合理，不過我們還是得找出證據證明不是嗎？」

「所以我才要再來這裡一趟啊。」

「難道你是刻意將龍哥還有契龔哥支開去北區？」聖莘突然會意過來宇浩的安排。

「也不能說是刻意，妳想想看，過去我只要卜卦，我們都是四人一起前往卦象所指引線索的方向或地點，結果我發現兇手似乎都早一步算準我們的每一步，事後我想想如果對方也是懂周易卦象，其實會如此也不意外，所以這次我相信兇手應該也會在北區附近觀察我們，但他一定沒想到我跟妳沒出現，當他發現我跟妳沒出現時，我推測他應該會連絡院長。」宇浩表情說得篤定。

「所以你才想來找院長，因爲你推測跟我們談話過程中，院長會接到兇手的來電，然後我們假裝離開，然後再偷偷跟蹤院長是嗎？」

「賓果。」

就在說話的同時院長辨公室的電話果然響起了，宇浩、聖莘有默契的互看一眼，心想這絕對是兇手打來的，並耐心的等到留言機啟動，想聽聽對方會不會有留言，沒多久一聲嗶的長聲後，兩人聽到熟悉的語調：「呵呵呵，黃宇浩你果然沒讓我失望啊，竟然預測的到我會在北區，而且還知道要回院長室找線索，看來功力進步不少喔，既然你這麼想見我，我就跟你約東區非凡社區的大廳，我等你。」說完對方就掛電話了。

「浩，沒想到兇手知道我們在奇美醫院的院長室。」聖莘突然覺得這個兇手眞可怕。

「嗯，而且還大膽的跟我們約見面。」宇浩心想這會不會是陷阱。

「怎麼辦？我們要去嗎，會不會是陷阱？」聖莘也跟宇浩一樣擔心同一個問題。

「不管如何我們走吧，直接到東區非凡社區大廳會會兇手吧。」宇浩還是決定去會會兇手。

「那要不要跟龍哥他們說一聲。」

「先不用好了，反正現在契龔哥也不相信我了，我實在不想再聽他一副自以爲是的語氣了。」宇浩無奈的說著。

「好吧，那我們自己先過去吧。」

「莘，謝謝妳的諒解，我們趕緊過去吧。」

「嗯，走吧。」

天龍跟契龔回到車上。

「媽的，天龍你對他那麼客氣幹什麼？」契龔氣呼呼的說著。

「老龔，真的不是我在說你，你做事總是這麼衝動，也不先商量就衝過去質問人。」

「去你的，你就是老是想太多缺乏行動。」

「我現在不想跟你吵，等一下再來問你新聞的事，你現在馬上打電話給小浩問他們到了沒，順便問問有沒有進一步消息。」天龍情緒也被契龔搞到非常火大。

契龔也充滿怒氣的打給聖莘，但是還好電話響好久都沒接，否則聖莘可能就要白白受氣了。

「電話沒人接啦！」契龑往車子後座怒摔手機：「現在呢？」

「我先問你，你是不是又透漏什麼消息給丁曉雯了？」天龍整個情緒也失控了，大聲問著。

「你這話是什麼意思？」

契龑聽到天龍問起新聞的事，有點心虛並開始裝傻起來。

「你知道我在問什麼，你知不知道今天早上的報紙跟電視新聞，所有的頭版頭條全都在說這起連續殺人案的兇手疑是麻豆奇美醫院的院長？」

天龍情緒激動的說著，也告訴契龑這陣子大家已經夠累了，拜託別再亂說話來造成大家的困擾了。

「這……這是誰說的啊？」契龑心虛的說著。

「你想想看，是不是你跟丁曉雯說了什麼？」天龍試著緩和現場氣氛，輕聲的問道。

「唉，天龍，這真的是誤會大了。」

契龑企圖解釋誤會，他仔細的跟天龍說明整件事的緣由，碰巧他們去找院長的那天被丁曉雯看到。

「即便是這樣，但是你難道不知道丁曉雯是一個會自己創造新聞的記者嗎？只要有一點模糊空間，就會被她拿來放大製造話題啊，我相信現在社會大眾都認爲兇手就是麻豆奇美醫院的院長了，你看現在該怎麼辦？」天龍試著平靜的說道，但他實在覺得好無奈。

「媽的，那我們也只能趕快把兇手找到還院長一個清白啊。」契龑一副大不了趕快抓住兇手，一切就眞相大白了的無辜樣。

「唉，就拜託你這段時間別再跟丁曉雯說什麼了。」

天龍實在無心再處理媒體的事情了，他只希望能趕快將兇手繩之於法，不能再讓大夥承受更多壓力了。

宇浩跟聖莘來到非凡社區大廳。

「浩，大廳一個人都沒有耶？」聖莘有點擔心問道。

「難道是不敢來了嗎？哼，還講得一副信誓旦旦說等我。」宇浩看到大廳沒人，感到有些不悅。

「要等嗎？」

「都來了，我們就等一下好了。」

兩人在大廳等了約20分鐘還是沒有看到任何人來，認爲兇手一定是不敢來了，就離開大廳，而就在宇浩跟聖莘走出大廳準備往隔壁店家詢問時，宇浩看到馬路對面有個人表情詭異、嘴角微笑地盯著他們看，心裡直覺對方可能就是兇手，這時宇浩手機響起了，一看是未顯示來電，再抬頭看一下對方，果然正打著電話。

「喂！」宇浩看著馬路對面的人接起電話。

「呵呵，你果然沒讓我失望，怎麼樣，是不是覺得很有趣啊？」兇手興奮的問道。

「你果然算到我們會去北區之前老江出事的地方找線索，所以我才特地讓龍哥他們過去引誘你，而我直接去醫院找院長等你。」宇浩冷靜的說著，一旁的聖莘沒特別注意到馬路對方的兇手，跟著緊張起來了。

「呵呵呵，你果然是聰明人。」兇手忍不住讚美一下宇浩。

「你想怎樣，別把人都當傻子耍，你到底有什麼目的？」

「我說過了，這個社會生病了，我要救濟苦難人，不過話說回來了，你找出下一個受害者的線索了嗎？」

「怎麼，你也有害怕的時候啊？」宇浩故意挑釁的說道。

「哈哈哈，沒錯啊，我好害怕你們一直抓不到我，所以我才故意跟你約碰面，雖然隔著大馬路臉看不清，但身形看過總該記得吧，之後別再搞錯人囉。」兇手故意反嗆說著。

「你別太囂張，現在我已經知道你跟院長是一夥的……」

「黃宇浩，我等你喔，留意接下來的所有訊息，對你們很有幫助的，哈哈哈。」

不等宇浩說完，神祕人直接打斷他的話，說完就掛掉電話轉身離開了。

「浩，是兇手打來的？」聖莘關切問著。

「莘，妳剛剛有注意到對面有個人一直盯著我們看嗎？」

「沒有耶，難道……」聖莘趕緊看向對面馬路。

「已經離開了，剛剛就是他打給我的，果然跟我猜想的一樣，他就是兇手，只可惜有點距離，長相沒能看得很清楚。」宇浩一臉惋惜的說著。

「原來兇手不是不敢來，而是一直在遠處觀察我們。」聖莘一邊環顧四周一邊說著。

「兇手看到我跟妳沒有出現在北區就知道我們去醫院了，故意打電話到院長辦公室約我們來這裡，甚至想露臉給我們看，這也表示兇手確定已經拿到肺了，我猜屍體應該是交給院長安置才沒有曝光，按照後天八卦的順序來看，胃之後就是心臟了。」宇浩心裡覺得還是被對方早一步算計好了，「兇手眞的很謹愼而且心思相當細膩，實在是個可怕的對手。」

「不過沒想到，你剛剛竟然能這麼冷靜沒衝過去抓他。」聖莘感到欣慰。

「因爲我相信他不會無緣無故出現在對面讓我們看到的，可能會有陷阱，所以我才沒輕舉妄動。」

講到一半宇浩的手機再次響起，是天龍打來的。

「喂！龍哥，有什麼消息嗎？」

「小浩，剛剛局裡的弟兄打來說又有受害者出現了，這次在仁德太子廟附近的民宅裡，我們先到太子廟會合。」

「好，我知道了。」

「另外今天新聞頭版頭條的事你知道了嗎？」

「不知道耶，今天整天都在外面沒注意到，怎麼了嗎？」

天龍把今天新聞頭版的內容快速跟宇浩說過，宇浩知道後雖然覺得麻煩了，不過剛好他還沒有證據確定院長跟兇手是一夥人，突然靈機一動跟天龍說。

「龍哥，其實這樣報導也不錯，或許有機會逼出兩人的關係，請你跟處長說這是我們故意放的假消息。」

天龍聽完後覺得這是個不錯的好方法，也同意這個做法。

「龍哥，我們等等見。」

「好，路上小心。」

「怎麼了？」

「龍哥在太子廟附近，請我們趕快過去那裡會合，又出現死者了。」

宇浩掛掉電話後，聖萍趕緊問他發生什麼事了，宇浩跟聖萍說又有新的受害者出現了，順便也把新聞的事跟聖莘說，聖莘剛聽到新聞的事情後非常生氣，不過他跟聖莘解釋這個新聞或許剛好是個機會，經過解釋後聖莘也覺得也許就如宇浩說的一樣是個機會，情緒也就比較緩和了。

「那我們快過去吧。」

「嗯，走吧。」

當兩人趕到仁德太子廟跟龍哥他們會合時，聖莘一看到契龔還是忍不住唸了一下。

「契龔哥，你到底是跟丁曉雯說了什麼啊？」

「媽的，我什麼都沒說啦，根本就是她自己亂寫的，妳別再唸了，剛剛已經被天龍罵了一頓了。」

其實聖莘也知道新聞內容一定是丁曉雯自己加工過的，看著契龔委屈的表情，實在覺得又好氣又好笑。

「看你還敢不敢再跟丁曉雯聯繫。」聖莘故意調侃一下契龔。

「小浩，醫院那邊有沒有什麼消息？」天龍關切的問道。

「我看是不會有什麼消息的啦，他們一定是偷偷跑去約會吧。」契龔藉機酸一下宇浩。

「契龔哥，你一定要開這種低級的玩笑嗎？小浩都已經發現院長其實是跟兇手是一夥的好嗎？」聖莘覺得契龔的玩笑讓實在她很無言。

「嗯，小浩剛剛電話中有跟我提過了，但是我們還沒有直接性的證據證明，所以宇浩你才會想藉這次新聞的內容逼院長主動聯絡兇手，然後發現破綻找到證據是吧。」

「嗯，沒錯。」

聖莘想了一下，覺得自己跟宇浩到東區非凡社區大廳的事情，有必要跟天龍報告，看了宇浩一眼，宇浩似乎也明白聖莘的想法，他對著聖莘點了點頭，於是聖莘便把剛剛所有的經過告訴天龍跟契龔，當然她主要也想證明她宇浩是有在做事的。

「媽的，那你們更該死，眼睜睜的看著兇手在你們面前離開。」

契龔聽完聖莘的敘述後，簡直不敢相信，聖莘他們竟然這麼輕易的讓兇手在眼前離開。

「小浩，那你怎麼沒有趕快通知我們呢？」

「龍哥你別怪宇浩了，我想他有他的考量的。」聖莘趕忙解釋著。

「他還能有什麼考量，還不就是想自己破案，證明自己的能力比較強。」契龔話說得很酸。

「你說夠了沒！」天龍對著契龔怒斥著：「小浩，等等回局裡我們再好好講一下，現在先去看命案現場。」

宇浩沒多說什麼，只是點點頭。

四個人來到案發現場後，發現這次死者並沒有被取走器官，現場一樣沒有任何打鬥痕跡，乾乾淨淨的。

「小浩，你來看看死者身上有沒有留下什麼線索，契龔、聖莘你們附近看看有沒有可疑人士，順便跟鄰居問問死者的背景。」天龍示意宇浩仔細一點。

宇浩仔細檢查一下屍體，發現死者嘴巴被縫住，而且頭顱似乎有被重擊過，不過其他部位皆完整無缺甚至沒有任何一點傷，而胸前寫著一排字：「**若起八卦象、從其諸身取**。」

「小浩，這一排字是什麼意思？」天龍看了看，不解的問道。

「兇手的意思是，若想要再次卜卦象，必須依照死者身體的特徵取卦，但是我就有點不太懂兇手所他指的特徵是什麼呢？」宇浩皺著眉頭思考，「難道是……」

宇浩再重新回想屍體上的幾個特徵點後啟了一個天澤履卦䷉。

「小浩，你是怎麼知道要起這個卦象，而且這代表什麼意思？」天龍好奇問著。

「龍哥，這是天澤履，此卦卦意爲柔弱遇剛強，欲行卻有難行之象，不但難而且危險，故名履。而履又爲『禮』，另外需有盡快反省自己的態度，對人、對事、對長輩是否有輕忽、不敬之意。」

	主卦 地為坤 坤宮(土)			變卦 地水師	
白虎	子孫酉金	— —	世	子孫酉金	— —
螣蛇	妻財亥水	— —		妻財亥水	— —
勾陳	兄弟丑土	— —		兄弟丑土	— —
朱雀	官鬼卯木	— —	應	父母午火	— —
青龍	父母巳火	— —	動爻	兄弟辰土	———
玄武	兄弟未土	— —		官鬼寅木	— —

宇浩內心感到納悶，兇手到底是什麼意思，看起來似乎只是在告知一些處境而已，這是怎麼回事？正在想不透時聖莘跟契龔剛好一起回到屋內。

「怎麼樣有什麼消息嗎？」

「天龍啊，眞是怪了，鄰居們都相當高興這個人死掉了，原來這個人是這一帶的惡霸，不但專門欺壓人，也沒工作，只要跟鄰居借不到錢就威脅或破壞，而這一帶偏偏都是老人家比較多，大家都快受不了他了，他的家人也早就都放棄他了。」

聽完契龔說的話，宇浩想起兇手跟他說過這個世界是個病態社會，我要救濟這世界，這句話一直在宇浩心中徘徊許久，心想他該不會以爲做這些事，就能改變世界吧！突然覺得自己不能總是被兇手拉著走，決定再用時空法卜個卦，爲自己指引方向。天龍、契龔、聖莘三人則在一旁靜靜等著卦象的指引。

宇浩排出今天的年月日干支及時支：己亥年（二〇一九）、壬申月（9）、壬寅日（2）、未時。

「主卦坤爲地，此卦，諸事宜和順，太剛強必會有大凶，又有爲親子、兄弟、朋友等勞苦損財之凶象，如果執意強行做事會產生許多煩惱的困難。

雖然這是主卦象的意旨，但由於變卦爲地水師，顯示若是過於被動會失去克敵先機的，若再從世應來看，目前我們已掌握對有利的點，接下來可以往西南方向去有機會找到兇手，兇手現在只剩下最後一個器官心臟，我大膽推測應該還沒出現合適的受害者。」

「浩，你說還沒出現合適的受害者，這是什麼意思呢？」聖莘感到疑惑。

「是啊，我也沒聽懂你這句話的意思？」天龍同樣也不懂意思。

「我這段時間一直在想，爲什麼兇手要取這些器官，我跟聖莘也討論過這問題，原本我以爲是兇手本身有收集器官的嗜好，但是聖莘提醒了我，這樣一位頭腦聰明心思細膩的人，又懂中國老祖宗周易八卦跟艱深的奇門遁甲、大六壬帝王學的人，實在不太會是單純收集器官的嗜好而已，你們還記得兇手會留過一段文字嗎？」

宇浩拿隻筆寫下那段文字：

宅術仁心為凡心　病痛皆因肉身起
陰陽五行相沖剋　周易參透八卦齊
人體依序本宮得　已獲巽宮救世濟
文王卦來借方位　四方節氣尋契機

「這幾段文字我反復想了好多次，後來我想兇手打從一開始就以醫生爲人生目標，他想拯救世人的一切身體病痛，第三行的人體依序本宮得，我們都知道他指的人體就是指器官，而他的器官取得順序是以後天八卦上的數字爲主。第三行的後面那一段話應該就說明了他取器官的原因了，他爲病人尋找適合的器官，私底下移植到他的病人身上，也就是說他必須找到適合的器官才能執行。」

「所以你的意思是，接下來的受害者連兇手也不知道在哪？」天龍驚訝的看著宇浩，因爲這等於線索斷了啊。

「媽的，黃宇浩你是有病啊，連兇手也不知道在哪，我們是要怎麼找啊？」契龔覺得宇浩簡直迷信到腦袋有問題了。

「我只是大膽推測，我們現在唯一能做的就是耐心等待。」

「等？啊是要我們等什麼？等人死了，再出來跟媒體道歉嗎？」契龔快失去耐性了。

「小浩，難道我們只能坐以待斃嗎？」天龍一臉無奈的說著。

「龍哥，我們當然不是坐以待斃，兇手現在跟我們一樣在等待著，我們現在如果亂行動，只會讓情況更加混亂，所以我們可以先去奇美醫院查查看，是否有等待心臟的病患。」宇浩也相當無奈的說著。

「小浩，你有信心在兇手找出下一個受害者之前找到人嗎？」

「我們只能等待，賭一把了。」

「好啊，黃宇浩你竟然把人命拿來賭啊。」契龔抓起宇浩的衣領怒喊著。

「契龔哥，拜託你相信我，如果我們現在又胡亂行動，真的會讓情況更沒有辦法掌握的。」

「好了，都不要再吵了，事到如今你們其他人有更好的辦法或方向嗎？」天龍大聲喝止兩人的爭執。

「沒有的話，就按照小浩的方式吧。」

「現在既然知道院長跟兇手是一夥的，我們就從院長這邊找關鍵線索，可能需要麻煩龍哥跟契龔哥你們兩位跑一趟醫院了。」

「嗯，我大概知道你的想法，老龔我們現在出發吧。」天龍拉著契龔往奇美醫院出發。

契龔不情願地出發前往麻豆奇美醫院。

「浩，那我呢？」

「莘，妳可以先回局裡等我嗎，我想去找一下我的線民，跟他問問一些相關事情，順便請他幫忙查一些事。」

「不用我陪你去嗎？」聖莘擔心問道。

「不用了，你看起來精神不好，先回局裡休息等我好嗎？」

宇浩其實是害怕聖莘再次面臨危險，他不能再讓聖莘受到任何一絲的傷害。

「好吧，只是浩，雖然兇手已經讓我們看到了，但是我們還沒有證據證實他就是兇手，你知道嗎？」

「嗯，我當然知道的，只是說真的，我現在也不知道該從哪裡著手調查了。」宇浩困惑的說著。

「浩，你別急，你剛剛不是也說了嗎，兇手現在也跟我們一樣的處境，但是你別忘了喔，如果像你所說，兇手取器官是爲了救病患，那兇手肯定是有時間壓力的。」

「嗯，沒錯，其實這也是我認爲我們要等待的原因，因爲他肯定比我們急迫，一定會急於行動，所以只要跟蹤院長，我相信兇手一定會露出破綻的。」

「嗯，那我先回局裡等你，自己小心點喔。」

「好，我會的。」

宇浩說完後，聖莘就先回局裡去了，宇浩看著聖莘離去的背影，不免覺得心疼起來，這陣子大夥相信他，一路上都跟著自己卜的卦象在走，結果因爲自己技不如人，害得大家跟他疲於奔命，越想心裡越難過，這時他實在需要找個人聊聊，拿起電話打給了L，跟他約了地點見面。

「老師。」宇浩來到見面的地方。

「來啦，這邊坐，點個東西吃吧。」

「老師，每次看到你都覺得你實在好優雅，感覺都沒煩惱耶。」宇浩突然感慨的說道。

「哈哈哈，你這是在挖苦我嗎？」

「不是啦，我是說老師都不用像我這樣，煩惱怎樣抓犯人，面對與論還有破案的壓力。」宇浩就像個小孩一樣，對著L抱怨著一切事情。

「唉呦，真的是辛苦我們的黃探員囉。」L故意開宇浩玩笑，也只有這時侯，宇浩才敢完全放鬆，跟自己的老師說說話開開玩笑，甚至傾吐心事。

「老師你別笑我了啦，我真的快煩死了。」

「呵呵，別煩了，今天就聊聊天放鬆一下心情。」L試著要宇浩別再想兇手的事了。

「唉，怎麼可能放鬆的下來嘛。」宇浩無奈的說著。

「那好吧，跟我說說你們的調查，現在進度如何了？」L乾脆的問道。

「老師。其實我這幾天反覆思考兇手所留下來的文字，發現他似乎好像是為了救他自己的病患，才殺人取器官。」宇浩說完故意停下來看L的反應。

「嗯，你繼續說，我在聽。」

「兇手有可能是一位相當自我的人，認為自己就像上帝一樣，是來拯救世人的。」宇浩停頓了一下，嘆了一口氣繼續說道：「我覺得救人的心是不錯啦，可是怎麼可以用殺人的方式呢？而且這個兇手既然這麼聰明，怎麼會做這種事，我實在是想不透。」

「聽你這麼說，兇手似乎是有崇高的理念跟理想的人喔？」

「但是殺人就是不對啊。」宇浩情緒有點激動的說著。

「嗯，是沒錯，殺人取器官實在很不應該。」L跟著譴責兇手的行爲。

「對啊，殺人取器官這種行爲實在是太惡劣了。」

「嗯，但會不會或許兇手有不得已的苦衷呢？」

「總之，不管再怎麼有苦衷，都不可以用這種方式，我是絕對不會認同跟放過他的。」

「那除了這點外，還有什麼發現呢？」L關心的問著。

「另外我們還發現，麻豆奇美醫院的院長跟兇手竟然是一夥的。」

「喔？」L表情驚訝的看著宇浩。

「原來兇手挑選完對象後，都是交由院長來取出器官，再將屍體放到醒目容易被發現的地點，我們每次獲得通報的地點都已經不是第一現場了，兇手就故佈疑陣，留下周易八卦的符號當作線索。」說完宇浩拿出剛剛卜到的卦象給L看，「老師你看，這是剛剛我在仁德太子廟附近所卜的卦象，這個死者並沒有被兇手取下器官，兇手只留下天澤履䷉

主卦 地為坤 坤宮(土)				變卦 地水師	
白虎	子孫酉金	— —	世	子孫酉金	— —
螣蛇	妻財亥水	— —		妻財亥水	— —
勾陳	兄弟丑土	— —		兄弟丑土	— —
朱雀	官鬼卯木	— —	應	父母午火	— —
青龍	父母巳火	— —	動爻	兄弟辰土	———
玄武	兄弟未土	— —		官鬼寅木	— —

的線索，不過坦白說，兇手留下天澤履的線索有什麼用意我實在有點不懂，老師你可不可以幫我解答一下？」

「你說這次的死者，並沒有被取走器官是嗎？」

「嗯，是的。」

L想了一下後，花了點時間起了奇門盤。

「嗯，從這個奇門盤來看，天蓬星落在人盤休門，我想這個天澤履是兇手想表達他遇到阻礙了，加上你卜的卦象來看……」L突然對著宇浩笑了一下：「呵呵，難怪你又來找我，既然主卦也認爲你強行會有阻礙，我也是只能建議你此時就是耐心等待囉，事情會慢慢明朗化的。」

「主卦坤爲地，此卦象外虛而內實，表示現在正承受一切勞苦，任勞任怨，專爲他人處理不平之事，若傾於我者吉利，運勢波動而難掌控，故不可妄動急進，以柔和之氣，以靜制動者吉，共謀事業更吉也。得此卦者，可獲衆議得有力之人，千萬不可爲追求私慾私利，不惜用計謀，否則會兩敗俱傷而招受損害。」L解釋道。

「老師果然厲害，我也是跟同事說，我大膽推測兇手目前還沒找到合適的器官，所以現在能做的就是等待，只是我也擔心不知道要等到什麼時候，而且要怎麼知道兇手找到合適的器官受害者？」宇浩擔心的說著。

「若從奇門局來看，兩個禮拜內兇手必然會有所行動，往歸仁的西南方位去調查吧。」

「嗯，有老師你的這番話，我就更有信心了，老師謝啦。」宇浩邊說邊站起來。

「怎麼突然站起來了？」L故意笑著問宇浩，因爲他知道每次宇浩問到想要的答案後，就急著要離開了。

「哈哈，我問到我想要的答案了，老師，這攤讓你請囉，我先離開了，等我的好消息喔。」

「喂喂喂！你也太現實了吧。」

「別這樣嘛，改天換我請你吃飯喔，還有人在等我，先走囉。」宇浩說完轉身便急著離開了。

「哎呀，眞受不了這小子。」L邊說邊露出詭異的微笑。

「莘。」

原來宇浩是趕著回局裡找聖莘。

「你回來啦，呦！什麼事讓你心情這麼好啊？」聖莘看到宇浩一臉好心情，跟著開心問道。

「有嗎？有這麼明顯啊。」宇浩故意俏皮的說著。

「當然，你整個好心情全寫在臉上了。」

「呵呵，因爲我的線民有幫我解開心裡的疑慮囉。」

「是喔，那怎麼樣了，有什麼進展嗎？」聖莘跟著興奮起來。

「算有那麼一點小小的進展跟方向了。」

「呵呵，終於又看到你的笑容了。」聖莘完全感受的到，宇浩此刻心情放鬆的釋懷感。

「莘，兇手果然如我所推測的一樣，還沒找到適合的器官，所以暫時不會有所行動，不過時間應該不會太久，可能再兩個多禮拜就會再次行動了，而且會是在關廟、或是新化一帶。」宇浩充滿信心的眼神說道。

「所以我們現在還是得等待是嗎？」聖莘聽完其實有點失望。

「嗯，還是得耐心等待著，別輕舉妄動才不會亂了我們自己的步調。」

「嗯，浩，我是相信你的。」雖然失望，但是聖莘還是選擇相信宇浩。

「謝謝妳，莘。」

宇浩突然走上前去，將聖莘緊緊抱著，聖莘被他這突如其來的舉動嚇到，雖然嚇到但是她卻不討厭，甚至喜歡被宇浩抱在懷裡的感覺，因爲能強烈感受到宇浩的心跳以及安全感，她突然希望此刻時間能稍微暫停一下，讓自己好好的享受這種被保護的感覺。

凌晨，申醫生回到家裡，一樣打開電腦連上暗網網站，一邊吃著剛買的宵夜一邊在暗網上看商品。

「Shit！如果可以我實在不想來逛這裡的商店，每次來這裡逛商店，都讓我旣難過又憤怒，希望這次可以找到需要的商品，不然又得花時間開導四大名探，找獵物已經夠累了，還得教導黃宇浩精進周易八卦，實在有夠耗時間的。」申俊輝抱怨著。

「誰叫你自己貪玩，今天還去露臉給他看，再有自信也不是這樣搞的好嗎？」L提醒著申俊輝。

「我相信他應該沒有看得很淸楚才對，畢竟有點距離，而且你自己還不是玩得很開心，也沒反對啊。」

「呵呵，確實是滿好玩的啦，對了昨天早上的頭條新聞說兇手疑是是麻豆奇美醫院的院長耶，哈哈我很驚訝這些記者怎麼這麼厲害，算是猜對了一半了。」

「哈哈哈，是啊，這些記者也是很厲害呢，聽說是一位叫丁曉雯的記者寫的耶，很優秀喔。」申俊輝興奮的說著。

「喂！怎麼樣，有沒有看到適合的商品？」L有點不耐煩的問著。

「別急，我還在找啦，最近雖然多了不少商品貨色，但是都沒有一個適合的。」

「沒有的話就又得直接到市面上找囉。」L表情期待的說道。

「哈哈，我還寧願在市面上找呢，說真的，你覺得四大名探有沒有機會阻止我們啊。」

「目前看來可能還需要多一點線索的調教與教導，不過我相信依黃宇浩的資質應該不難調教。」

「其實啊，我覺得耍他們是一件很好玩的事呢，沒有想到他們四個人一路都跟著我們的劇本在走耶，現在就連條狗都不見得這麼乖了，更何況他們還是警界有名的四大名探呢。」申俊輝故意嘲諷的說著。

「是啊俊輝，誰叫他們現在碰到的是我們，不過也多虧了我觀察他們幾年了，了解他們每個人的性格跟辦案手法，才能這麼準確預判他們的每一步。」L表情驕傲的說著。

「不過那個黃宇浩越來越進步了，分析跟斷卦的能力提升了不少等級喔。」

「這不就是我們兩人樂見看到的嗎？」

「哈哈哈，對啊，只要他達到我們認定的等級，我們倆就可以退休了。」

「對啊，我好期待那天的到來，對了！我兩天前就把影片跟信件寄給夏浩雲了，相信我們偉大的處長收到後，這場遊戲會變得更有趣喔。」

「嗯，對啊。」

L跟申俊輝兩人一搭一唱得很有默契，然而這一切其實都是同一個人在不同人格下的對話，他們兩人常常在深夜裡展開對話與商討對策，也會一起討論暗網的商品，其實L是喜歡在暗網上買需求品，可是申俊輝相當痛恨這個有點趨近於變態的網站，但是又不得不佩服這個暗網的強大，可以說只要有錢，幾乎什麼都可以買的到，包括軍火槍砲、人體器官等等。

「哎呀，還是沒找到適合的商品耶！」申俊輝有點失望的說著。

「那就去市面上找囉。」L雖然失望，但是也得想辦法找到適合的心臟。

「現在我們比四大名探更有時間的急迫性，而且他們現在認定麻豆奇美醫院的院長跟我們是一夥的，我相信他們會開始跟蹤院長的行蹤，從院長這條線來追緝我們了。」

「哈哈哈，有趣的地方就在這裡囉，當他們知道眞相後希望不要太失望，加上如果現在把處長也拉進來，多一個人更有趣更好玩了。」

「是啊，人多才好玩喔，哈哈哈。」L跟申俊輝兩人笑得非常詭異……

翌日早上、四大名探都在辦公室裡等待，氣氛有點僵，因爲夏浩雲等會兒要來聽報告了，以現在目前的處境，天龍實在不知道該如何跟處長說起，沒多久辦公室門傳來敲門聲！

「請進。」天龍對著門喊著。

「大家早。」

夏浩雲開門進來故意大聲的跟四人問早，有振奮一下士氣的味道，四人也同時回應處長早。

「天龍，怎麼樣，這案子進行的還好吧。」夏浩雲用期待的語氣詢問著。

「處長，老實說並不太樂觀。」天龍尷尬的說著。

「唉，我略有聽說了，看來這一次的兇手不但極爲聰明頂尖，還相當的狡猾，把我們警界的四大名探耍得團團轉呢。」夏浩雲表情有些失望。

「處長，這都是因爲我們的八卦師道行沒有人家高囉。」契龔實在不服氣的回應，夏浩雲看了一眼契龔。

「契龔，我聽說新聞是你洩漏給記者的不是嗎？怎麼你這麼老江湖了還會犯了這種錯？契龔啊，怎麼這次你的經驗都沒幫上什麼忙呢？」夏浩雲話說得很酸，不等契龔回應，回過頭繼續問天龍。

「天龍，那目前的打算如何進行下一步？」

「小浩，你來跟處長說明一下。」

宇浩示意的點點頭。

「處長，我們目前大致上有掌握到幾個重點，首先我們了解到兇手的殺人動機主要是想要救人。」

「等一等，殺人是因爲想要救人，你在講什麼我完全聽不懂？」夏浩雲聽的有點糊塗了。

「這麼說吧，兇手是一位外科醫生，我們掌握到他是在麻豆奇美醫院任職，而他殺人是爲了取得病患需求的器官，在取得器官後私下移植給所需要的病患，簡單來說，兇手認爲他的行爲是在濟世救人，而兇手會主動找上我們，是因爲他知道我懂周易八卦，所以在我們追捕他的過程中，他都是以周易八卦象來留下線索。」

「聽起來，兇手擺明著挑釁你們囉？」

「嗯，沒錯。」

「那你們有解開兇手所有留下的線索嗎？」

「報告處長，這也是兇手狡猾的地方，以過去的經驗來說，一般兇手都會留下自己犯案的整個目的與動機以及順序跟方法，而這次的兇手每一次都只留下一些跟下一個受害者地點有關的線索，讓我們疲於奔命卻也只能解救下個受害者，不過透過解讀最新的線索，我們判斷目前兇手正在等待最後一個合適的心臟器官出現，也就是說不只是我們，就連兇手自己現在也還不知道下個受害者在哪裡。」宇浩表情有點尷尬。

「這聽起來實在相當匪夷所思，我還沒有碰過這種，連兇手都不知道下一個受害者在哪裡的奇案，那這樣你們要怎麼找到受害者跟兇手？」

「小浩，接下來就讓我說明吧。」天龍示意接下來由他來說明。

「處長，我們發現麻豆奇美醫院的院長跟兇手是共犯，只是還沒有具體的證據，所以我們決定就將計就計，讓這次的新聞內容給院長產生壓力，逼出院長跟兇手聯繫互動的證據。」

「這聽起來不錯。」

「另外我們也相信當兇手把被害者殺死後，就是由院長協助取下器官，我昨天就跟契龔到奇美醫院監視院長，只是昨天院長似乎沒有到醫院，我跟契龔直到晚上都沒看到院長人。」

「對啊！處長，昨天我跟天龍從下午就到醫院找院長，知道院長不在後，我跟天龍就到車上等，一直到晚上都沒看到院長人。」契龔趕緊跟著附和。

「那你們現在有什麼打算？有需要什麼協助？」夏浩雲關心的問道。

「處長，我們現在只能等待，不能輕舉妄動。」宇浩無奈的說著。

「等什麼？」

「等兇手找到受害者，在兇手動手前阻止他，當場定他罪。」

「你們這是在賭嗎？而且從你們剛剛提到目前掌握的資訊裡，你們不知道兇手是誰，也不知道長相，兇手與被害者都不知道是誰的狀況下，唯一的線索就只剩下院長，這樣的線索不會太薄弱嗎？」夏浩雲擔心的問道。

「處長，其實我跟小浩有看過兇手的臉。」聖莘趕緊補上一句。

「妳確定？」

夏浩雲突然一臉驚訝拉高聲音問，不過馬上回復平靜情緒，但是這個表情卻被天龍看在眼裡了。

「嗯，只是可惜距離有點遠看不太清楚，而且我們目前也還沒有證據證明他是兇手。」

「這樣啊，沒關係，喂！天龍，有什麼需要協助的儘管跟我開口。」夏浩雲轉頭跟天龍說著。

「喔，處長我會的。」天龍突然回過神來回答。

「嗯，那還有什麼要補充的嗎？」

「暫時沒有了。」天龍看著其他三人說道。

「好，那我等你們的好消息吧，加油了，別讓我們刑事組漏氣喔，所有人都在關注看著呢。」

「這是當然的，我們一定會將兇手繩之於法，不會丟刑事組的臉。」宇浩激動的說著。

「好、好。」夏浩雲說完便離開辦公室。

「黃宇浩你說得可真輕鬆啊，你現在有頭緒了嗎？已經知道下一步要怎麼走了嗎？」契龔覺得宇浩跟本一點頭緒都沒有只會說大話。

「契龔哥，小浩昨天說兇手可能兩個禮拜內就會再次行動了，而且會是在關廟、新化一帶。」聖莘故意一臉驕傲的表情說著。

「去你的，黃宇浩又是你卜的易經八卦說的是嗎？」契龔有點不耐煩地對著黃宇浩質問。

「嗯。」宇浩一臉無奈的回答。

這時聖莘發現天龍有點心神不寧。

「龍哥，龍哥。」聖莘有點擔心的叫著天龍。

「怎麼了？」天龍又再次恍神了。

「龍哥你怎麼啦，在發什麼呆啊？」聖莘關心的問著。

「喔，沒什麼，只是有點累。」

「哎呀，天龍啊，你他媽的也知道累啊。」契龔一副像是聽到什麼天大的消息一樣的喊著。

「老龔，我也是人當然會累啊，這段時間實在被兇手搞到精神夠糟的了，你說話一定都要這樣嗎？」

契龔覺得自己剛剛確實不該這樣講，跟天龍點頭道歉。

「龍哥，我確定兇手這個禮拜不會有任何動靜，不妨趁這兩天好好休息養精蓄銳，這樣在關鍵時刻才能有精神來破案。」

「嗯，既然小浩你這麼有信心，那我想我們這幾天好好休息吧，除非這兩天有突發狀況，不然我們就約大後天在辦公室碰面吧。」天龍有點心不在焉的說著。

「黃宇浩你可得保證這兩天不會有突發狀況喔。」契龔有點嘲諷的說著。

「你放心吧，就算有突發狀況也不會是你的責任。」宇浩實在忍不住回嗆契龔了。

「好了啦，你們兩位不要都不要再說了，契龔哥你爲什麼總是針對宇浩呢，說眞的這次若不是宇浩，我們也很難有任何的進展，不是嗎？」聖莘對著契龔生氣的說道。

「沒想到這次的兇手竟然可以把我們逼到如此。」

天龍突然嘆了口氣，無奈地冒出這句話，宇浩沒看過天龍會有如此無助的表情，內心感到非常的內疚，自己卻只能默默低頭不語。

「這兩天大家好好休息吧，接下來誰都不准再有任何抱怨跟爭執，不然別怪我不客氣了。」

天龍話說得很不客氣，說完後就開門出去了，其實他也很無力，更不想看到大夥吵。

「契龔哥，對不起我知道是我讓大家失望了，是我害大家被兇手牽著走，但是拜託請你再繼續相信我好嗎？」宇浩主動跟契龔道歉，請求契龔能繼續相信自己。

「唉，我就是氣不過被兇手耍著玩，我怎麼會不相信你呢？」契龔坦白了自己內心的害怕：「事到如今也只能相信自己的夥伴了，他媽的，其實我也是氣自己什麼忙都幫不上，我當然也知道你盡力了，明知道現在不應該鬧內鬨，應該彼此互相相信才對，唉，小浩啊，這次你到底行不行啊？」

「契龔哥，相信我，沒問題的。」宇浩自信的說著。

「媽的，好啦好啦，我們加油啦，好好休息吧。」契龔說完也離開辦公室了。

「莘，累了幾個月了，這兩天也要好好休息知道嗎？」宇浩對著聖莘溫柔的說著。

「浩，那你呢？這兩天有什麼打算？」

「我想回家好好休息，等待時機成熟。」

聖莘原本非常擔心宇浩這兩天，又不肯好好休息跑去查案，聽到宇浩這麼說，心裡就比較放心了。

「嗯，那你要好好休息喔。」

「嗯，妳也是喔。」

其實宇浩知道他必須這麼說，聖莘才會願意乖乖回家好好休息，否則若說要去跟蹤院長，那聖莘一定會想跟著去，他不想聖莘太勞累，甚至不希望聖莘再受到任何傷害，所以才不得已說謊騙聖莘。

而另一邊天龍雖說要大家好好休息，但是當他走出辦公室後，就偷偷跑去跟蹤一個人，那個人就是處長夏浩雲，原來在辦公室裡後來天龍一直發呆恍神，就是因爲他注意到夏浩雲的表情不對，他心裡雖然覺得應該不可能是自己所猜測的那種情況，但是他心裡還是相當不安，所以決定還是先跟蹤觀察一下，，不過夏浩雲畢竟跟自己是不錯的好朋友，天龍希望一切只是自己想太多。

而契龔也是一樣，在離開辦公室後他就前往奇美醫院準備跟蹤院長，這邊宇浩也來到奇美醫院了，而其實聖莘也沒回家休息，她重回每個案發現場試著再仔細觀察是否有任何線索，也試著感受現場是否有任何磁場，其實雖然天龍說讓大家這兩天好好休息，但是大家心裡總覺得不安，加上兇手這次眞的太聰明狡猾，每個人實在是都靜不下來，只想趕快將兇手逮捕結束這一切。

「處長。」天龍忍不住叫住了夏浩雲。

「喔，天龍啊，怎麼了？是不是有想到什麼需要我協助的？」夏浩雲關心的問道：「另外，私底下叫我浩雲就好了，老朋友了別這麼見外。」

「倒是沒有什麼事，只是想跟你回報，因爲小浩確信兇手這禮拜不會有任何行動，我也相信小浩所說的，所以我就要求團員們這兩天好好休息，等待對的時機到來才有精神面對。」

「這樣啊，也好，只是沒想到你也會有這麼體恤的一面啊，我以爲大家會迫不及待去跟蹤院長呢。」

「呵呵，其實大家都累壞了，這次的對手眞的太聰明了，爲了避免大家胡亂行動亂了套，只好讓大夥們先回家好好休息囉。」

「哎呀，眞的是辛苦你們了，那你也得好好休息喔，加油！有什麼需要隨時跟我說知道嗎？」夏浩雲感性地爲天龍打氣。

「嗯，沒問題，這是當然的。」

天龍其實是故意跟夏浩雲這麼說的，因爲他必須釋放消息給夏浩雲，他想知道夏浩雲在知道這消息後，會不會有所行動，說完後天龍就回自己車上，將車子開去停在夏浩雲車子附近觀察，其實天龍整個腦海裡都是夏浩雲在得知小浩看到兇手的驚訝表情。

「希望只是我想太多而已。」天龍自言自語著。

沒等多久夏浩雲開車外出，天龍便小心地跟上去，天龍看他開到一間學校旁，停好車下車去公共電話亭打電話。「喂！你在搞什麼鬼，你不是說不會被人追查到，現在怎麼會讓自己被看到呢？」夏浩雲對著電話氣憤的說著。

「你在害怕什麼？反正不會害到你，別擔心。」兇手在電話那頭裡說著。

原來夏浩雲是來打電話給兇手的，不過夏浩雲似乎是被對方給威脅著。

「我警告你，最好別給我耍花樣，我把你要的東西都給你了，你什麼時候才要把影片母檔給我？」

「夏處長，人在做天在看啊，誰叫你專幹些下三濫的事，你不做不就沒事了，做見不得人的事還怕被人知道啊？」兇手刻意提醒著夏浩雲幹過的事。

「媽的，你別以爲躲起來我就找不到你。」

「呵呵，要找的到早就找到了，別忘了你現在不過就是一條狗，若想繼續當個警政處長，就他媽的乖乖聽話照做就對了，只要你聽話，影片母檔我自然會給你。」

「媽的，你最好說話算話。」

「我說夏處長啊，我想你自己最近還是多注意一點吧，我從奇門局觀察到，你最近出門在外要格外小心點，小心隔牆有耳或是被人跟蹤，別說我沒先給你忠告喔，哈哈哈。」兇手說完就掛上電話了。

「幹，眞他媽有夠囂張的，眞的很倒楣被他錄到我殺人畫面的影片，靠，我絕對不能出事，我不能再被威脅了，看來要趕在四大名探抓住他之前逼他交出影片，只要他沒有了影片我就不必怕他了。」

夏浩雲實在氣到快想殺人了，原來夏浩雲有跟人在做放款的副業，而且有公器私用的行爲，有時候會威脅欠款的債務人，甚至毒打，而處長手段相當凶殘，有時借錢的人被逼到走絕路他就改找相關親人討債，通常夏浩雲都是只當藏鏡人不出面，只在車上指揮教小弟怎麼做。有一次一位債務人還不出錢來，他就命令小弟把對方的小孩擄走，賣給專門在賣器官的國際組織，事後他假裝出面協助債務人，無意間聽到債務人跟他說，有人打電話跟他說這整件事有警方高層協助，債務人請求夏浩雲協助他爲他討公道，夏浩雲爲了不想夜長夢多，趁債務人相信他鬆懈時，用跟小弟借來的槍從債務人的後腦勺開槍，然後將整件事編成是父親因爲賭債還不起把兒子賣給國際賣器官的組織，後來因爲價錢不像當初說的數字，結果雙方對幹起來，債務人最後被人從後腦擊斃。但夏浩雲萬萬沒想到當初他殺人的那一幕卻被兇手偷偷錄下來，等他收到兇手寄給他看的時候他才知道事態嚴重了，從那一刻起兇手便要求處長將四大名探的個人資料給他，並回報四大名探的行蹤。天龍雖然從遠處聽不到夏浩雲的說話內容，但他從表情知道，夏浩雲應該是被對方所脅迫，因爲他也沒有看過夏浩雲如此的氣憤，他決定繼續跟蹤下去，天龍心裡早就已經認定兇手一定在局裡有內鬼，只是不知道是誰？可是他開始害怕這個內鬼會是夏浩雲了，畢竟兩人是多年的好友了，而且天龍能有今天的職務也是受夏浩雲的提拔，天龍只希望是自己多想，當他看到夏浩雲上車開走後他便趕緊跟著開過去。

另一邊契龔來到奇美醫院，他這次就假裝成病人不再讓人通報找院長了，他往院長室走，發現四下無人正準備偷偷開院長室門進去時，發現門鎖住打不開，他心裡笑了出來，因爲這種鎖一點也難不倒他，迅速將門打開進入後，他被眼前的景象嚇了一跳，非但裡頭亂七八糟，裡頭的擺設根本就跟之前在安南區湘南大賓館裡打破玻璃所找到的暗房擺設一模一樣。

「靠，媽的，這是怎麼回事啊？」契龔嚇到往後退一步。

眼前的桌上正躺著一個人，契龔定神一看，驚覺不妙。

「這人不是院長嗎？」

院長已經躺在桌上鮮血不斷在流，而且肺部器官已經被取走了，契龔正準備衝過去看仔細，卻不小心踢到電線跌倒，爬起來時眼前的景象都消失了，又回到之前跟聖莘來的時候那樣乾淨整潔的房間。

「這是怎麼回事？」契龔一臉疑惑的表情。

「那是浮空投影的影像技術，而且看起來像是從另一端的攝影機所投射過來的實際景象。」

「靠腰啊，黃宇浩你是想嚇死人啊，一點聲音也沒有，就突然說話，幹，我眞的要去收驚了。」

契龔被宇浩突如其來的聲音嚇到叫出聲音。

「契龔哥，對不起！對不起！我看你看得那麼專注所以實在不敢吵你。」宇浩說的既無奈又好笑。

「我拜託你下次別再一聲不響地就突然冒出來好嗎？幹！你是不知道人嚇人是會嚇死人的啊。」契龔一臉驚魂未定的說著。

「對不起啦，我也沒想到契龔哥你會嚇成這樣。」

「你不回去好好休息來這裡幹嘛？」

「契龔哥你自己還不是一樣，怎麼不回去好好休息跑來這裡幹嘛呢？」宇浩笑著回應契龔的問題。

「靠，我當然是來查案啊。」

「所以囉，我也是啊。」

宇浩知道契龔一定也是靜不下心來，嘴巴說要回去休息，結果也是跑來查案。

「好啦，別耍嘴皮子了，你剛剛說這是什麼來著的？」

「我說這是浮空投影的影像技術，算是新的3D投射技術，不需要戴上任何載具就可以裸眼看到了。」宇浩認真的跟契龔說明著。

「哎呀，這我不懂啦，我是問你剛剛是不是說，看起來像是從另一端的攝影機所投射過來的實際景象嗎？」

契龔的話讓宇浩突然愣了一下。

「難道！」

「對啦，我們現在趕快趕過去安南區的湘南大賓館那間暗房啦。」

「好，我們快過去。」

說完宇浩跟契龔兩人馬上趕往湘南大賓館。

經過上次的事件後，湘南大賓館已經停業了，照理說四周應該已經用封鎖線封鎖並且大門深鎖，但是當他們來到湘南大賓館時大門卻是打開的，此時已經是9月3日晚上8點了，兩人馬上衝進去暗房的房間裡，發現有個熟悉的人影在裡頭。

「莘，妳怎麼在這裡？」宇浩還以爲自己看錯了。

「浩、契龔哥，你們怎麼來了？」聖莘被宇浩還有契龔嚇到。

「我才要問妳，怎麼這麼晚了還一個人來這裡，太危險了，要是發生什麼事怎麼辦？」

宇浩有點生氣的質問著聖莘，因爲他覺得聖莘實在太不應該這麼晚了還自己一個人來這裡。

「浩，對不起我實在靜不下來，我一直覺得這裡有什麼事該來看看，你怎麼也來這裡了，不是說要回去休息嗎？」聖莘趕緊轉移話題問著。

「他才沒有回去休息啦，小浩竟然跟著我去院長室，還嚇了我一大跳，媽的，差點沒被他嚇死。」宇浩跟聖莘說明了剛剛在院長室所看到的情形。

「所以你們才會趕來這裡啊。」

「嗯，對啊，莘，妳有沒有發現什麼呢？」宇浩緊張的問著。

「我並沒有看到你們說的，院長躺在桌上流著血，我在想你們看到的，會不會是已經預錄好的影像呢？

「嗯，有這可能性。」宇浩看著暗房四周回答著。

「喂！小浩，照這麼看來，院長是在這裡被殺害的囉？」

「對，絕對錯不了的，只是時間是什麼時候？而屍體現在是在哪裡？」

宇浩想起了聖莘有一種釋放全身能量的感應方式，這是一種全身細胞深層的感受力，必須坐下來讓全身放鬆，過程有點像是在催眠自己，但是宇浩並不喜歡聖莘用這種感應方式，因爲有危險性，一個不小心都有可能會醒不過來的，但是這次情況特殊，不得已下宇浩還是請求了聖莘。

「莘，抱歉，這次要麻煩妳釋放能量來感應了，我知道這方式有危險性，但是請妳相信我，我會一直在妳身邊守著，不會離開你的。」

「嗯，沒問題的，我相信你。」

只要有宇浩在身邊，聖莘都一直很有安全感，並且也很相信宇浩，聖莘盤坐下來閉上眼睛，她的體質是敏感的，平常時候只要磁場不對就能感受到，非必要不會坐下來用全身的體感去釋放能量，因爲這很傷身體跟精神力，也會讓身體感到絕對的疲倦，而且進行的時候由於必須將精神放鬆到極致，所以必須要有人在旁守著，通常只要進行一次聖莘就必須要休息將近三天的時間，才能恢復整個精神能量。

沒過多久聖莘開始感受案發當時的周圍環境氛圍，周遭充滿著絕望與悲憤，聖莘馬上知道這裡就是案發當時的現場氛圍，也感受到當時院長心理層面的感知，她忍住情緒繼續感受，院長激動怒罵兇手畜生，爲什麼是我，聖莘身體已經已經開始顫抖了，因爲她知道院長是被兇手活生生剖開胸取出肺部的，當院長肺部被取出後，聖莘也強烈感受到自己呼吸變得困難了，她嘗試著繼續感應，一定得知道院長的屍體是在哪裡，聖莘試圖往更深層去窺探，只是耳邊一直傳來院長咒罵兇手的聲音，意識卻越來越模糊。

「聖莘、聖莘、聖莘！」宇浩著急地用力地搖聖莘，並且一直不斷大聲呼喚她。

「浩，怎麼了？我才正要準備更深的窺探而已，怎麼把我叫醒了？」

聖莘醒來後看了一下四周環境，怎麼場景不一樣了，忍不住開口問宇浩。

「咦？浩，這裡是哪裡，我們怎麼會在這裡呢？」聖莘感到納悶問道。

宇浩看到聖莘終於醒來，激動得流下眼淚並將她緊緊抱住。

「小莘啊，妳不知道剛才妳有多危險，妳才剛盤坐下去不到三分鐘，就全身開始抽搐發抖，而且全身盜汗，不管宇浩怎麼叫妳、搖妳，妳完全沒反應，而且嘴裡也一直唸唸有詞，我們也都聽不懂，接著妳就昏過去了，小浩就趕緊叫救護車，把妳送來最近的永康奇美醫院這裡了。」契龔心有餘悸的說著。

「莘，對不起、對不起，妳有沒有怎樣，身體還好嗎？」

宇浩相當自責，明知道這方式有危險，卻還叫聖莘做，宇浩簡直嚇壞了，緊緊抱著聖莘不放。

「浩，沒事了、我沒事了，你別再擔心了。」聖莘安慰著宇浩。

等宇浩情緒比較平靜點後，聖莘便將剛剛所經歷過的事情，跟宇浩還有契襲說一遍。

「而且院長應該在我們去找他之前，就已經被兇手給殺害了。」

聽完聖莘說的話以後，契襲跟宇浩兩人互看一眼，一下子有點反應不過來。

「等等、等等，小莘妳說的是什麼意思啊？什麼叫我們去找院長之前，院長就已經被殺害了？」契襲試圖搞清楚狀況。

「這是我推測的，但是可能性極高，因爲我在醒來前有看到牆上有日曆，日期是停在8月29日。」

「什麼！」宇浩跟契襲兩人簡直不敢相信自己所聽到的。

「幹，那我們9月1日去找的院長是誰啊？」契襲突然打了一個冷顫。

「莘，妳確定妳沒看錯日期？」

「嗯，我也不敢相信自己所看到的。」

其實不只是契襲跟宇浩感到驚訝，就連聖莘自己也是不太相信自己看到的，但是她非常確定自己看到的日期是8月29日。

「契襲哥，我大膽的假設，我們所看到的院長應該就是兇手了，也就是說兇手早就知道我們會找上麻豆奇美醫院的院長，別忘了我們會推測兇手是醫生，也是兇手所刻意留下的線索，所以我想這並不奇怪。」宇浩表情嚴肅的說道。

「他媽的，所以說我們還是沒有擺脫兇手的劇本在走。」

這時宇浩終於才明白先前卦意的意思了（別被短暫的勝利假象所蒙蔽），以爲自己成功阻止兇手殺院長取走肺部器官，結果到頭來才知道這一切是兇手自導自演的假象。

「可惡，看來就像契龔哥所說的，我們一直都還是照著兇手劇本在走。」宇浩簡直快要失去信心了。

「這麼說，原來院長那時候是自己假裝喝水後昏倒，我們還以爲兇手跟院長是一夥的，萬萬沒想到院長早就被兇手殺死了，也就是說兇手透過易容僞裝成院長本人，順利騙過醫院裡的所有同仁跟護士長，甚至是連我們都一樣被兇手給騙了。」聖莛一臉錯愕的表情。

「絕對就是如此的，媽的，這兇手眞的簡直是高智慧完美的犯罪菁英。」

契龔越講越氣，越覺得這個兇手眞的是手段高明。

「問題是，院長的屍體在哪裡呢？不可能平白無故消失的。」宇浩不懂兇手是如何處理院長屍體。

「浩，我想院長的屍體絕對還是在那個房間裡。」

聖莛依據自己過往感應的經驗判斷，每當她感受到現場氛圍有如此強烈的磁場，表示死者的屍體依然還在現場，所以她大膽認爲，院長的屍體應該還藏在賓館的某個房間裡。

「莘，妳肯定嗎？」

「依我過去的經驗錯不了的。」聖莘說得非常肯定。

「小浩，我再回去一趟找找看，你就在這裡陪聖莘，順便讓自己也休息一下。」契龔決定再回去暗房現場一趟。

「好吧，那契龔哥你自己要小心點喔，要不要順便找龍哥一起過去呢？」宇浩關心的問道。

「不用了啦，他難得放自己假，就讓他好好休息吧，別煩他了。」

其實契龔跟天龍也算是老搭檔了，他知道天龍承受的壓力一定更大，他也希望天龍能藉機會可以好好休息，所以決定不要影響天龍休息的時間。

「好吧，有什麼消息立刻通知我跟聖莘喔。」宇浩叮嚀著。

「唉，會啦會啦，誰叫這次的兇手實在太可怕了。」說完契龔再次前往湘南大賓館。

「莘，對不起，我想下次就不要再做這麼危險的事了，我第一次看妳這樣。」宇浩相當自責。

「其實我也不知道自己已經昏過去了，只知道自己一直沉浸在案發現場的氛圍裡，一直不斷在感受院長當時的感受，通常只要我用全身的感知時，都是能強烈感受到被害者當下的身心，甚至有時候成爲受害者內心深層的鏡子，反應出當時受害者的情緒，其實當院長的肺被取出後，我幾乎快無法呼吸了，當下就想說趕快往更深的一層去窺探，至少知道院長的屍體被藏在哪裡。」

「什麼，都快無法呼吸了，妳還不趕快離開。」聽到這宇浩都不自覺的緊張起來了。

「浩，其實我必須要感謝你將我叫醒，如果你沒有叫醒我，搞不好我這次會……」聖莘不敢再說下去了。

宇浩越聽越感到害怕，他直覺地告訴自己，千萬不可以再讓聖莘做這麼危險的事了。

「莘，我就在這邊哪裡也不去了，妳好好地睡一下吧。」

宇浩心疼著聖莘爲了找出院長的屍體，不惜冒著生命危險。

「嗯，我也有點累，想睡了。」

「嗯，我都在這邊陪妳，別怕，安心的睡吧。」宇浩溫柔的說著。

聖莘知道宇浩會在身邊陪著，心裡感到非常放心，很快地睡著了，此時已經是晚上11點多了。

宇浩此時開始回想著這整件事，雖然對兇手的行爲非常氣憤，甚至對兇手自以爲是救世者的心態嗤之以鼻，但是他不得不佩服兇手的智慧，突然覺得自己似乎從四個月前開始，就注定成爲兇手這一連串的幫兇，非但沒辦法有效阻止兇手，根本從頭到尾就是一直照著兇手寫好的劇本在走。宇浩內心想著，怎麼一個人竟然可以有如此精密的思維邏輯，而且還能讓演員不自覺的照著他的腳本在走，越想越佩服，開始覺得可惜了這樣的人才，到目前爲止除了他的周易八卦老師外，宇浩還沒有過這種欽佩感，當然他也知道自己不該對兇手有這種欽佩感，但是他實在是不由自主的就會如此想。

這時宇浩突然想找自己的老師聊聊，便打了電話給老師，說明自己現在在永康奇美醫院走不開，是否明天早上方便來一趟醫院碰個面，老師一口就答應宇浩了，而契龔在湘南大賓館還是沒有找到院長屍體，由於時間很晚了，便決定明天白天再過來一趟或許會比較有進展，回到家後便決定好好地睡上一覺。

另一邊，天龍依舊持續跟蹤著夏浩雲，夏浩雲從晚上回到家後便沒再出門了，天龍就在夏浩雲家附近停好車後決定待在車上一整夜觀察。

9月4日凌晨，申俊輝又開始在暗網上瀏覽貨色了。

「喂！L，事情似乎越來越有趣了喔。」

「呵呵，可不是嗎，相信四大名探現在應該已經發現院長跟我們不是一夥人了吧。」

「哈哈哈，一個死人怎麼可能跟我們是一夥的？那個院長也是死了活該，誰叫他總是非常勢利，拒絕過多少求助無門的窮人，每次都還罵那些人是人渣。」

「哇！這麼沒人性啊，簡直是人人可誅囉。」L扮鬼的臉表情，像個孩子一樣淘氣的說著。

「對啊，眞不知道他擁有這麼高的身分地位是有什麼意義，做人的基本道理都不懂。」申俊輝激動的說。

「唉，別說了，我們偉大的警務處長夏浩雲先生不也是一樣嗎？」Ｌ諷刺的說著。

「對啊，奇怪，這些高知識份子跟高身分地位的人都是怎樣？這個世界是怎麼了，病的不輕耶。」

「所以才需要我們這種人啊。」

「呵呵呵，說的沒錯。」

其實在雙重人格的狀態下，申俊輝也常常搞不清楚自己是誰了，而他的內心卻渴望過上簡單規律的生活，一切都照規矩來，但是Ｌ卻讓他大膽挑戰自我，這種自我挑戰的心情卻奇妙的讓申俊輝感到非常滿足跟釋放，Ｌ就像是哥哥一樣保護著自己，可是在申俊輝的內心深處卻渴望回歸簡單規律，不想再繼續這種殺戮的生活了。但是Ｌ卻喜歡殺戮刺激的生活，申俊輝害怕自己如果不聽哥哥話，哥哥可能會離開他，不過哥哥總是告訴他，兩兄弟在做的是維護世界社會秩序的偉大工作，雖然他不是很懂現在這樣的方式是不是對世界有幫助，但是他更害怕失去哥哥，畢竟之前失去媽媽時讓他痛不欲生，好不容易哥哥回來找他，並且一直保護他給他勇氣，他不想再一次體驗失去親人的痛了，所以他願意永遠當個聽哥哥話的弟弟，即便他感到疲倦。

「喂！今天有沒有找到適合的貨色？」L有點找得不耐煩了。

「你這不是多問的，這個網站實在有夠讓人噁心的，看得我有夠火大的。」

「不會啊，我倒是還滿喜歡的，只要有錢要什麼有什麼耶，反正我又不缺錢，我想要生活多點刺激，這樣才不會無聊啊。」

「要刺激不會去市面上找啊，總之這個網站除非不得已，不然我實在看得很火大跟噁心。」申俊輝有點小小的抱怨著。

「哈哈哈，俊輝啊，是你道德觀太放不下了，人生嘛，睜一隻眼閉一隻眼好過日子囉。」

L的性格是比較喜歡挑戰，討厭世俗一切虛偽的框架，所以他必須不斷的尋找感官的刺激，這樣他才覺得自己有活著的感覺。

「好了啦！別廢話了，現在下一步怎麼做呢？」

「我明天早上會先去永康奇美醫院找黃宇浩，他好像想跟我聊點什麼，看我這邊能得到什麼情報，你再跟處長聯絡吧，最近要多小心這位處長知道嗎？他一定會是一個潛在的麻煩人物。」L提醒著申俊輝。

「哼，他也不是個什麼好東西，也是一位該死的人而已，另外你也別對黃宇浩太好了，我知道你喜歡他，但是千萬別感情用事知道嗎？」

「哎呀，你在講什麼啦，我只是覺得黃宇浩資質不錯人又帥氣，是可造之材耶，我們不是在找接班人嗎？他可是不二人選喔。另外，處長現在還不急著把他殺掉，他還有用處的，而且我昨天有注意到，處長在跟我講電話的時候好像有一臺車在遠處跟著他。」

「喔，好像是天龍隊長，那位白癡處長不曉得說了什麼，讓周天龍開始懷疑他了吧？總之別讓處長壞了我們的腳本進度才行。」

「你放心吧，其實我們也可以開始把夏浩雲也編進劇本裡，給他一個角色讓他跟著演就好囉。」

「喂！Ｌ。」申俊輝似乎看到什麼，突然興奮起來。

「幹嘛突然這麼興奮啊。」Ｌ好奇的問。

「你看看這份檔案文件資料，剛剛你才講，看看是不是很適合處長的角色啊。」

「呵呵呵，這個好，相信處長絕對能非常勝任這個角色的，眞的越來越有趣了。」Ｌ看完後也異常的興奮起來。

「哈哈哈，對啊對啊，我迫不及待看結果了。」申俊輝跟Ｌ兩人忍不住狂笑起來了。

９月４日一早八點多，宇浩的老師便趕過去永康奇美醫院找他了，因爲Ｌ透過電話裡的聲音知道他情緒相當低落，因此非常擔心，一早就趕來醫院找他。

「喂！宇浩我到醫院了，你在醫院哪裡？」L撥了電話給宇浩。

「老師你到了啊，你在大廳等我一下，我下去找你。」

「好。」

「莘，妳在病房內休息一下，有一位朋友來找我，我不想讓任何人來打擾到妳，所以我下去大廳找一下我朋友好嗎？」宇浩走進病房跟聖莘說自己約人在醫院大廳。

「好啊，跟朋友好好聚聚聊聊放鬆一下也好。」

「嗯，有任何狀況趕快打電話給我喔。」

「放心，我沒事的，你趕快去吧，別讓朋友等太久了。」聖莘示意要宇浩別太擔心自己。

「好。」宇浩說完便往大廳出發了。

「老師。」

「哈囉，還好嗎？發生什麼事了嗎？你怎麼會在醫院呢？」L一看到宇浩充滿擔心的語氣問著。

「唉，說來話長，是我同事住院我來陪她，主要是我覺得很失落。」宇浩依然低落的情緒說著。

「又怎麼啦？怎麼情緒會這麼低落呢？發生什麼事了？」

「老師，我覺得自己這次徹底的輸了，這次的對手實在太厲害了，從一開始到現在，我只是一直照著兇手的劇本在走而已。」宇浩一臉完全喪失鬥志的表情說著。

「宇浩，千萬別這麼看不起自己，你知道嗎？你是我教過最有天賦的學生耶，我從來沒見過像你這般優秀的喔。」L不斷鼓勵著宇浩。

「這次的對手連我的內心都欽佩起來了，唉，這樣下去眞的……」宇浩說到有點哽咽。

「宇浩，打起精神來，對了，你上次不是說兇手現在也碰到瓶頸嗎？我今天早上出門前，有先幫你排了奇門局喔。」

L看到宇浩整個人信心完全喪失，實在很不捨，爲了讓宇浩振作，試著跟他討論他現在所在意的事。

「哦，那兇手有什麼動靜了嗎？」宇浩聽到跟案情有關的事，試著打起精神來。

「依據奇門盤來看，兇手應該已經找到下一個目標了，而且會是一位男性。」

「還有沒有更多的訊息呢？老師啊，乾脆你來幫我吧，我們一起來辦案，這樣我就不用怕了，有你在我就有很強大的信心。」

宇浩此時內心非常渴望老師可以一起來協助辦案。

「宇浩，你是知道的，這個只是我的副業啊，我也有自己的本業工作要做的，而且我又不像你，有那麼多豐富的辦案經驗，只怕會拖累你啊。」L無奈的說著。

「唉呦，老師你怎麼會拖累我呢，以我目前的能力絕對贏不了兇手的，可是只要有你在，兇手一定會無所遁形的，拜託啦老師。」

宇浩像個小孩一樣的求著L，這也難怪了，這段時間來已經承受了巨大的壓力，又沒有辦法好好的睡眠養足精神，整個人看來非常憔悴，當然非常渴望自己崇拜的老師可以來幫忙。

「呵呵，宇浩啊，這是你必然得面對的課題，都已經走到現在了，難道你甘願就這樣承認你會輸給這種殺人兇手嗎？不是都說邪不能勝正嗎？你怎麼可以說自己贏不了呢？」

宇浩被自己的老師說得講不出話來了，他當然不甘願承認自己是輸家，他的個性是如此的好強好勝，也喜歡充滿挑戰的事，這還是他第一次這麼感到無力無助。

「嗯，老師你說的對，這是我該面對的課題，我必須先冷靜下來才是，畢竟我也算是你的得意的弟子，就這樣承認自己輸不只自己丟臉，也丟警局跟你的臉呢。」宇浩似乎冷靜了不少。

「是啊，宇浩，現在你先別想輸贏的事，也別心急，我剛剛奇門盤的事也還沒說完喔。」

「嗯，除了你剛剛提到的，兇手已經找到目標外，還有什麼該注意的呢？」

「呵呵，不錯，黃宇浩就是該有這種眼神才叫做黃宇浩啊！」L拍拍宇浩的肩膀肯定讚賞的說著，說完繼續說明奇門盤所呈現的內容：「宇浩，我必須提醒你一件事，兇手雖然已經找到目標了，而這個目標從局盤來看，會是遠在天邊近在眼前的人喔，另外要小心受到內部的衝擊，簡單來說，你們局裡應該有內鬼，你要特別小心行事。」

「嗯，局裡有內鬼這件事我跟天龍隊長有懷疑過，沒想到果然是眞的有，只是不知道是誰？至於老師你說目標是遠在天邊近在眼前，指的是我所認識的人是嗎？」

「嗯，沒錯，是你所認識的人。」L肯定的說著。

「那我必須趕快把天龍隊長還有契龔哥召集回來了，趕緊跟他們說明了，現在不是休息的時候了，老師眞的非常謝謝你，我好多了而且充滿鬥志。」宇浩又回到充滿自信的眼神。

「太好了，時間也有點久了，我也必須回去工作了，宇浩加油！有需要什麼幫助，隨時可以打電話給我喔。」

「那是當然的喔，老師你可是我的王牌喔，呵呵。」

「哈哈，對對我是王牌，那我先離開囉。」

「好的，老師路上小心喔，掰掰。」

「掰掰。」

L說完就匆匆離開醫院了，因爲他必須趕回去處理事情跟佈局了，當他轉身離開時笑得非常詭異，而宇浩則趕緊趕回聖莘的病房，並打電話給契龔還有天龍，請他們來永康奇美醫院一趟。

天龍幾乎整晚都在夏浩雲家附近的觀察，當天龍接到宇浩的電話後，正準備前往奇美醫院時，夏浩雲也正從家出門準備開車離開，天龍心想先跟蹤夏浩雲等等再去奇美醫院跟團員們會合，結果天龍發現夏浩雲竟然又是去昨天的公共電話亭打電話，天龍心裡認爲夏浩雲一定是怕被人追查私人電話的通話紀錄，才會來打公共電話，天龍的心感到非常糾結，因爲他實在不希望夏浩雲是內鬼，但眼前的景象讓他實在感到不安。

「喂！幹嘛，又怎麼了？」夏浩雲又再次回電給兇手。

「別這麼不耐煩嘛，放輕鬆點。」原來是兇手要夏浩雲回電。

「有什麼事快說，別浪費我的時間。」

其實夏浩雲已經叫自己的手下小弟，趕快將兇手找出來做掉，他想了整晚，他的人生絕不能因爲一個殺人瘋子而留下汙點。

「別著急，我跟你說，我已經找到下一個最適合的心臟人選了。」

「關我什麼事？」夏浩雲激動的說著。

「呵呵呵，夏處長，這當然跟你有關啊，因爲就是你們最引以爲傲，四大名探的周天龍周隊長。」

「什麼！你想幹嘛？」

夏浩雲感到有點驚訝，雖然驚訝，但他內心卻只關心自己，只希望趕快把影片母帶拿到，然後將兇手殺掉，兇手想殺誰，他一點都不想關心，一點都不想理會，甚至知道兇手要殺對象是天龍，他也都不想插手理會，這其實就是夏浩雲的本性，表面上是爲人正直的警務處長，私底下玩著金錢遊戲，只在乎自己不管別人死活的性格，才有今日的成就。

「我要你乖乖跟我合作，幫我把周隊長帶到我指定的地點給我。」

「你有病是不是，我怎麼可能這麼做。」

「不想幫忙也可以，等著我將影片放上youtube讓大家看看，我們偉大的夏處長眞正的爲人是什麼樣。」

「你是要我編什麼理由，把周天龍帶去你指定的地方給你？」夏浩雲心裡實在忍不住想大罵。

「夏處長，這就不勞你煩心了，你可能還沒發現這兩天周隊長一直在跟蹤你吧。」

夏浩雲聽到這裡，忍不住往自己所在地方，假裝不經意地環顧四周，也忍不住激動問神祕人。

「媽的，你是不是跟他說了什麼？」

「我說夏處長啊，話可別亂說才好喔，你還不夠格讓我說什麼呢，少往自己的臉上貼金了，我看是你自己不知道說了什麼讓周天龍起疑心吧。」兇手反嗆夏浩雲。

「你他媽的別這麼囂張，總有一天要你後悔。」夏浩雲再也受不了兇手如此囂張的氣焰了。

「呵呵呵，我就是夠囂張，只要你把周天龍帶來獻祭，我保證我們倆互不相欠，你也從此不會再是我威脅的對象，所有你的影像檔案也都會在世界上消失。」

「這是你說的，記住你自己講過的話，可別不算數。」夏浩雲心裡一陣竊喜，當然他還是想把兇手趁機做掉。

「少廢話，等等將周天龍帶到安南區，安南醫院旁的一處鐵皮廢墟，我已經將一個該死的人綁在裡頭了，你就假裝是要去救人，把周天龍一起帶去，記住別耍任何花樣，動作最好快點，不然眞的會死人的喔，哈哈哈。」

兇手說完便掛電話了，夏浩雲心裡簡直感受到相當大的屈辱，要不是自己有把柄在他手上，他根本就不必理會這個瘋子，他其實一點也不在乎四大名探會不會破案，因爲順利破案，他只是多個機會操縱媒體，大篇報導自己領導有方，若沒破案其實一點也不會影響到他威信，畢竟他公關做的相當好，自己的後臺也夠硬，如今卻因爲影片的事要被牽扯進來，他實在覺得自己怎麼會這麼倒楣，現在他必須要打給自己的好友周天龍，而此時天龍才在想怎麼跟夏浩雲詢問他爲什麼連兩天到公共電話亭打電話，夏浩雲倒是主動來電了，不過天龍也擔心是不是自己的行跡被夏浩雲發現了。

「喂！天龍啊。」

「是處長啊，怎麼啦？」天龍有點擔心跟蹤的事被夏浩雲發現了。

「我剛剛接到一通自稱是兇手的來電，說他把一位該死的人關在安南區，安南醫院旁的鐵皮廢墟，我擔心這會是個陷阱，我想說你是不是跟我一起去一趟看看。」

天龍心想，你是什麼時候接到兇手的電話的？整個早上也沒看到你接手機啊，到底你是在搞什麼鬼。雖然內心感到不安，但是爲了不讓夏浩雲起疑，也就答應了夏浩雲。

「嗯，聽你這麼說起來，確實很像是有陷阱，好，那你人在哪？我過去接你一起過去。」

「我在我家，你來家裡接我吧。」

天龍心想，你明明就在家裡附近的電話亭啊，爲什麼需要騙我呢？

「好，我馬上到。」

—第五章—

頂尖對決！

天龍特別繞一下路後就開到夏浩雲家，在途中他撥了通電話給宇浩，跟他說明現在先去處長家，接他一起過去安南醫院旁的廢棄鐵皮屋一趟，爲了怕是圈套，所以他請宇浩跟契龔還有聖莘先在醫院等自己，並請他們別擔心自己，結束後會馬上趕過去跟他們會合。

「喂！處長，我到你家門口了。」

「好，等我一下，我馬上出去。」

夏浩雲先深吸一口氣保持冷靜，他不能被天龍看出他焦躁的情緒，畢竟天龍跟自己是多年的好友，加上天龍是屬於觀察相當細微的人，只要他有一點不一樣的表情跟情緒，天龍就會馬上察覺到異樣，他快步地跑上天龍的車，並用急促的語氣跟天龍說快出發，演的像是非常擔心現場那個被兇手綁住的被害者的安危。

「怎麼回事？兇手怎麼突然打給你而不是打給我們呢？」天龍故意問道。

「這我也不知道，或許兇手想趁我單獨前往後，設陷阱將我抓住，然後用我來威脅你們吧，不過這只是我的猜測而已，重點是兇手怎麼會有我的手機號碼呢？」夏浩雲一切說得如此自然。

夏浩雲果然是老江湖，一切演的就是這麼逼眞，天龍雖然有所不安，可是想說自己的老朋友，應該不會害自己吧，但是天龍怎麼也萬萬沒想到，這一趟將使自己的生命陷於危險中，車子快速開往安南醫院，很快他們便找到附近一處廢棄的鐵皮屋。

「天龍你先在車上，我先進去看，這樣才不會兩人都有危險。」

「好，自己小心點。」

夏浩雲小心翼翼地走進鐵皮屋內，屋內卻沒有如兇手所說的，綁著一位該死的人，正當他準備轉身走出鐵皮屋時，被人從後面用棍棒打暈過去，二十分鐘過去了，天龍看夏浩雲還未出來，覺得不對勁，趕緊下車去查看。

「處長。」天龍輕聲地喊著。

天龍進入鐵皮屋內，邊走邊輕聲呼喚夏浩雲，沒多久看到處長倒在遠處的地上，趕緊跑過去，結果一樣也被人用棍棒從後腦勺用力的擊暈。

宇浩、契龔、聖莘三人在醫院等了老半天還沒見天龍來，宇浩越等越覺得不安，心裡非常擔心天龍是不是出了什麼事了，突然自己的手機響了，拿起來一看是天龍的來電。

「喂！龍哥啊，我們還在想你怎麼那麼久還沒來，以爲你出了什麼事了？」

「呵呵呵，黃宇浩好久不見啦。」

聽到這熟悉的笑聲，宇浩感到非常驚訝，沒想到竟是兇手，可是這明明是天龍的手機啊，難道是龍哥……，他心裡有了最壞的打算了。

「怎麼是你，你爲什麼有龍哥的電話？」宇浩緊張的問著。

「呵呵，你是聰明人一定知道爲什麼啊，黃宇浩，我們來玩個遊戲如何？我給你三天的時間，找的到，那周天龍就沒事，找不到的話那就別怪我囉，誰叫他是心臟最適合的人選。」兇手故意無奈的語氣說道。

「你的意思是想玩找人遊戲是吧，既然你是遊戲的創作人，總有一些遊戲規則或是遊戲方法吧。」

宇浩出奇的冷靜，因爲此時他知道自己不能再被兇手激怒或是失去沉著的判斷，他也知道兇手這次擺明是衝著自己來的，雖然他知道自己跟兇手是不同等級，但是他如果怕了，那就代表一開始他就輸了，所以他試著胸有成竹自信的回覆著。

「哈哈哈，不虧是黃宇浩，總算是學會如何冷靜了，很好，這樣才會讓人敬佩，方法很簡單啊，就是想辦法找到人囉，今天是9月6日，就等你到9月9日，記得留意每一道線索，記住囉！哈哈哈。」

兇手非常自信的說完後便掛掉電話，宇浩快速跟契龔還有聖莘，說明剛剛兇手來電說的內容。

「小浩啊，剛剛聽你說天龍是跟處長一起去的，那電話中兇手都沒提到處長嗎？」

「嗯，一點都沒提到，兇手擺明就是對著我們四位而來，實在是相當囂張跟自信的，我記得龍哥跟我說他要載處長去安南醫院附近的廢棄鐵皮屋，我想我們先過去那裡一趟吧。」

「嗯，也對，我們趕緊出發過去。」

「我身體好很多了，我也要一起去。」聖莘趕忙說著。

「好吧，那我們先趕快辦出院手續吧。」

宇浩知道聖莘一定會想跟著去，而不願意繼續待在醫院休息，所以也不拒絕了，當然宇浩也不放心讓聖莘一個人待在醫院，畢竟像龍哥那麼小心謹慎的人都會被兇手抓走了，要是聖莘真的不幸被抓走，他知道自己一定會更害怕而且失去冷靜的。宇浩快速的辦好離院手續後，三人便出發往安南醫院附近的廢棄鐵皮屋，一路上車上三人都沒有說話，每個人的表情都相當嚴肅，內心也都感到非常不安，終於來到安南醫院了。

「浩，那邊有一間鐵皮屋，會不會是那間？」聖莘手指向右前方問著。

「嗯，有可能，我們過去看看吧。」

三人下車後往鐵皮屋走去，契龔示意要求走在最前面，宇浩不自覺地牽起聖莘的手，並讓聖莘走在最後頭，契龔用力推開鐵皮屋的大門，裡面非常黑暗沒有任何燈光，三人非常小心翼翼的往前走，聖莘打開手機的手電筒，發現最裡面有個人背坐著，雙手被綑綁並用頭巾綁著雙眼，一點反應也沒有，因爲擔心是陷阱，所以三人一邊往前走一邊檢查四周圍慢慢接近，走到面前後，契龔將對方的頭巾摘掉。

「啊！怎麼是處長？」契龔驚訝的叫出聲音。

「處長，處長。」

宇浩用雙手搖著夏浩雲的身體，試圖要叫醒他，夏浩雲漸漸地回復意識，睜開眼睛的時候有點驚嚇到。

「宇浩、契龔、聖莘你們怎麼會在這裡？怎麼回事？我在哪裡？哇！靠，我的頭怎麼那麼痛？」夏浩雲整個頭感覺非常疼痛。

「處長，我們是接到兇手的電話趕緊趕過來這裡，還好龍哥有跟我們說，要跟處長來安南醫院附近的廢棄鐵皮屋，龍哥現在已經被兇手抓走了。」聖莘跟夏浩雲解釋著原因。

「這樣啊。」夏浩雲有點自責的表情。

「處長，到底發生什麼事了？怎麼你們兩人一起來還會發生這種事？天龍是怎麼被抓走的？」契龔心急著問道。

夏浩雲剛剛才醒來，還沒回過神，而且頭還非常昏沉沉的，一時間也想不起來發生什麼事，只記得他帶天龍來鐵皮屋後他先進來，然後就沒印象了。

「你們說天龍被抓走是什麼時候的事？」

「我們也不清楚龍哥確切被抓走的時間，所以才想說趕來這裡查查看，就看到您被綁在這裡了。」宇浩一臉擔心的表情。

夏浩雲這時才恍然大悟，原來兇手說的該死的人就是自己，兇手先騙自己說有一個該死的人綁在這裡，然後要求他帶天龍來查看，結果只是想讓自己成爲那個該死的人，想到這裡，他感到自己非常受辱，接著慢慢地站起來。

「咦，小浩你看看這些文字是什麼意思？」

「怎麼了嗎？我看一下。」

在夏浩雲站起來時，椅子坐墊上寫著一段文字，這讓宇浩想起兇手電話最後說的話，留意每一道線索，坐墊上的文字這樣寫著：

天地象由陰陽起
龍困起於浮雲飄
問龍何處覓尋起
震木最怕乾金剋
水起風生化地天

宇浩看完後馬上排出64卦中的解卦䷧，契龔、聖莘、夏浩雲三人只能先靜靜地等著宇浩的解釋。

「解卦的卦意是說，可解脫險難，雖然可以脫困，但時候還未到，就好比一個人大病剛好，而元氣還沒回復，不過當困難才剛結束，可是欲加害者猶在，務必去除之，也就是說，諸事宜早日進行策劃，慢了就難成或遭破壞，另外如果要找人，必須往北的方向。」宇浩表情嚴肅的說道。

「往北的方向，這麼說就是往西港的方向囉？」契龔看向往北的方向。

「不對，若是以後天八卦爲主，我們應該前往安平的方向才對，我們必須要立刻行動了，否則龍哥就危險了。」宇浩表情充滿擔心。

「我跟你們一起行動吧，天龍是因爲跟我來，才會被兇手抓到的，我必須救他出來，我可不能讓他出事啊。」

「好，那我們趕緊出發吧。」宇浩有點等不及了。

其實夏浩雲哪裡管天龍會怎麼樣，他只擔心自己的事情，會不會因爲兇手被抓而跟著曝光，雖然兇手跟他保證過，但他完全不相信，況且跟著宇浩他們，或許也有機會抓住兇手，那他就有機會提前將兇手給做掉，以免夜長夢多，一行人正開車趕往安平的方向去，路上聖莘問宇浩怎麼知道要排出解卦。

「浩，你剛剛怎麼那麼快就知道，兇手是留下解卦的訊息呢？」

「對啊！小浩，我剛剛也想問你這問題。」契龔也好奇的想知道，這次宇浩怎麼那麼快知道兇手的訊息。

宇浩拿出剛剛抄寫兇手留下的那些文字內容。

「這邊總共有五行文字，你們將每一行的第一個字往左唸一遍。」

契龔、聖莘、夏浩雲三人同時照著宇浩講的方式唸一遍，天龍問震水，契龔、夏浩雲兩人還是不太懂，而聖莘一唸完就懂意思了。

「沒想到你的反應這麼快。」聖莘覺得宇浩變的冷靜且沉穩多了。

「嗯，震是雷卦，而水是坎卦，所以這樣就成了40卦的雷水解卦了。」

「原來如此。」夏浩雲似懂非懂的點了頭。

「只是我不太懂第二句的意思，龍困起於浮雲飄，這句話似乎是在說，龍哥會被困是因爲浮雲飄，也就是說這段話，應該是在說明龍哥會被抓的原因，我想這句應該是關鍵。」宇浩疑惑的表情說道。

夏浩雲聽到這，默默不說話，因爲他當然清楚這句話的眞正意思，要不是因爲他，天龍怎麼可能會被抓，兇手說的浮雲指的就是他自己，所以這也是他爲什麼必須得跟著宇浩他們一起查案的原因，突然夏浩雲的手機響起。

「對了，浩，那我們現在該往安平哪裡去呢？」聖莘小聲地問著。

「唉，其實我現在也沒什麼頭緒，剛剛正想著是不是先開往龍哥家附近，因爲龍哥就住在安平。」

「宇浩，我們直接往安平望月橋過去吧。」夏浩雲掛上電話後，直接跟宇浩說前往的地點。

「怎麼啦，處長，發生什麼事了？」契龔問道。

「剛剛局裡的弟兄來電，說望月橋下的運河撈到一具屍體，而又這麼巧我們剛好要去安平，所以在想不知道會不會是跟這次兇手有關聯，想說我們先過去看看吧。」

「他媽的，這個兇手就是這麼會安排橋段，幹！這麼會編排劇本，怎麼沒有去當編劇啊，情節走的眞是有夠緊湊的，媽的。」契龔覺得兇手簡直是不讓人休息一刻的。

四人轉往安平的望月橋，其實有一點宇浩一直覺得很怪，那就是爲什麼夏浩雲沒有跟著龍哥一起被兇手綁走，如果說兇手是要綁走龍哥來威脅他們，那連夏浩雲一起綁走不是更有利，而且兇手不是應該都是照著器官順序殺人的嗎？龍哥眞的是下一個合適心臟的受害者嗎？可是爲什麼又會留下夏浩雲呢？宇浩越想越覺得事情一定不像現在看到的表象一樣簡單，沒多久車子開到望月橋附近，四人下車往封鎖線方向走過去，現場又有一堆記者了，當然丁曉雯也來到現場了，她看到四大名探怎麼只有三人到，而且夏浩雲也來了，覺得事有蹊蹺，這次她選擇先不出聲先靜靜的觀察。

「怎麼樣？現場有什麼發現嗎？死者身上有沒有什麼記號？」夏浩雲詢問著現場弟兄。

「報告處長，法醫剛剛從屍體判斷，死者死亡時間已經超過八個小時了，身上並沒有什麼傷口，倒是額頭有個奇怪的符號。」

宇浩、契龔、聖莘還有夏浩雲四人走近屍體，一看到額頭的符號，一個既熟悉又讓他們覺得噁心的符號，四人馬上明白又是兇手的傑作了。

「這位弟兄，請問死者確定死亡時間有超過八小時嗎？」宇浩想確定死者的死亡時間。

「嗯，法醫這邊有確認過了。」

「好，謝謝你。」

「浩，你這麼問是有想到什麼了嗎？」聖莘好奇的問著。

「莘，現在是早上11點，若以現在的時間來推算，也就是說死者應該是在今天凌晨3點的時候死亡的。」

「嗯，沒錯。」

主卦 雷山小過 澤宮(金)				變卦 雷火豐	
青龍	父母戌土	— —		父母戌土	— —
玄武	兄弟申金	— —		兄弟申金	— —
白虎	官鬼午火	———	世	官鬼午火	———
螣蛇	兄弟申金	———		子孫亥水	———
勾陳	官鬼午火	— —		父母丑土	— —
朱雀	父母辰土	— —	應 動爻	妻才卯木	———

宇浩將時間排了一下，己亥年（二〇一九）、壬申月（9）、丙午日（6）、寅時。

用時空法排出主卦爲62卦的雷山小過卦，變卦爲55卦的雷火豐卦。

「主卦雷山小過卦的卦意，表示有志難伸、龍困淺灘之意，這是一個凶象之卦，其小事順利可是大事諸事不順，甚至有被打壓的跡象，這時候必須沉潛跟忍耐一段時間，才能再有發揮的時機點。而變卦爲雷火豐，是吉中帶點小凶之象，凡事積極光明正大可成，並且可以趨吉避凶，豐代表必有所得，最明智的人在最全盛有收穫時，要懂得保身明哲，只可惜大部分人多貪而無厭，總是鋌險圖利最後才後悔，尤其應注意關於訴訟之事、口舌之爭。若再從世應來看，目前我們跟兇手似乎都不得位。」

其實宇浩心中感到相當的不解跟疑惑，這次的卦象不管是主卦或是變卦，怎麼都感覺像是兇手在警告叮嚀的感覺。

「奇怪了，除非是我搞錯方向，否則這次卜的卦象比較像是兇手在告誡我們一些事。」

夏浩雲聽完宇浩的解釋說明後，心裡當然明白這是兇手在告誡他自己，說的正是自己所做的那些不光明事情，不過他故作鎮定假裝不懂其意，也質問宇浩除了這些，還有沒有其他什麼訊息提供，宇浩也回應沒有其他的訊息了。

「小浩啊，你剛剛說明了那麼多，可是好像都沒有提到，現在我們下一步到底是該怎麼走啊？媽的，眞的是急死人了。」契龔實在快沒耐心了，心裡急得要命。

「浩，我也是這麼覺得耶，那現在我們下一步該怎麼走呢？」

當宇浩也正感到著急焦慮的時候，夏浩雲的手機又響起了，又是警員弟兄致電說又有另一起命案，而且就在附近。

「宇浩，我們趕過去林默娘公園那裡吧。」夏浩雲一臉無奈的說著。

「又怎麼了嗎？」宇浩一臉驚訝的表情。

「處長，難道又是……」聖莘害怕的問道。

「嗯，沒錯，弟兄打來說又發現屍體了。」

「哇靠！這兇手也太誇張了吧，都半夜在殺人不用睡覺的嗎？」契龔已經快瘋了。

「契龔哥，我們現在也還不能確定是不是兇手所爲的。」聖莘試圖自我安撫情緒的說道。

「是啊，契龔哥，我想我們跟處長一起趕過去，先看看吧。」

當四人準備離開現場時，有記者大聲詢問夏浩雲。

「處長，死者是自殺還是他殺，這起命案跟這次連續殺人案是否有相關？多少爲我們說明一下吧。」

「對不起，現在一切都未知，無可奉告。」夏浩雲嚴肅的說道。

夏浩雲說完後頭也不回直接上車，四人接著開車趕往林默娘公園，丁曉雯看到後馬上開車跟了過去。

周天龍慢慢醒過來了，醒來後頭痛得要命，他發現自己的雙手被反綁，並且被關在一個暗暗的紅磚室內，他正努力地回想自己到底發生什麼事，他只記得自己下車進入鐵皮屋內找夏浩雲，當他看到夏浩雲倒在地上正準備衝上前去時，記憶就斷片了，這時出現一個聲音。

「你醒來啦。」

天龍定神抬頭往前一看，有個人站前眼前，當天龍看到人時，心裡自然有了譜，不愧是經驗老道的探員，一點也不慌張，保持鎭定且神態自若的問道。

「就是你嗎？」

「呵呵，不愧是天龍隊長，在這樣的情況下還能這麼鎮定，令人佩服啊。」兇手滿意的稱讚著天龍。

「浩雲呢？你把浩雲怎麼了？」天龍擔心的問道。

「我讓夏處長回去，找你另外三位夥伴協助找尋你的下落，請你放心我沒有傷他任何一根寒毛，而且時機點也還不對，所以我想，另外三名探員有多個人幫忙，找到你的機會也會高一點的，是吧。」

「這麼說，我成了追捕獵殺你的誘餌囉？」天龍面帶微笑鎮定的說著。

「我不反對你這個說法。」

「你就這麼有自信，而且現在也敢站在面前讓我看到臉，難道你以為邪可以勝正嗎？你這樣為了救自己的病患卻反而殺了更多人，這樣你良心有辦法安，晚上有辦法睡？」天龍故意用刺激兇手的言語說著。

「呵呵，我想我當上醫生後最大的樂趣，大概就是可以決定人的生死吧，我讓該活的人能活，該死的人就死，沒什麼好不安、沒什麼好不能睡的，你說是吧，至少我活的泰然。」

其實天龍故意想把話說得非常刺耳，試圖想激怒兇手，不過他發現兇手似乎一直保持心情愉悅的笑容，完全不受到影響，說話慢條斯理，也不容易有情緒波折，天龍心想難怪兇手能如此掌握整體狀況，並且執行他所規劃好的殺人計畫。

「聊了這久還沒跟你自我介紹呢，你好，我叫申俊輝，久仰天龍隊長的大名，你們四大名探能聲名遠播，天龍隊長的形象跟能力是很大的因素呢。」

「呵呵，你客氣了，不過你把臉跟名字都讓我知道了，看來我很難繼續活下去了吧。」天龍苦笑的說著。

「天龍隊長，你說這話就太過悲觀了，你要對自己的隊友有信心啊，今天才9月6日，我給了他們三天時間找你，到9月9日前，你還有不少時間的喔。」申俊輝要天龍保持著樂觀態度。

「哇！那我可得謝謝你還多給我三天的日子活啊。」天龍自我安慰了一下。

「可不是嗎，挺好的，哈哈哈哈。」

兩人一來一往的對話，搞得像是老朋友多年不見的氣氛，其實申俊輝跟周天龍兩人互相在測試對方的底線，天龍也必須相信自己的隊友們絕對可以將申俊輝抓到救出自己，天龍一邊說話一邊試著觀察周圍環境，不過他失望了，因爲除了四面都是紅磚牆壁外，什麼都沒有，也看不出這裡是哪裡。

「我可以問你一件事嗎？」

「請問。」

「如果你只是單純爲了救人而殺人，那爲什麼挑明要我們來追緝你呢？這樣你被抓的風險相對高出許多喔，相信你對我們四大名探一定都調查過了，也一定知道我們的能耐吧。」天龍眼神堅定地看著對方說著。

「呵呵，你剛剛不就自己說出答案了嗎？就是想知道你們的能耐到哪裡啊，另外順便跟你說一件事吧，我安排夏浩雲在劇本裡是當內鬼的角色。」

「嗯，我知道。」

「哎呀，你似乎不驚訝的樣子？」

「雖然我心裡已經有底了，但還是感謝你親口告訴我，只是我不敢相信浩雲會甘願當內鬼，就我對他的瞭解，他一定有什麼把柄在你手上被你威脅吧？」

「哎呀呀，天龍隊長我眞的是不得不欽佩你，眞希望我們兩人是夥伴啊，眞的很可惜了，很抱歉時間不早了，我要先去上班了，好好享受三天的假期囉。」

申俊輝說完就離開了，留下天龍一個人在空蕩蕩的室內，天龍此刻也只能先讓自己冷靜想辦法脫逃才是。

宇浩一行人來到林默娘公園，遠遠就看到一堆人圍在封鎖線附近，四人停好車後趕緊走過去。

「現場狀況如何？」夏浩雲關心的問道。

「早上11點多接到民衆報案，剛好有民衆來這邊運動的時候發現大的黑色塑膠袋，原本以爲是一包垃圾，後來來想把垃圾挪開才發現，裡頭竟然是一具屍體。」

「屍體上有沒有任何傷口或是記號？」

「報告處長，屍體外觀看不出有任何傷口，但是在脖子的地方有奇怪的符號，弟兄們實在看不懂是什麼符號？」

四人聽到這，相互看了一眼，心想不會吧。

「我來看看。」

宇浩靠近屍體的脖子看到兌卦☱，同時宇浩也仔細的觀察屍體是否有其他的線索，無意間碰到屍體，死者的身體竟然異常冷，簡直可以說是像剛從冰櫃出來一樣的冰冷，轉身問一下警局的弟兄。

「這屍體怎麼會這麼冰冷，是死多久了？」

「Sorry黃sir，忘了跟您提到，我們一開始也沒注意到，後來才發現，屍體是冰冷的，我們馬上請人查了一下這位死者，竟發現死者應該早就已經是入冰櫃的屍體了，但是好像是遭人盜取出來，所以脖子上的符號，應該是取出後重新刻上去的，我跟弟兄們都覺得這個兇手，實在有夠變態跟缺德的。」

「怎麼會有如此誇張的事呢？那屍體是從哪裡盜取來的？」聖莘忍不住直問了一下。

「是啊，眞他媽的很缺德，不過存放屍體的冰櫃單位也太糊塗了吧，都沒發現屍體被盜走嗎？」契龔不解的問道。

「各位，看起來應該就是兇手所做的事了，也只有他才會幹這種事。」

夏浩雲這時才驚覺自己眞的惹到瘋子了，當警察這麼多年了，從來也沒碰過這種事，竟然把已經入冰櫃的屍體盜取出來，而且只是爲了留下追緝他的線索，簡直不敢相信會有人做到如此，想到這裡背脊不自覺的發冷，現在他只能冷靜忍耐跟著宇浩他們，一起一步一步拆解線索，絕對要把這個人趕快抓到早一步將他殺掉，才能擺脫這個瘋子的糾纏。而宇浩心裡想著，這次只留下兌卦而已嗎？有沒有什麼是自己沒想到的，他抬頭看看周圍的環境試圖找出遺漏的關鍵線索。

「啊！對了！忘了說，死者是一位小兒麻痺患者，由於需要保持完美的遺體，所以沒有讓外觀呈現出來。」員警弟兄說著。

「小兒麻痺？」

宇浩頓了一下似乎想到什麼，馬上排出卦象澤雷隨䷐。

「浩，你是怎麼認爲是隨卦呢？」聖莘看著宇浩排出卦象，好奇問道。

「小兒麻痺是腳有缺陷，跟神經也有關聯，所以我判斷屬於震卦；而兌卦是在脖子上，以人體來看卦位，脖子在足上，所以我才大膽假設爲澤雷隨。而澤雷隨此卦卦意爲雷藏於澤底，深之不可尋，等待情勢擊敵於不備，必操勝券。故待時機成熟，雷震撼於澤，其波必盪溢，反過來說澤在底基被盪，必遭潰敗，但此卦爲歸魂卦，有急迫性，我認爲兇手是故意要拖住我們的時間，而此卦爲兌宮，我們可以往西的方位去找龍哥。」宇浩解說著。

「小浩啊，你剛剛的意思是說等待時機便能找到兇手破綻？」契龔疑惑的問。

「根據卦象是這麼說的沒錯。」

「他媽的，你覺得兇手會有這麼簡單就露出破綻嗎？」

「是啊宇浩，況且這個訊息還是兇手留給我們的，難道他會自己露出破綻來讓我們找到他嗎？」夏浩雲也質疑著。

其實宇浩心裡又何嘗不是這麼問自己呢？可是又能怎麼辦呢？他只能選擇跟著兇手留下的線索，一步步的追下去，而他也相信龍哥曾說過的話，就是這個兇手是個非常有自信跟自尊心強烈的人，所以絕對會直球對決的。

這時丁曉雯坐在對面車子裡，靜靜看著他們的一舉一動，試圖想要找出一些蛛絲馬跡可以報導的新聞題材，她還是非常好奇爲什麼天龍隊長沒一起來，她決定晚一點聯絡契襲，一定要問個清楚。

「處長、契襲哥、莘，眼下我們眞的只能相信我們自己所判斷出來的結論，我相信兇手也不是個會拐彎抹角的人，他對自己有絕對的自信，與其要擔心這些訊息是不是正確的，我想我們更應該相信自己才對，是吧。」

「嗯，是啊，契襲哥、處長，我想就如同宇浩所說的，我們更應該相信我們自己的判斷才對。」

聖莘眞的覺得宇浩不但沉穩了，也懂得控制自我的情緒，她打從心底的相信著宇浩，而夏浩雲跟契襲兩人也同意宇浩所說的，相信自己。然而9月6日一整個下午到晚上四人都在安平一帶，找尋跟詢問任何覺得可疑的人跟地方，只可惜還是連一點消息都沒有，雖然有三天時間，但是契襲、宇浩、聖莘三人實在心急如焚，因爲只要龍哥一天沒救出來，三人的心就一天不安，而宇浩還是一點頭緒都沒有，只能被動式的等待兇手給線索，他很清楚這樣下去絕對不妙，他必須要想辦法找回主控權。晚上他打給自己的老師，跟老師約在上次東區的咖啡館，希望能碰面並請老師幫幫忙。

「喂喂喂，打起精神來，怎麼唉聲嘆氣的。」L雖然嘴上這麼說，但他看到宇浩的眼神，一點都不擔心了。

「唉，老師你不知道啦，這次換我們隊長被兇手抓走了啦，而且兇手又再次下戰帖，說9月9日前能找到並且抓住他，那龍哥就沒事，如果沒有那龍哥就危險了。」宇浩緊張的說著。

「哇！連天龍隊長都被抓了啊，怎麼會呢？天龍隊長不是一位相當謹愼的人嗎？怎麼會不小心被兇手抓走呢？」

「唉呦，老師啊，現在問這個已經來不及了，人都被抓了，現在要趕快找到，才有機會救龍哥啦。」

宇浩實在快急死了，他告訴老師說自己必須要掌握主控權，否則只能被動的任兇手宰割。

「那你希望我怎麼幫你呢？」

「老師，你能不能用奇門排副盤局，給我指引一些方向呢？」

「嗯，也好。」

神祕人L很快用時家局排了奇門盤局，觀看了一會兒後開始說道。

「從這個盤看來，天龍隊長人確實是在安平區裡，偏向西南方位，而且應該是在一個密閉的室內空間。主客來說，這場追緝戰事由兇手挑起的，所以兇手爲客你爲主，而此盤地盤宮生天盤星屬於利客，但是天沖星落於休門，表示雖然險惡，但終究化險爲夷轉危爲安，而天蓬臨驚門，表示兇手必然顯露破綻，整體看來天龍隊長會安然無事的。」

「眞的嗎？」有了老師的肯定，宇浩心裡頓時安定了不少。

「不過……」L頓了一下。

「還有不過？不過什麼啦？老師你趕快說啊？」

宇浩好不容易才安定下來的心，又因爲老師這句話，瞬間又緊張起來了。

「你看看你，緊張成這樣，我是要說，不過你得要先對自己有信心才行啦，整個氣色那麼差，這樣怎麼會有精神辦案，好好休息啦。」

「唉，老師，自從這個兇手出現後，我幾乎每晚都很難入睡，我第一次碰到這樣的對手，他總能將一切佈局好，然後就讓我不知不覺得往他設計的劇本裡面走，每當我覺得快要追上他的時候，才驚覺原來這一切都還是在他的預期裡，而且他似乎總能早一步知道我會怎麼做，而順著我會做的事來加以設局掌控。老師啊，奇門、六壬這一類的玄學，眞能對事情對人掌握到這種地步嗎？」

宇浩終究還是忍不住這麼問，因爲就他的認知，雖然奇門遁甲是最高的預測學，甚至被譽爲帝王學，但是兇手的能力已經超過他所想像的了，當然他心中也相當懊悔，自己當初沒有用心學習奇門，才會在這一次遇到眞正的高手卻束手無策。

「宇浩，其實一套學問還是得看人用的，我也不得不承認這個兇手，一定是有這方面的天分，否則無法用的如此精準，不過要能如此運用預測的這麼準確，就我的認知上，他必然對你們有相當熟悉的了解，比如說，他知道你的性格或是你的習慣甚至是八字等等，排除這些的另一個可能性，就是兇手在你們之間有內應。」

「嗯，聽老師這麼一說我才想到，之前我跟龍哥有懷疑過局裡有內鬼，但是只是懷疑還沒有證據去證明這件事，如果照老師剛剛的說法，性格跟習慣是可以透過觀察或是去問到的，至於八字兇手應該是不可能會知道的，如果是有內鬼的話，兇手確實可以更精準的預測到我們的下一步，甚至是安排我們的下一步。」宇浩仔細的回想這整個過程。

「宇浩，再細膩的人也一定會有漏洞的，只要你夠冷靜耐著性子多思考觀察，你一定沒問題的，老師對你有信心。」

「老師，謝謝你，說真的這段時間要不是有你，我真的很難熬到現在。」宇浩突然感性的說著。

「喂！有點噁心囉。」L笑著虧了宇浩一下。

「哈哈哈，好像真的有一點耶，好啦，什麼時候有空出來打打球吃個飯啦。」宇浩一臉尷尬樣，趕緊轉移話題。

「哎呀呀，你可是大忙人，有名的神探呢，要一起好好吃頓飯，也得等你這次順利破案將兇手抓到囉。」

「好，就這麼說定囉，等我這次順利破案，我一定要好好休個假，一定找老師一起吃個飯。」

「好好好，等你等你。」

每次在跟老師聊天，宇浩內心都會感到相當自在輕鬆，不自覺的就會放下戒備的防心，畢竟老師是他的偶像，也總能讓他很安心，而老師也總會耐心的聽聽自己內心的想法，聽他訴苦口水，兩人除了是師徒關係，其實更像是老朋友一樣的信賴彼此。離開咖啡廳後宇浩一個人到海邊靜靜地吹風，想讓自己冷靜下來，而同時間丁曉雯打電話給了契龔，不過她擔心契龔又不接電話，自從上次新聞播出後，契龔就一直沒有接她的電話了，這次電話終於接通了。

「契龔哥是我啦，幹嘛最近都不接我電話啊？」丁曉雯有點故意撒嬌的說著。

「哇！曉雯啊，妳還敢打給我啊，上次那個新聞我快被妳害死了，妳怎麼可以亂寫呢？」契龔情緒非常激動的說著。

「我沒有亂寫啊，不是你告訴我，院長可能是兇手的嘛？」丁曉雯不服氣的語氣回應。

「靠，我是說我們去找院長，又不是說院長是犯人，妳別看到一個影就亂開槍好嗎？我真的會被妳害死。」

「哎喲，對不起嘛！我下次補償你，你別生氣了齁。」丁曉雯試著安撫契龔的情緒。

「對了！契龔哥，我今天也有去命案現場，怎麼今天沒看到天龍隊長啊？反而是看到夏處長跟你們一起來，天龍隊長發生什麼事了嗎？」丁曉雯試探性的問著。

「唉，天龍被兇手抓走了，這次的兇手實在太冷靜太厲害了。」

契龔一說完就後悔了，怪自己怎麼無意識下就說出去了。

「什麼！一向冷靜謹慎的天龍隊長被兇手抓走？那你們已經有掌握兇手什麼線索了嗎？」

「妳別再套我話了，我很累想先休息了。」

契龔說完就把電話掛了，丁曉雯還沉浸在剛剛的內容裡，還沒回過神來。

申俊輝在回到家後，恢復嚴肅表情走到自己家裡的地下室，地下室有隔三個房間，他往最小的那個房間走過去，進到裡面後再推開一個穿衣玻璃鏡，裡面坐著一個雙手被反綁的人，申俊輝走到他的面前。

「還好嗎？還習慣這裡嗎？」申俊輝關心問道。

「除了熱了點，其他沒什麼不習慣的了。」天龍輕鬆的回答著。

原來天龍就被關在申俊輝自己家裡的地下室，而且宇浩的老師L，就是宇浩在找的兇手，申俊輝走到天龍面前打開電腦連上暗網後秀給他看。

「天龍隊長，你有看過這個網站嗎？」

「呵呵，這陣子忙著抓你，都沒空上網了，這個網站怎麼了嗎？」

「這是一個很病態又很豐富的網站，只要你有錢，幾乎什麼都能買的到，例如軍火槍砲、人體器官、買春甚至是你想看線上直播殺人，都可以買的到喔，是不是很棒啊。」申俊輝笑得有點詭異並興奮的跟天龍介紹著。

「喔？既然是這樣，你怎麼沒有想過直接在這個網站上買器官就好，這樣你就不用這麼麻煩，還得親自動手殺人。」天龍好奇的問。

「原本我也是這麼想的啊，只可惜有時候找不到適合的，你也知道的，有時候病人是沒時間等的，所以偶爾就得親自去找適合的器官給病人囉。」

「喂！俊輝，你跟周天龍講那麼多幹嘛啊。」L覺得周天龍似乎知道太多了，想阻止申俊輝繼續說下去。

天龍被這突如其來的聲音嚇了一跳，想說這裡也沒別人啊，怎麼突然有這聲音，仔細一看才知道原來是兇手自己在跟自己對話，天龍心裡這時才知道，原來兇手有雙重人格，決定先聽聽看兇手們在聊些什麼。

「唉喲，沒關係啦，這幾天難得天龍隊長在家裡做客，當然要多交流增進彼此的感情啊。」申俊輝畢竟是比較感性一點的性格。

「你可不要到時候出了什麼事喔，畢竟他可是四大名探的周隊長耶，頭腦淸楚精明的很呢。」L提醒著申俊輝。

「哈哈哈，L，這可眞不像是你會說的話耶，周隊長不好意思，我這位哥哥比較容易緊張跟害羞。」申俊輝故意調侃了一下L。

「不要緊的，你們聊，就當我不在這裡吧，反正最後我也活不了，別介意。」

天龍故意順著申俊輝的意，調侃了一下自己。

「呵呵，聽到沒L，人家天龍隊長都不介意了而且都有自知之明了，你介意什麼呢？」

L聽完後沒說什麼，而天龍聽著兇手這樣一來一往的自問自答，內心突然覺得兇手其實怪可憐的，認爲他應該是沒有什麼朋友吧，也因爲如此，天龍此刻很難相信他就是那個讓四大名探傷透腦筋的超級對手，申俊輝跟L就這樣自顧自的聊天，也沒有理會周天龍，不過內容多半是閒話家常，約莫聊了一個多小時，申俊輝突然站了起來，轉身面對周天龍。

「天龍隊長，如果今天你有機會救一些人，但是條件是你必須先殺人，你會怎麼做呢？」

天龍聽完心想，申俊輝問他這個是陷阱的問題，他只是希望合理化自己殺人的理由罷了，所以不管他回什麼答案都是不對的，但是如果選擇沉默，又擔心是默認申俊輝內心深處的合理性。

「我認爲這沒有絕對的答案，因爲聽起來不管我做什麼，都得有人犧牲的話，既然是這樣，那我就選擇讓老天來決定誰該生誰該死吧。」天龍四兩撥千金的避開了問題的漩渦。

「哈哈哈，這個答案滿不錯的，我倒是沒想到過，眞不愧是天龍隊長，找你來家裡做客眞是對極了。」

申俊輝一邊說著話一邊轉身離開地下室，表情很滿足，但臉上也掛滿詭異的笑容。

「這幾天就麻煩你委屈一下，先住在這裡，好好休息吧。」申俊輝到門口後，停下來回頭對天龍說道。

說完申俊輝就離開地下室了，留下天龍一個人在地下室裡，也許是天龍精神緊繃太久而感到累吧，在申俊輝離開後不久，他竟就這樣坐著睡著了。

9月7日早上八點，宇浩一走進辦公室便看到夏處長已經坐在裡面了。

「處長，怎麼今天這麼早就在我們辦公室裡面了，怎麼了嗎？難道又是發生相關命案了？」

宇浩非常緊張的詢問夏浩雲，因爲他實在是被兇手搞到有點神經緊繃到睡不著覺了，每晚只要閉上眼睛，就害怕又有突發狀況，加上現在天龍又成爲人質，現在的每一天對他來說都是異常的煎熬。

「喔，是沒有發生什麼事啦，只是很擔心我的好哥兒們天龍，擔心到睡不著，所以一早就想要趕快來看看有沒有進一步消息，唉，這一切都怪我找天龍一起去才害他被抓走。」夏浩雲面無表情的說著。

「處長這不是你的錯，你別自責了。」宇浩試著安慰夏浩雲。

「唉，我還寧願被抓的是我。」夏浩雲嘆了口氣無奈的說著。

這個夏浩雲果然夠會演戲，其實他的目的，就只是想要藉由黃宇浩他們的協助，趕快把兇手找出來，他根本壓根沒擔心過周天龍的安危，這時契龔跟聖莘也來到辦公室了。

「哎呀，處長你怎麼一早就到我們的辦公室來啊，是不是又發生什麼事了嗎？」

「是啊，處長，是不是又有突發狀況了？」

契龔跟聖莘兩人一看到處長，又重複一次宇浩的問題，宇浩趕緊跟他們兩位解釋說明原因後，他們也勸處長別自責了，就在這時，警局的弟兄慌張的衝進來四大名探的辦公室裡。

「處長，處長，一線電話，是兇手打來的。」

四人驚訝的互看一眼，夏浩雲示意要宇浩接起電話並開啟擴音。
「喂！」宇浩相當冷靜與自信的語氣。
「黃宇浩還有各位夥伴大家早啊。」
宇浩一聽到兇手稱呼夥伴，心裡非常不是滋味，情緒又開始受到影響了。
「請你搞清楚，我們不是你的夥伴，有什麼事快說。」
「呵呵呵，一早情緒就這麼激動，是會壞了一整天的工作效率跟好心情的，黃宇浩你該學著如何讓自己更穩重的面對壓力喔，前幾天在電話中不是表現得還不錯，怎麼今天又恢復衝動啦。」兇手話故意說的很挑釁。
「謝謝你的忠告，不過我想你一早打電話來，應該不是只是來打聲招呼或是說這些廢話吧，電話費也不便宜，我們就別浪費彼此的時間了，有什麼事趕快說來聽聽，還是說你受不了照顧周天龍，要我們趕緊把人帶回來啊。」
宇浩總算恢復冷靜，開始故意用數落的語氣，一方面挖苦兇手，一方面試著拖住兇手電話的時間，好查出發話地點。「哎呀，這點你倒是別擔心，我跟天龍隊長相處得還不錯，反倒是你們的時間越來越緊迫了，怕你們沒有頭緒所以打電話來關心，記住了，從今天開始你們要留意每一通報案的電話，否則一不小心會錯過任何線索喔。順帶一提，我在中西區和緯路上的星巴客喝咖啡，等等要準備開始工作了，記得跟上喔，另外也幫我問候一下夏處長，謝謝他幫我把天龍隊長帶來喔，讓我有意外的收穫，哈哈哈。」

兇手完全不在乎被人知道他現在的位置，爲了免去他們還要追蹤他的發話地點，乾脆直接告訴宇浩自己的位置點，甚至直接挑明了準備開始進行殺人工作了，態度實在是狂妄到了極點，說完就掛掉電話了。

「他媽的，幹！這個人渣眞的是非常有病，一大早就打來嗆聲。」契龔實在氣到想砸東西。

「浩，剛剛兇手說等等就要準備開始工作，難道是指要開始殺人了嗎？」

「嗯，一定是這樣的。」

「兇手爲什麼還要繼續殺人，當初他殺人不是只爲了取走器官嗎？將龍哥抓走不就是因爲龍哥是合適的心臟，既然這樣，他現在又繼續殺人的動機是什麼原因？難道只是爲了留下線索給我們嗎？我覺得兇手應該不至於會做到如此啊？」

聖莘有點激動地說出自己的感受，因爲在追緝過程中，她認爲兇手是個有格調甚至是有理念的人，並非是一般的病態殺人魔，而且之前所殺的人幾乎也都是有問題的人，兇手將死者的器官拿來做救人的舉動雖然很不應該也不光彩，但是她總覺得兇手一定有無奈的地方才會選擇走這樣扭曲的道路，所以她根本不認爲兇手會隨意殺人，應該說聖莘根本不相信兇手會爲了留線索而隨便殺人。

「聖莘，妳爲什麼會覺得兇手不會這樣做？」夏浩雲希望聖莘不可太過感性。

「處長，從追緝兇手開始，兇手雖然殺人，但是經過我們調查發現，某些被殺的死者多半也都是一些對社會造成問題的人，在某種層面來說甚至有些人覺得，這些死者是死有餘辜，所以我不認爲兇手是一位會隨便殺人的人。」

其實宇浩心裡也多少認同聖莘的看法，但是殺人畢竟是不可抹滅的事實，不過如果是爲了留線索，宇浩心裡覺得兇手是會選擇殺人的，但是這樣一來，宇浩心裡又覺得這些人好像是因爲自己的能力不足，才會被兇手殺害的。

「聖莘啊！妳別傻了，我認爲那些只是湊巧而已啦，妳不能因爲這樣就覺得兇手人品高尚啊，如果這樣，那兇手爲什麼要殺死麻豆奇美醫院的院長呢？院長有做了什麼嗎？」契龔提醒著聖莘。

聖莘聽完契龔的質問，就從包包拿出一推資料丟在桌上，資料裡有不少照片跟一些手寫信件，契龔、宇浩、夏浩雲三人仔細一看都嚇了一大跳，原來院長總是運用職務的關係，偷偷對一些女護士下了迷藥，然後趁機性侵她們，結束後還拍她們的裸照威脅她們，甚至會扭曲事實，謊稱自己被一些護士騷擾只好拿錢消災，有些護士還因此受不了壓力而自殺。

「這……實在是……」

契龔看到這些後，完全講不出話來，而此時夏浩雲心裡有了底了，他終於知道兇手爲什麼會找上他了。

「既然這樣，那各位現在有什麼想法？要直接過去星巴克看看嗎？」

夏浩雲忍不住問，其實知道兇手在和緯路的星巴克時，他早就偷偷跟警局的弟兄知會，並要求馬上過去找人，夏浩雲只是假裝問一下。

「莘，妳可以幫我查看看，剛剛兇手的來電的時間嗎？」

「喔，好。」

「小浩，怎麼了？想到什麼了嗎？」契龔忍不住問了宇浩。

「我們不能等到下一個屍體出現才跟著兇手留下的訊息走，必須搶先制敵。」

「所以你打算怎麼做才能搶先制敵呢？」夏浩雲不解的問道。

「喂！小浩你難道又要卜卦了嗎？」契龔一臉無奈的問著。

「嗯。」

「浩，兇手是8點30分來電的。」

「好，我知道了。」

宇浩將時間排好用時空法排出卦象。

二〇一九年，壬申（9）月，丁未（7）日，辰時。

	主卦 風澤中孚 艮宮(土)			變卦 天澤履	
青龍	官鬼卯木	———		兄弟戌土	———
玄武	父母巳火	———		子孫申金	———
白虎	兄弟未土	— —	世 動爻	父母午火	———
騰蛇	兄弟丑土	— —		兄弟丑土	— —
勾陳	官鬼卯木	———		官鬼卯木	———
朱雀	父母巳火	———	應	父母巳火	———

「主卦爲61卦風澤中孚，指事情暗藏危機，因爲中孚卦象的中間爲兩陰爻，外面上下各有兩畫陽爻，爲中空、虛心於內，陽剛誠實於外之象。而變卦爲10卦的天澤履，代表舉步艱難一定要非常的小心。如果再以世應來看，世處於兄弟爻加上臨動爻，如今我們確實是處於如此的現象，目前是兇手因爲有龍哥爲人質，處於有利的狀態，龍哥雖有生命危險，我們可以往西方或西北方向，但須有效爭取時效，龍哥才有機會可以得救的。」

「若以安平區來說，西邊或是西北方向不就是偏向熱蘭遮城一帶嗎？」夏浩雲邊想著方位邊說道。

「那一帶附近有公墓區，有不少草皮跟鐵皮屋且人煙稀少，確實有可能藏匿人或是屍體。」宇浩有點擔心的說道。

「喂！小浩，那該怎麼阻止兇手殺害下一個受害者呢？」契龔聽完後，還是不知道接下來該怎麼做。

「契龔哥，兇手在這兩次電話中都一再強調要我們留意每一個有可能的訊息線索，但是這些訊息似乎都只是想要我們等待，既然如此我們不如主動出擊打亂兇手的節奏，現在我們主動前往安平古堡一帶找龍哥，兇手一定是沒想到我們會走這一步棋，因為只要龍哥被我們找到，那兇手就會失去心臟進而打壞他的計畫，而對兇手來說這是一場遊戲，只要龍哥被我們找到，基本上就算他輸掉這場遊戲了，以兇手的個性他是輸不起的，所以我們與其去猜測還未發生的事，疲於奔命的阻止他殺下一個人，不如該讓兇手疲於防守沒心思再殺人。」

「宇浩說的沒錯，我非常認同。」夏浩雲滿意的說著。

「浩，那我們就趕快出發吧，契龔哥你對那一帶熟悉，不如就由你來開車吧。」

「好，沒問題。」

「處長，要不您就在局裡等我們的消息，第一線的事就交給我們來吧。」宇浩跟夏浩雲提議。

「沒關係，我待在局裡心也是一直靜不下來的，多一個人多一份力量，我們一定要趕快把天龍救出來，這樣我才有辦法安心。」

夏浩雲必然得跟著宇浩他們一起過去的，因為畢竟他不知道兇手到時候被抓到後會不會亂說話，他一直在想辦法要在宇浩他們抓到兇手前，早一步將兇手殺掉。

「對啦！小浩，處長說的沒錯啊，多一個人多一份力量。」契龔認爲夏浩雲說的沒錯。

「嗯，好吧，那就有勞處長跟我們一起行動囉。」

「呵呵，沒問題，能跟三大名探一起行動也是很有榮幸的，不好意思，那我先去一趟洗手間馬上就過來了。」

其實宇浩心裡一直覺得事有蹊蹺，因爲幾次的卦象都顯示，只要誠實坦然必能突破困境，又覺得兇手怎麼會放過夏浩雲只抓走龍哥，因爲他一直覺得若要抓人質那夏浩雲不是更有威脅性嗎？加上他覺得夏浩雲好像一直想跟著他們一起追緝兇手，這讓他更加懷疑處長一定有事情沒說清楚。

「浩，沒事的，我想等找到龍哥，一切都會水落石出的，現在先不要有太多干擾讓自己心煩好嗎？」

原來聖莘看出宇浩內心的焦慮跟疑惑，爲了不讓疑慮所干擾，聖莘安慰著宇浩並希望他要相信自己。

「莘，謝謝妳，我的心平靜許多了，我們趕緊出發吧。」

「嗯。」

聖莘看到宇浩露出許久未曾出現的笑容，心裡也溫暖不少，這段時間來，她知道宇浩內心一直壓抑著自己的情緒，也承受不少壓力，這次的對手跟以往完全是不同級數，她內心也非常害怕宇浩這次會受到傷害，甚至是生命的危險。

兇手在結束跟宇浩的對話後，馬上撥電話給丁曉雯，丁曉雯看到未顯示號碼的電話，雖然覺得怪但還是接起。

「喂！是丁記者嗎？」

「我是，請問你是哪位？」丁曉雯覺得這聲音很陌生。

「靜靜地聽我說，然後什麼都別問，妳可以把這段話給錄下來。」兇手停頓一下，「我是這段時間來連續殺人命案的兇手，可以稱呼我爲L，我的殺人動機很簡單，這個世界病了，有太多人都活在虛僞、恐懼跟陰影之下，而我來世上，就是要來教化每一位罪人的，我在每一位死者身上留下周易八卦象的符號當線索，如今已經進入這一期淨化罪人的尾聲了，目前四大名探的天龍隊長已經被我關在安平某間透天的地下室裡，四大名探你們的期限就只剩一天了，能不能阻止的了就看你們的功力了，我等著你們。」

「丁記者以上這些內容夠讓妳當頭條了，但請妳記住這段話在9月8日早上才可以公開，若提前曝光或沒播出，妳可得注意自己的生命安不安全了。」

神祕人說完就掛掉電話了，丁曉雯完全來不及反應一臉錯愕，心想這到底是不是眞的啊，兇手竟然會打給她，還是這只是惡作劇電話呢？反正也不知道這要怎麼求證，她還是決定還是在9月8日早上以頭條新聞播出。

很快的宇浩、聖莘、契龔、夏浩雲四人開車出發來到熱蘭遮城一帶，而熱蘭遮城就是現在的安平古堡。

「各位，我們分開行動調查吧，有任何狀況我們馬上電話互相通知，大家小心點，如果有危險要趕快請求支援，別一個人硬幹知道嗎？」

夏浩雲提醒著所有人，三人也點頭示意了解。

「莘，妳跟我一起吧。」宇浩不放心的說著。

「浩，我一個人沒問題的，別擔心好嗎？」

聖莘不希望宇浩太過擔心自己，她也希望宇浩能夠專注小心，別再爲她分心，宇浩似乎也懂聖莘的想法，但是宇浩實在不放心聖莘自己一人，但他知道聖莘的個性，當聖莘說自己沒問題時，他也就不勉強聖莘了。

「好吧，那妳自己要小心點喔。」

「嗯，我會小心的。」

時間回到9月6日下午2點。

申俊輝花了幾個月的時間，終於找到上次被氣到來急診室老婦人的兒子，老婦人的兒子叫邱品剛，整天無所事事，一直都在老家安平老街附近偷竊跟到處借錢，申俊輝找上他後，跟他說自己就是提供他媽媽住院所有醫療費用的醫生。

「你跟我講這些幹嘛，我可是沒錢還喔，要錢去跟我爸要。」邱品剛一副別來煩我的表情。

「邱先生你別誤會，我不是要來跟你要錢的，我是有事情要來請你幫忙的。」

「我跟你又不認識，而且我為什麼要幫你啊？」

「邱先生，如果你願意幫我，那事成之後我會給你十萬酬勞如何？」

邱品剛心想，哇！十萬耶，哪裡來的佛心醫生啊？除了負擔自己媽媽的一切醫療費，還要送錢給自己，興奮之餘，還是告訴自己先確認是幫他做什麼事比較好，畢竟天下沒有白吃的午餐。

「那你是要我做什麼？」

「很簡單的，我有一些精神治療的病患，他們一直以為自己是刑警，每次都一直在玩警察抓小偷的遊戲，昨天不小心讓他們跑出醫院了，我有收到消息，知道他們明天會到安平老街這一帶來玩，你只要幫忙我誘導他們到安平老街的14巷359號二樓的大廳就好了，過程中你必須要讓他們覺得有趣跟可疑，這樣他們才會跟著你喔。」申俊輝特別交代要引起對方的注意。

「所以你是要我假扮成犯人來引誘他們辦案是嗎？」

「嗯，是的，不知道你願不願意幫我這個忙？會找你是因爲他們不認識你，這樣才容易吸引到他們的注意。」

「哇！現在的醫師可眞不好當啊，還必須做到這樣，陪精神病患玩他們的情境故事啊。」邱品剛用同情的表情說著。

「呵呵，你現在才知道啊，不過這樣做，其實對他們的病情是有幫助的，這裡是現金五萬，事成之後我會再把尾款的五萬拿給你，麻煩你囉。」

邱品剛看到現金五萬眼睛都亮了，馬上就答應幫申俊輝演這場戲，但是他卻萬萬沒有想到，這一切都是申俊輝佈好的局，也將是他自己生命的終點站。

時間來到9月7日下午。

契龔往安平古堡附近去找。

「靠，天氣這麼熱，漫無目標是該怎麼找啊？」

契龔忍不住抱怨起來，心裡也抱怨著天龍實在太大意了，都當到隊長了做事還是這麼衝動不小心，怎麼就自己跟處長兩人前往兇手指定的地方呢，眞的是太大意了。突然他不經意發現，在他前方遠處有一個行蹤怪異與穿著不合邏輯的人，大熱天的那人穿著黑色皮衣，走路時不時停下腳步，而且手指似乎像算命似一直反覆的來回點，契龔這次不打算打草驚蛇，決定繼續跟著那個人，後來跟到那人轉進安平老街巷內的一間老房子裡，契龔停在房子外頭，擔心進去會不會又是個陷阱，所以打了電話給宇浩。

「喂！小浩，我現在人在安平老街14巷359號的外面，你現在過來這裡一趟。」

「好，我現在馬上過去。」

5分鐘後宇浩趕到安平老街14巷359號。

「契龔哥怎麼了，有發現什麼嗎？」宇浩小小聲地問著。

「剛剛我發現一個可疑的人，我就跟蹤他，後來他就走進這間房子裡了，我擔心一個人進去會有危險，所以想說等你來，我們再討論看看怎麼做。」

「那我們要不要也連絡處長跟聖莘也過來？」

「嗯，也好。」

宇浩分別打給聖莘還有夏浩雲，請他們來一趟安平老街14巷359號這裡，過幾分鐘後聖莘跟夏浩雲都來到房子的外面，宇浩跟他們兩位說明原因後，夏浩雲認爲大家一起進去比較安全，三人也同意如此，四人便小心翼翼地走進房子裡。

「房子裡面有股好重的霉味。」宇浩用手摀著鼻子說著。

「大家小心點，燈光很昏暗留意腳下。」夏浩雲走在最前面，回頭提醒著大家。

「這房子的屋齡應該很舊很老了吧，還有早期的夾層閣樓，看起來不像是有住人。」聖莘好奇的說著。

「大家快看閣樓旁邊的梯間。」契龔用手指向梯間。

閣樓梯間有個人站在那裡往下看，此人就是剛剛契龔跟蹤的那個人，穿著厚厚的皮衣臉上戴著面具，發出詭異的笑聲，似乎在等著他們進來，四人大喊站住，黑衣人轉身往樓上跑，四人馬上快步追過去，但是聖莘來到梯間感到頭非常的沉重，直覺反應知道屋裡有不乾淨的能量在干擾，但是還是繼續往前追，這間房子的二樓有個很深的長廊通到後面，四人往前追到長廊後面的大廳。

「媽的，人呢？怎麼不見了？」契龔找不到人有點心浮氣躁。

「奇怪，明明看著他往這邊跑，怎麼人一下子就不見了？」夏浩雲也一臉疑惑。

「浩，地下有卦象的符號你快來看看。」聖莘發現到現場有八卦象。

「大家小心，這個後廳是中空的木板樓層，似乎不是很穩，若是太用力或太重隨時有可能會塌陷的。」

宇浩邊說邊慢慢走近一看是一個兌卦，正在想兇手留下兌卦是有什麼意思，結果很自然的抬頭向上思考時，看到上面有一面小鏡子正對著下面的兌卦，想了一下後馬上反應過來。

「果然如此。」宇浩興奮的說著。

「浩，怎麼啦？」聖莘還沒來得及搞懂宇浩在興奮什麼。

夏浩雲跟契龔也同時看向宇浩一臉疑惑的樣子。

「契龔哥，有看到人嗎？」

宇浩先轉頭問了一下契龔後，隨即馬上拿出紙筆寫出卦象。

「媽的，這黑衣人的動作還眞快，一下子就沒看到人了。」契龔在附近搜尋了一下還是沒看到人。

「算了，沒關係，不用管黑衣人了，他應該只是誘餌，兇手又留下線索了。」宇浩專心的畫出卦象。

「幹，這麼說來不就是又被兇手耍了。」契龔再次爆粗口罵人了。

「宇浩，兇手又留下什麼線索了。」夏浩雲心急的問著。

宇浩劃出了澤風大過卦䷛。

「各位，這是28卦的澤風大過，此卦的卦意是，一個人身陷大水中，身心不安，受苦之際，如果這時硬要強行己意，那必定會後悔，因爲表面不露痕跡，也有事物不順，諸事衰退，凡事均有過失之，這個卦可是主大凶之卦，諸事不順，切忌此時做任何的決策，需努力找出問題之所在，儘快解決才能扭轉劣勢。故此卦定也爲險象之卦，要嚴防水難滅頂之患。」講到這，宇浩的頭皮開始發麻了。
「浩，這會不會是兇手在警告我們別擅自做決定呢？」聖莘有點擔心的說道。
「我想兇手大概知道我想把主控權拿回來，警告的味道很濃，偏偏安平又很靠外海區，確實有水患之災的可能性發生，其實剛剛……」
宇浩接下來的話還沒說出口，契龔就大叫了起來。
「哇靠！小浩，你剛剛不是才跟我說這邊若找不到龍哥，或是沒有任何進一步的訊息的話，我們就去秋茂園那邊找嗎？」契龔驚訝的說著。
「契龔哥，那邊怎麼了嗎？」聖莘疑惑的問著。
「靠，那邊就是海邊啊，媽的，這兇手也太可怕了吧，難道可以預知未來啊。」契龔完全被兇手嚇到了。
聖莘聽到這裡突然感到整個背脊都發麻，其實不只是聖莘如此，夏浩雲也是聽到整個人感到發寒，他直覺自己真的是有夠倒楣惹到這種人。
「宇浩，那接下來你想怎麼做？」夏浩雲聲音顫抖的問著。
「唉，處長，我說眞的，就連我想拿回掌控權，不想等他的這件事都被他算到，我眞的已經沒有什麼信心了，我現在也不知道該怎麼辦了。」宇浩內心受到很大的打擊。
「還是我們先去把剛剛那個黑衣人找出來拷問他一些事。」

「契龔哥，沒用的，難道你還不知道兇手的厲害嗎？你難道忘了之前被兇手利用的人，我們抓到後他們都怎麼說的嗎？」

宇浩語氣說得非常激動嘶吼，因爲他完全不知道自己還能怎麼做才是對的。

「浩，你先冷靜一點先別激動。」

「我怎麼冷靜的下來，這一場遊戲從一開始我就注定要輸了，從一開始就是這樣，每一次當我覺得終於可以超前兇手的時候，才發現原來自己都只是跟著兇手的劇本在走而已，這次也一樣，完全被兇手算準我們會怎麼做。」

此時宇浩再也承受不了兇手的一切打擊了，眞的是完全的失去信心充滿恐懼了，只能任由兇手掌控。

「媽的，黃宇浩你夠了沒，現在不是自怨自哀的時候，我們大家到現在都還是這麼相信你、依賴你的卜卦，你可別忘了你可是警界的四大名探啊，我相信天龍現在雖然被抓走了，但是絕對還是很相信你的。」

夏浩雲試圖把宇浩激勵起來，因爲他不允許自己的探員如此不堪一擊，當然有一部分也是因爲他知道，現在也只能靠黃宇浩追緝兇手，如果連宇浩都沒辦法抓到兇手，那他自己可能得一輩子被兇手威脅著，而宇浩也因爲夏浩雲這番話，終於情緒比較冷靜了。

「各位，對不起，我剛剛情緒不該如此的。」

「小浩，我知道我之前有怪過你，但是我心裡一直都知道我們是一個團隊，是要彼此相信的，龍哥的事是我們大家的事，不只是你一個人該面對而已，你千萬別給自己太大壓力。」契龔拍拍宇浩的肩膀安慰著。

「是啊，浩，你不是一個人。」聖莘話說的有點哽咽，看到宇浩這樣，她心裡非常難過。

「嗯，我知道了，莘，對不起，我該更穩重成熟點的。」宇浩打起精神，雙手拍拍自己的臉頰爲自己加油。

「好，這才對，現在想想下一步我們要怎麼做才是最重要的，你看今天又過半天了，天龍還在等我們將兇手抓住把他救出來呢。」夏浩雲也爲大夥打氣著。

「處長說的好啊，小浩我們該想想接下來怎麼做才重要。」

宇浩冷靜下來思考所有的事，突然想到一件事。

「契龔哥，我想我們還是趕快去把黑衣人找出來吧。」

「怎麼樣，你也覺得該把黑衣人抓出來拷問一番吧。」

「不是啦，你還記不記得上次在東區，我們跟龍哥一起抓到的那個人，後來不就是兇手下手的目標嗎？」

契龔仔細回想那次在東區的事，突然大喊。

「對啊，所以你的意思是剛剛那黑衣人，也可能就是兇手下一個要殺害的對象？」

宇浩示意的點頭。

「那我們趕快去追。」

四人快速離開359號房子，在安平老街附近找尋剛剛的黑衣人，契龔提議分組行動，聖莘跟宇浩一組，他自己跟夏浩雲一組，就這樣契龔跟組長往石門國小方向，而宇浩跟聖莘往運河方向去，路上契龔跟夏浩雲聊起天來。

「我說處長啊，我們這次的對手可真不簡單，沒有想到竟然還可以提前算到我們要來安平古堡這一帶找人，還眞有人可以預測的那麼準啊？」契龔話故意說的像是在提示什麼一樣。

「是啊，這眞的很讓人不敢相信。」

「不過你說，一個懂占卜易經八卦的人，眞的有這麼天大的本事，可以準到這種地步嗎？」

「我也覺得實在很不可思議。」夏浩雲故意假裝聽不懂。

「其實我認爲如果兇手沒有個內應在協助，我實在不相信可以這麼精準。」

契龔突然看向夏浩雲講這段話，並堅定的眼神看著夏浩雲，而夏浩雲也似乎意識到契龔這段話的用意，這下他可以確定契龔已經在懷疑自己是兇手安排的內鬼，不過畢竟夏浩雲也是老江湖，冷靜的回應他。

「哦，聽你這麼一提醒，這似乎也不無可能，的確有可能是有人通報兇手，我們要來這裡的事！契龔啊，如果像你推測一樣，若是兇手有內鬼，那你覺得會是誰呢？」

契龔聽完心想，好你個夏浩雲，竟然眞的如此老奸巨猾啊，居然還反問我，原來契龔之前就有聽天龍說過，夏浩雲的一些事情，知道他是會爲了目的而不擇手段，並且很懂得運用人際的利害關係，所以他從上次去安南醫院旁的鐵皮屋救出夏浩雲後，就一直有在懷疑他是內鬼的這件事，因爲很多事情讓他覺得不合理，他只是一直不打草驚蛇，默默在觀察著。

「處長，早上從局裡要來熱蘭遮城時，你在1樓廁所旁撥了電話給誰呢？」

原來夏浩雲要出發前說要去上廁所，結果是偷偷在廁所旁打了通電話，碰巧被契龔給看到，現在只有他們兩人，契龔也不拐彎抹角了，直接明問。

「喂！喂！喂，契龔你這麼問很敏感喔。」夏浩雲笑笑望著契龔說著。

「處長，是你當時這麼做很敏感喔。」契龔也笑笑望著夏浩雲說道。

夏浩雲覺得契龔話說的很敏感很不妥，而契龔也很不客氣的回應了。

「哎呀，契龔你誤會了，當時候是一位老朋友打來問我有沒有空一起吃個午飯，我跟他說我這段時間比較忙，可能要改天另外約時間了。」

夏浩雲覺得不給契龔一個交代，他是不會停止這話題的，所以趕緊隨口說是一位老朋友打來約自己吃飯，契龔聽完也不再多說什麼，認為自己心裡有個底就好，也不願意把場面弄得太過僵。

「怎麼？還是不相信我啊，要不給你看通話紀錄囉。」

「不用啦，最近被兇手搞的精神不好，容易神經質，是我太敏感了，不好意思，不過處長你也是知道的，我就是比較衝動少根筋，還請你別見怪啊。」

契龔趕緊自打圓場，主要也是希望先不打草驚蛇，自己在暗中繼續偷偷觀察夏浩雲，而夏浩雲也不是省油的燈，知道契龔已經開始在懷疑自己了，畢竟契龔是30多年經驗的辦案老手，知道自己絕對不可以太大意。

「沒事，話講開了就好，我們是要一起辦案的團隊，心裡有疙瘩要說出來，才不會造成誤會的，既然誤會解開了，我們趕緊到石門國小附近找找黑衣人吧。」

「對啦！對啦！你不見怪就好，我們趕緊去找人吧。」

宇浩跟聖莘兩人來到慶平路上。

「莘。」

「怎麼啦？」

「說眞的，我覺得這次對手眞的跟過往是不同級數的人，我心裡都佩服起來了。」宇浩無奈的說著。

「浩，我滿好奇，一個懂易經八卦、奇門、六壬的人，眞的可以預測到如此精準嗎？」聖莘感到好奇的問道。

「坦白說，我也覺得很不可思議，雖然我自己也是懂得易經八卦，但是也不到這種地步啊，甚至我覺得兇手功力應該是超越我的老師了。」

「浩，其實你有想過另一種可能嗎？」

「什麼可能呢？」

「你跟龍哥之前不是懷疑過內鬼這件事嗎？所以你認爲有沒有可能，是有人先通風報信給兇手，兇手才可以每次都這麼精準的預測到我們的行動？」聖莘表情困惑的看著宇浩。

「對啊，聽妳這麼一說，這是非常有可能的事，我怎麼都沒想到這點。」

這時宇浩的電話響了，是契龑打來的。

「喂！契龑哥請說。」

「小浩，快點到安億橋，有弟兄來電說有民衆報案發現屍體，我跟處長在趕過去的路上了。」

「好，我知道了，我人就在附近，我現在馬上趕過去。」
「發生什麼事了？」聖莘緊張的問著。
「又出現死者了，我認爲有可能是我們正在找的黑衣人。」宇浩嘆了一口氣：「莘，走，我們趕緊過去安億橋吧。」
「好。」
宇浩跟聖莘兩人趕到安億橋時，契龔跟夏浩雲已經在現場了，而現場也已經圍起封鎖線了，周圍有不少人在圍觀並且議論紛紛，沒多久記者也都到了，丁曉雯也來了，一樣不動聲色的觀察著，她依舊沒有看到天龍隊長，心想如同電話裡自稱是兇手的人所說的，周天龍被他抓走了。
「契龔哥，怎麼回事？」宇浩趕緊上前去問。
「死者好像是這附近的人，圍觀的人都在議論這個人，而且這身打扮看起來，應該就是我們在找的黑衣人。」
「你確定？」
「錯不了的。」
「可惡，死者又再一次從我們面前錯失掉了，身體有留下什麼線索嗎？」
「死者除了胸腔被切開外，也幾乎沒有什麼外傷，弟兄們是覺得死者肋骨看起來怪怪

主卦 水雷屯 坎宮(水)				變卦 水地比	
青龍	兄弟子水	— —		兄弟子水	— —
玄武	官鬼戌土	———	應	官鬼戌土	———
白虎	父母申金	— —		父母申金	— —
螣蛇	官鬼辰土	— —		子孫卯木	— —
勾陳	子孫寅木	— —	世	妻財巳火	— —
朱雀	兄弟子水	———	動爻	官鬼未土	— —

的。」契龔平靜的說著。

這時圍觀的群衆有位老先生大聲說道，這小剛活該早就該如此下場了，誰叫他每次都只會壓榨自己的老爸，沒錢拿還毆打自己的老爸，難怪他媽媽會被他氣到住院，簡直是邱家的敗家子，這下可好了，死了一了百了，邱老先生總算不用再被折磨了，所有圍觀的人同時附和著。宇浩、契龔、聖莘三人聽到此，不禁懷疑這兇手到底算是邪還是正？宇浩蹲下去掀開布蓋查看死者胸前，這次死者胸前是被剖開的，符號是由肋骨所排列出來的，宇浩有點被這景象嚇到，因爲這麼殘忍的手法有點不太像兇手過去的方式，但是看到傷口又是俐落一刀的刀痕，馬上就知道是同一位兇手沒錯，聖莘看到這一幕也是被嚇到，宇浩看了一下死者的肋骨後便開始做說明。

「死者左右兩邊的肋骨，前後兩根及中間均被折斷，左右剛好留下六根肋骨，左邊肋骨由下邊往上數的第２、３、４、６根都被都被截斷一小塊，但是第１根肋骨卻在接合處敲碎，使得它搖搖欲墜，而右邊的肋骨卻是全部被折斷擺成叉叉的形狀。」

「幹，這兇手真的很變態，不過他哪裡來的時間搞這些啊？」契龔看到眼前的景象，忍不住罵了起來。

「宇浩，你看出什麼端倪了嗎？」夏浩雲心急的問道。

「就我的了解，人體肋骨由上至下總共有9根，而兇手應該是刻意將最上面跟最下面還有中間的肋骨去掉，這樣一來就呈現卦象所需要的六爻，若我判斷的沒錯的話，這應該是兇手想留給我們的訊息。」宇浩根據肋骨的呈現方式排出卦象。

「主卦象爲第3卦的水雷屯，此卦爲下卦震雷欲上，但上卦坎水阻止之，使其前進不得，萬事欲進而不得進，困難如陷水中之象，也是主凶象，宜步步爲營。再以世應來看，子孫爻剋官鬼爻，而變卦又爲比合卦……」

看到這裡宇浩心裡非常納悶的想著，難道是我判斷錯誤排錯盤了嗎？怎麼這個卦象的表象，雖然似乎是我們困難重重前進不得，但是細看，兇手目前似乎在精神方面承受極大的壓力，而期待著我能盡快解決他的壓力，這是怎麼回事？這個訊息能信嗎？

「宇浩，繼續說下去啊，怎麼突然停下來了，到底兇手說了些什麼？」

宇浩還沉浸在邏輯的思考裡時，夏浩雲突然不耐煩的問道，而聖莘看出宇浩內心的疑慮，連忙跟夏浩雲說明。

「處長，宇浩是想揣摩多個可能性，畢竟兇手相當狡猾，我們上次只根據一個可能性行動，結果就成了兇手的幫兇了，所以這次宇浩想多模擬幾個方案的可能性，才不會又輕易的上了兇手所安排好的當。」

「對啦！處長，上次我們就是太過自信，才成為兇手的幫兇，對我們四大名探來說真的是很煎熬難堪。」契龔見狀也趕緊幫忙說話。

夏浩雲已經快等不及想要馬上抓到兇手，兇手只要一天沒死，他就沒一天可以安穩睡覺，這時宇浩的手機響起了，他看了一下是天龍的手機號碼打來的，他知道是兇手打來的，這次宇浩慢慢地接起手機。

「喂！」

「呵呵，怎麼樣黃宇浩？有看懂我想傳達的意思嗎？」兇手故意來電問。

「你什麼意思，到底想怎麼樣？」宇浩情緒平靜的問著。

「沒有什麼意思，我就是要你盡全力來阻止我。」

「關於這一點，你就不用費心了，我一定會盡全力而且不會放過你。」宇浩話說得很堅定。

「很好，就是要有這種氣勢才有機會，再仔細檢查一點，不是只有胸前的訊息，你太容易被眼前的東西給蒙蔽了，你從以前就只著墨在卦象呈現的表象，只想著輸贏，我告訴你，不是只是解卦出結果，而是必須掌握你有限的資源去回溯，這樣才有機會深入本質，也才能預判下一步，這才是預測學的眞正本意。」

神祕人講完就掛上電話了，而宇浩被神祕人說的這些話給震撼到了，因爲這是他從沒想過的問題，原來預測學的眞正本意，是從掌握有限的資源去回溯，才能有效去預判下一步，突然想起兇手說不只胸前的訊息，所以他更仔細的檢查屍體。

「浩，剛剛是誰打來的？」聖莘關心問道。

「兇手打來的。」

「兇手有沒有說了什麼？」

夏浩雲非常緊張兇手有沒有說了什麼不該說的。

「兇手沒說什麼，就一樣是打來講一些垃圾話、嗆聲之類等等的。」

宇浩邊說邊仔細檢查屍體的任何一個可能的細節線索，他發現死者的衣服衣領附近有不少細沙，他馬上脫下死者的鞋子仔細檢查，發現死者腳趾甲縫有沙子，他脫下死者的外套用力的拍打，果然從內襯散落不少沙子。

「小浩你在找什麼嗎？」契龔看宇浩一直翻死者穿的衣物，好奇的問著。

「我在重新仔細檢查屍體，看來死者死前應該是去過海邊，而且應該有在沙灘被拖行過，從這些細沙的顏色及粗細，應該是在四草大橋附近的海邊。」

「這麼說來，死者有可能是在海邊被殺害的，所以第一現場有可能是在海邊？」契龔表情有點驚訝。

「唉，不管怎樣，似乎還是得去一趟秋茂園了。」宇浩無奈的說著。

「浩……可是……」聖心擔心的表情，可以看得出她害怕宇浩靠近海邊。

「沒事的，小心一點就好了，天快黑了我們快出發吧。」

9月7日晚上6點半，申駿輝走往住家地下室，來到關著天龍的房間，而天龍好像跟他有默契一樣，正等著他的到來。

「今天進度如何啊？」天龍一看到申俊輝走進來，關心的問道。

「呵呵，你的夥伴今天也是忙碌的一天，黃宇浩好像打擊不小，他總是這樣，常常犯同樣的錯，容易被表象所蒙騙。」申俊輝有些失望無奈的說著。

「嗯，似乎是如此，你好像很了解他？」

天龍相當好奇申俊輝對宇浩的熟悉度，當然因爲他不知道申俊輝其實就是教導宇浩周易八卦的老師，而天龍也開始覺得，自己似乎不是申俊輝的主目標，主要是因爲申俊輝一直對自己很客氣，也很紳士，實在忍不住問了申俊輝抓自己的眞正目的。

「到底你眞正的目的是什麼呢？」

「我的目的還不夠明確嗎？」申俊輝好奇地反問天龍。

「其實如果你的目標眞的是我，爲什麼又要搞這麼複雜的過程？如果是要玩遊戲，那其實你早就已經贏了不是嗎？而我又是要爲你神聖的病人獻出心臟，來讓你完成你神聖的任務，一切都在你掌握中啊，換個角度來說，你的病人能等那麼久嗎？」天龍分析著申俊輝做這一切的原因。

「天龍隊長，這就請你放心了，我已經用奇門盤局爲我的病患先占卜過了，而且這位病患的求生意識是相當強烈的，我會在閻王安排帶走他的時辰前將他帶回人世間的。」

「聽起來，你的工作眞的相當的神聖呢。」

「謝謝你的誇獎。」

「我很好奇一件事，我們在追緝的過程中發現，每個被你殺害的死者都是死得很安詳，到底你是如何讓死者都可以死的如此安詳平靜的？」

「呵呵呵。」

申俊輝閉上眼睛冷冷地笑著，或許是因爲他沒想到天龍會問他這件事，他覺得天龍大概忘了他是醫生的身分吧，不知道這對他來說是輕而易舉的事情嗎？

「你可別跟我說，你跟他們說他們的死是爲了偉大神聖的事，所以他們都心甘情願地爲你的病患死去啊。」天龍跟個冷笑的說著。

「你聽過注射死亡嗎？」申俊輝拉了張椅子，坐在天龍的前面。

「什麼？」

「其實也就是大家所說的安樂死，通常來說，透過三種藥品的注射，硫噴妥鈉使意識喪失，巴夫龍導致肌肉麻痺和呼吸衰竭，氯化鉀則是使人的心跳停止，之後就可以盡情的對其肉體進行雕刻囉。」申俊輝邊說邊笑著，感覺他似乎不覺得自己是在殺人。

天龍聽到這，全身起了雞皮疙瘩，覺得這兇手眞的太可怕了，但是他也發現這個兇手在講這些事情的時候，表情眞的很詭異，一下冷血無情的表情、一下子眼角泛淚、一下子嘴角冷笑著，他還是試著冷靜問申俊輝。

「那我已經注射到哪個階段了？」天龍故意苦笑地詢問著。

「你放心，我只是先讓你嘗試第一階段的注射而已，因爲我需要的是你的心臟，所以不能讓你心臟衰竭的。」

「哇，那可眞是好險啊，要不然心臟衰竭可不是一件好玩的事。」

「其實也沒有那麼可怕的，死者過程中完全不會有疼痛或是不舒服的感覺喔，不過心臟的死者會比較倒楣點，因爲不能讓其心臟衰竭，所以在他的意識喪失後，就必須直接用刀剖開其胸膛取出心臟，過程中可能會讓他痛醒，這眞的是比較麻煩的事。」申俊輝講得好像很簡單，也不斷流露出一種殺戮快感的表情。

「靠，聽到我都痛起來了。」天龍眨著眼，表情痛苦的說著。

「這也沒辦法啊，做爲最神聖的聖物遺贈，當然要承受特別的禮遇。」

天龍直覺這個申俊輝眞的是瘋狂到極致了。

「很高興有你在晚上陪我聊天，今晚要好好休息喔。」

申俊輝說完就返回自己的房間了，每天生活作息規律是申俊輝自我的要求，此時又來到他要上暗網的時間了。

晚上6點半的時候，契龔、聖莘、宇浩、夏浩雲四人來到四草大橋附近的海邊，除了看到一堆人在橋上釣魚外，並沒有看到任何的鐵皮屋，他們試著詢問橋上的釣客，下午有沒有看到可疑的人在附近徘徊，但是全部的人專注的顧著釣魚聊天，所以沒有人注意到有任何異狀，在經過一個多小時後，還是都沒有任何進展，宇浩心裡非常不甘心，他覺得這裡一定可以查到些什麼蛛絲馬跡。

「浩，天色漸漸暗了，我們要不要明天白天的時候再過來看？」聖莘看著宇浩的背影說著。

「對啊，小浩，明天早上再來找吧。」

「唉，好吧。」

宇浩心有不甘的說著，其實他心裡已經偷偷打算帶大夥回局裡後，自己再過來這裡，爲了不讓夥伴擔心他只好假裝做罷，四人驅車離開安平四草大橋。回到永康的局裡，此時電視上正在報導今天早上的命案，報導中指出今早的命案跟近期的一樁連續殺人案有相關，並指出這次的連續殺人命案連四大名探也束手無策，社會大眾人心惶惶，來自各界的輿論紛紛施壓給警界，希望警方能早日破案。

「媽的，是誰把相關消息洩漏給記者知道的？」夏浩雲怒拍桌子，憤怒的質問值班的執勤同仁。

「幹！他媽的，什麼叫四大名探也束手無策啊？這新聞該不會這樣播報一整天了吧？」契龔看到火氣都上來了。

「我想大概又是丁曉雯故意寫一些數落我們四大名探的話了吧。」

聖莘雖然內心也相當的生氣，但是今天累了一天實在無心再理會這件事，反倒是宇浩不發一語，靜靜的看著電視新聞的報導，若有所思的發著呆，只是他們都誤會了，這篇新聞並不是丁曉雯寫的新聞稿，而是兇手自己寫好的新聞稿，主動寄給新聞臺的。

「各位，我今天有點累，想先回家休息了。」宇浩站起身對著大夥說著。

「好吧，今天也被兇手折騰一整天了，早點回去休息也好，契龔、聖莘你們兩位也早點回家休息吧，明天還得繼續追查呢。」夏浩雲督促著三人早點回去休息。

契龔、聖莘兩人也決定早點回家休息，宇浩等到大夥都離開後，便自己一個人再次前往安平四草大橋附近，其實他心裡又急又慌，因爲自己到現在還是一點頭緒也沒有，這時已經是9月7號的晚上10點半了，時間只剩兩天不到了。

「唉，兇手到底是想怎麼樣？只能怪自己之前不好好學，懂一點皮毛就出來混，這次遇到這樣的對手，我總算看清楚自己多麼無知了。」宇浩忍不住自言自語起來了：「既然現在這麼沒頭緒，不如卜個卦來指引一下自己吧。」

宇浩將時間排好，己亥年（二〇一九），壬申月（9），丁未（7），亥時。

主卦爲第9卦風天小畜，卦意爲有前進之志，但有小小障礙，還不能大進，對於目前處境有辛苦現象，需要想辦法改變，若勉強前進難免受限，然而一切終需陰陽相合，故要等待時機，以防有不測之災難，氣運會有所遲滯，欲速則不達。但變卦爲第26卦山天大畜，在經過等待及累積能量後，將會帶來光明之象，爲吉象之卦。接下來宇浩取官鬼酉金爲用神，發現飛神生伏神，以追緝論斷此現象，表示有受人包庇，簡單來說就是有內神通外鬼的意思，而子孫巳火動爻生財爻應，來剋父母子水爻世。

「唉，看來這兩天又得面對媒體輿論的壓力了，不過從這幾次的卦象都顯示出龍哥會平安無事，這表示事情會有出現什麼轉機嗎？龍哥你到底是被關在哪裡啊？」

	伏神	主卦 風天小畜 巽宮(木)			變卦 山天大畜	
青龍		兄弟卯木	———		兄弟寅木	———
玄武		子孫巳火	———	動爻	父母子水	— —
白虎		妻財未土	— —	應	妻財戌土	— —
螣蛇	官鬼酉金	妻財辰土	———		妻財辰土	———
勾陳		兄弟寅木	———		兄弟寅木	———
朱雀		父母子水	———	世	父母子水	———

宇浩此時內心充滿無奈與疲憊，這一次可以說徹底輸了這場獵殺追捕的遊戲了。

隔天9月8日早上7點宇浩就到辦公室裡了，沒多久夏浩雲也走進來辦公室。

「宇浩，這麼早啊。」夏浩雲很驚訝宇浩這麼早就已經在辦公室裡了。

「處長早，您也是這麼早就到了啊。」

「唉，天龍一天沒消息，我實在很難入眠，睡不著就早一點來上班囉。」

「處長，您覺得我們局裡誰最有可能會是內鬼？」

夏浩雲被宇浩突如其來的敏感問題給愣了一下，然後又很快恢復鎮定。

「怎麼了嗎？怎麼會突然問這問題，是不是契龔有跟你聊過什麼？」

「沒有啦，只是想說您在警界這麼久，經驗這麼豐富，是不是會比較知道誰有可能是內鬼？」

夏浩雲聽到原來不是契龔跟宇浩說了什麼，就比較放心了。

「其實內鬼並不是在警界待的久，經驗豐富就可以找得出來或是看得出來的，況且我們只是懷疑有內鬼，說眞的也不見得有內鬼，這幾天跟你們這樣一起追緝兇手，才眞的感覺到這個兇手眞的很可怕，光是憑易經八卦象或是你常在說的奇門、六壬，就可以把事情預測得如此精準，眞的很不可思議。」夏浩雲試著轉移內鬼這個話題。

「是啊，我們老祖宗的智慧眞的是很不可思議的，所以古代有不少朝代的帝王，都相當依賴奇門遁甲這門學問呢，所以奇門遁甲才會被稱爲帝王學。」

「要早知道這門學科這麼神，我在學校就修這門課就好了，搞不好就可以靠預測樂透號碼來賺錢了呢。」夏浩雲開著玩笑說著。

「預測樂透號碼，這眞的可以喔。」宇浩相當認眞的說著。

「哇哇哇，那從現在開始我可得要用心專研囉，學會後就可以輕易的變有錢人了。」

「哈哈哈，原來處長是因爲想變有錢人才有興趣啊。」宇浩尷尬的笑著。

「既然這麼神奇，你怎麼沒有想過，透過卜卦問問誰是內鬼不就好了。」夏浩雲突然問道。

「我跟處長說明一下，我使用的周易八卦象，比較多是對於事物的預判，對人的部分我比較不擅長，但是像是奇門遁甲跟六壬，所提供參數與細節更多，因此能更精確與精準，可惜的就是這兩門神課學真的不容易學精，我也不是很熟悉，而我們這次的兇手算是奇門與六壬的高手，不過兇手的功力確實讓人吃驚。」

「這樣啊。」

夏浩雲雖然不懂這些，但是知道宇浩無法卜卦算出內鬼是誰，放心了不少，而這才是夏浩雲問宇浩的眞正原因，早上八點半時，聖莘跟契龔陸續進辦公室。

「大家早安。」聖莘大聲的問早，顯得精神不錯。

「早安，兩位有好好休息吧。」夏浩雲關心的問著。

「他媽的，一躺下閉上眼睛，就都是兇手殺人的畫面，根本就沒辦法睡。」契龔一臉倦容說的火大。

「是啊，加上龍哥到現在一點消息都沒有，根本就無法入睡。」宇浩附和著。

「今天已經是9月8日了，還有一天時間，別這麼消極，大家要有信心。」夏浩雲試圖鼓舞著大夥。

「浩，我們今天該怎麼進行？」聖莘詢問著今天的方向。

「我想我們今天還是往安平的方向去找吧。」

突然有弟兄衝進辦公室大喊：「處長，你們快看電視。」

宇浩、聖莘、契龑、夏浩雲四人看到弟兄慌慌張張，互看一眼驚覺得不妙，趕緊打開電視新聞臺。

新聞快報：

本臺記者獨家取得近來犯下連續殺人案的兇手錄音檔，以下是錄音內容：

我是這段時間來連續殺人命案的兇手，可以稱呼我為L，我的殺人動機很簡單，這個世界病了，有太多人都活在虛偽、恐懼跟陰影之下，而我來就是要來教化每一位罪人的，我在每一位死者身上留下周易八卦象的符號當線索，如今已經進入這一期淨化罪人的尾聲了，目前四大名探的天龍隊長，已經被我關在安平某間透天的地下室裡，四大名探你們的期限就只剩一天了，能不能阻止的了我，就看你們的功力了，我等著你們。

四個人簡直不敢相信，兇手竟然敢猖狂到這種地步，直接將自己的殺人動機錄音寄去新聞臺，並且指名挑戰四大名探。

「哇靠，我只能說這兇手真的病得不輕，而且真他媽的夠屌，我看我們要不要乾脆登尋人啟事算了。」契龑真心覺得這次真的碰到神經病了。

「浩，兇手直接挑明，說龍哥是關在安平某間透天的地下室。」

「嗯，我剛剛有聽到。」

「這下糟了，今天局裡電話應該會被群眾打爆。」

夏浩雲說的沒錯，一早開始到中午就有一堆電話，說自己有罪會不會有生命危險，也有一堆說自己是兇手要挑戰四大名探，還有更多打來說四大名探到底行不行啊，連隊長都被抓走了，是不是要檢討然後解散，整個總局簡直忙翻了，亂到都不知道哪通電話才是真的要報案。

「這樣下去不行，亂成一片，結果半天又過去了，完全沒進展。」夏浩雲簡直急死了。

就在這時候契襲的電話響了，他看了一下來電顯示是丁曉雯打來的，都什麼時候了還打來煩，契襲馬上把電話切掉，結果丁曉雯又馬上撥電話來，契襲實在沒辦法只要把電話接起來。

「喂！曉雯啊，我現在真得忙翻了，沒空跟妳講電話啦。」

「呵呵呵，你現在當然是忙翻了。」

契襲一聽到聲音馬上示意宇浩、聖莘、夏浩雲是兇手打來的，並將手機開擴音。

「你把曉雯怎麼了？」契襲保持情緒平靜的問道。

「你放心，她一點事都沒有，精神好得很，你聽。」兇手將手機拿到丁曉雯的嘴邊。

「契襲哥，救命啊，趕快來救我，我好害怕啊。」

「有聽到了嗎？」

「你想怎樣？」

「呵呵，很抱歉我的病人有病情惡化的風險，所以沒什麼時間等了，我必須讓你們現在做出抉擇，找到丁記者也就等於找到天龍隊長，要嘛找到天龍隊長讓我的病人死去，要嘛找不到天龍隊長讓天龍死去。」

「你眞的是他媽的有病。」契龔大聲怒罵。

「我知道你開著擴音，黃宇浩聽好了，馬上到臺南永華市政中心地下室停車場找出線索，時間只到晚上八點，晚了你們就等著參加天龍的告別式，哈哈哈。」

兇手說完就掛掉電話了。

「各位我們趕緊出發吧，現在已經一點半了，沒有多少時間了。」

說完宇浩、聖莘、契龔、夏浩雲四人馬上前往市府地下停車場。

第六章

終點戰！

中俊輝將電話掛上後，直接走向丁曉雯，丁曉雯苦苦哀求，拜託兇手不要殺掉她，其實丁曉雯也算是很倒楣，她只是個引誘黃宇浩一行人的誘餌，畢竟天龍不能曝光地點，而兇手其實知道宇浩最終會找到天龍的，所以他也根本沒打算傷害丁曉雯，但是畢竟病人時間所剩不多了，他只好提前行動了。

下午2點四人趕到臺南永華市政中心地下停車場。

「你們看，停車場的柱子都被寫上紅字。」契龔疑惑的看著這些字。

「浩，這些是……」聖莘也是滿臉疑惑。

「這！這些文字是奇門遁甲的休、生、傷、杜、景、死、驚、開的人盤八門。」

地下室停車場的中間圍成一個方形的八根柱子，剛好每根柱子上都寫著奇門人盤八門的名稱，看上去就像是一個奇門局，這下宇浩開始緊張了，因爲奇門他並不很擅長。

「小浩，就只有這些字當線索嗎？他媽的，這些字到底代表什麼意思啊？幹，我眞不知道現在當刑警的還得懂奇門遁甲才能辦案啊。」契龔簡直快被這些玄學搞到快崩潰了。

「宇浩，快告訴我們兇手留下這八個字是想說什麼。」夏浩雲也緊張起來了。

「各位，奇門遁甲之所以能被稱爲最深的預測學，主要就是它能提供的參數數據最多最齊全，但也是最難學的一門學問，奇門遁甲的參數就包含了天盤、地盤、人盤、九星、八神，前三盤卽所謂的天時、地利、人和的盤局，而九星與八神則提供更多的現象與特徵參數加以判斷。」

「浩，所以兇手的意思，是要我們找出天盤與地盤的意思嗎？」聖莘也跟著慌了起來了。

「我不這麼認爲，一般奇門都以時家局爲主流，這需要時辰點，要排出奇門局還需要了解二十四節氣數，陽遁局或是陰遁局……」

「好了！好了，夠了別再說了，我聽到頭都痛死了，小浩，那現在是要做什麼？」

契龔聽到都快吐了，他覺得怎麼有人會想去學這些，眞的覺得古人一定是因爲沒電視看太無聊，才有那麼多時間搞這些玄學。

「兇手電話中透露時間不多了，所以應該不會搞得太複雜，既然兇手留八門當線索……」

宇浩趕緊回想奇門論八門執事歌的口訣：

欲求財利往生方，葬獵須知死路強。
征戰遠行開門吉，休門見貴最爲良。
捉賊驚門無不獲，杜門無事好逃藏。
索債須防傷上去，思量飲酒景門高。

宇浩趕緊要大夥幫忙找出驚門。

「各位驚門在這裡。」

夏浩雲很快就找到寫著驚字的柱子，並發現柱子底部有八卦符號。

「宇浩，柱子下面有你最熟悉的符號，你快過來看看。」

宇浩來到驚門看到柱子下面是一個巽卦符號☴。

「這是……」宇浩想了一下。

「浩，這代表什麼意思呢？」

「驚門入巽宮，門剋宮屬於門迫，造成凶門更凶，雖然如此但是有利於追捕盜賊，奇門遁甲地盤是不動的，驚門轉至巽宮爲東南方向，若以永華市政中心爲中心點，那東南方向不就是……」宇浩用手機看了一下臺南市地圖：「若是周易八卦方位來判斷，安平的東南方指的就是安南區了。」

「各位，丁曉雯人應該在安南區。」

「小浩啊，就算找出人在安南區，可是安南區那麼大，人會在安南區哪裡呢？總不能盲目去找吧。」契龔緊張的說道。

「契龔哥，有沒有可能又在湘南大賓館呢？」聖莘突然想到兇手有可能把人藏在之前的地點。

「靠腰，有可能喔。」契龔說道。

「不對，我認爲兇手不可能還選在湘南大賓館，而且從卦象來看，巽卦代表著寬敞寬闊的地方，例如工廠之類的，可以大膽判斷是在安南區的科技工業區那一帶，而巽卦又是屬木，所以可能是在木製工廠或是家具廠房之類的地方。」宇浩從卦意來看，認爲人應該是在科工區裡。

「哇靠！小浩你眞的是太神了，安南科工區那裡剛好就有一間巽釘木工科技公司，丁曉雯有可能會在那裡。」契龔大聲喊著。

「好，那我們趕快出發過去那裡。」

四個人馬上開車前往安南區科工區的巽釘木工科技公司，由於是假日，到現場時，巽釘木工科技公司大門深鎖，四人在附近繞了一下。

「我們在附近找一下，有可能是在附近的鐵皮工廠或鐵皮屋之類的地方。」宇浩跟大夥說著。

「這裡是……」

夏浩雲覺得這一帶很眼熟，繞了一下後才發現，這一帶不就是幾年前他殺掉那個欠債的人的地方嗎？他沿著記憶中的路線走，果不其然發現了當年自己殺人的那間鐵皮屋，正在猶豫要不要叫宇浩他們時，契龔已經跟著過來看到鐵皮屋了。

「處長你找到了耶。」契龔開心的說道。

「喔，對啊，沒想到附近眞的有鐵皮屋。」夏浩雲話說的有點心虛。

「喂，小浩、聖莘你們快過來啊，我們找到鐵皮屋了。」契龔大聲呼喊著。

宇浩跟聖莘聽到契龔的呼叫聲趕緊跑過去看，果然眼前有一間大約30坪左右的鐵皮屋，夏浩雲看著鐵皮屋心裡相當倉惶不安，四個人擔心會有陷阱，便小心翼翼的走向鐵皮屋，慢慢推開小門，裡面非常的暗，契龔趕緊打開手機的手電筒一看，裡面其實很深，夏浩雲這時心裡想著，不記得這間鐵皮屋裡面有這麼深啊。

「喂！丁曉雯。」

契龔大喊著丁曉雯的名子，可是都沒有聽到任何回應，宇浩看了一下時間，已經下午4點了，只剩下四個小時了。

「怎麼都沒回應，會不會是找錯了，不在這裡呢？」夏浩雲恨不得馬上離開這間鐵皮屋。

「我相信應該是沒錯的，我們繼續往裡面去找找看，我們動作要快一點，只剩下四個小時了。」

宇浩內心實在快急死了，聖莘跟契龔又何嘗不是快急瘋了，他們絕不能讓天龍出事。

「你們快看右前方的角落，好像有人被綁在那裡。」聖莘用手指著右前方。

契龔趕緊將手電筒照向聖莘說的地方，果然看到有個人被反綁在椅子上。

「哎呀，是丁曉雯耶，沒錯是她、是她。」

契龔正準備衝過去的時候，夏浩雲大聲制止他。

「契龔等等！」

「處長，怎麼了？」

「小心有詐或是陷阱，你們先在這邊等著，我先過去看看。」

宇浩、聖莘、契龔三人同時點頭，夏浩雲一個人慢慢地走向丁曉雯，其實夏浩雲哪裡是擔心有詐，他是怕兇手會在丁曉雯身上放什麼一些對自己不利的線索，如字條或是什麼影片的開關，所以想先過去確認清楚，有沒有對自己不利的證據，當夏浩雲靠近丁曉雯身邊時，確定沒有任何對自己不利的事物時，還故意假裝在丁曉雯周圍踩一踩、踏一踏，都沒問題時他才叫宇浩他們過來，三人看到夏浩雲示意沒問題後，就趕緊衝上前去。

「曉雯、曉雯。」

識。

契龔趕緊用力搖丁曉雯的身體，確認她是不是還活著，過一會兒丁曉雯開始恢復意識。

「啊！啊！拜託不要殺我，我什麼都沒看到，什麼都不知道，拜託別殺我。」由於驚嚇過度，丁曉雯一恢復意識，沒仔細看眼前是誰就狂叫。

「曉雯、曉雯別怕！是我、是我，契龔啊。」

契龔趕緊安撫丁曉雯，丁曉雯鎮定一看是契龔，就靠著契龔大哭。

「曉雯快告訴我，到底發生什麼事了？妳怎麼會被兇手抓走呢？」契龔關心的問著。

「我也不知道，就在今天早上我拿新聞回報社去播放後，想說要開車準備去刑事總局找你，結果一上車後就沒記憶了，醒來後發現兇手正打電話給你，兇手講完電話就把我又弄昏，我再醒來就已經被綁在這裡了。」丁曉雯驚魂未定的說著。

「這麼說妳沒有看到兇手的臉囉？」宇浩急切地問著。

「啊，怎麼辦？我醒來後有看到兇手的臉耶，這樣我會不會有生命危險啊？」

丁曉雯眞的嚇壞了，整個人幾乎有點歇斯底里的叫喊著，契龔在她身邊一直安慰著她，要她別害怕，大家都會保護她，宇浩在一旁則是感到疑惑跟心急，因爲兇手不是說，找到丁曉雯就可以找到天龍了嗎？可是現場並沒有看到天龍啊。

「丁曉雯，這段期間妳有看到天龍哥嗎？」
「沒有耶，怎麼了嗎？怎麼會這麼問？」
「浩，這是怎麼回事？我們在現場並沒有看到龍哥啊？」
「怎麼了，發生什麼事了嗎？」丁曉雯緊張的問著。
夏浩雲看丁曉雯人沒事，示意要大家趕快先離開這裡，三人也覺得先把丁曉雯帶離開再說，就在丁曉雯從椅子上站起來時，所有人同時聽到咯一聲，這時候鐵皮屋的牆壁開始從四面方向開始往中間壓縮了，出口的大門也關上反鎖了。
「靠腰，這是怎麼回事啊？」契龔一臉錯愕大喊。
「這下糟了，是機關，牆壁開始往中間推擠了。」宇浩覺得不妙了。
「他媽的，兇手打算把我們全部都殺死了。」夏浩雲驚恐的大叫著。
「啊！啊！怎麼辦怎麼辦，我還不想死啊。」
丁曉雯急哭了，宇浩也深感不妙，看了一下四周圍，原來剛剛所有的人都沒注意到，這間鐵皮屋只是外表貼著鐵皮而裡面卻是鋼板屋，而丁曉雯的座椅正下方壓著開關，只要丁曉雯站起來，重量一消失就是啟動機關了。
「莘，看來這次真的是……」宇浩無奈的看著聖莘。
「靠腰啊，黃宇浩你現在是在講什麼，別放棄啦，趕快找找有沒有讓牆面停下來的機關啦。」契龔怒斥的宇浩。

「浩，你快過來看。」

聖莘發現剛剛丁曉雯坐的那張椅子，下面旁邊一點的水泥地，有個看起來像是需要輸入四個數字的按鈕鍵盤。

「這會不會是讓牆面停止的開關？」契龔趕緊問道。

「有可能，但是看來是需要輸入四個阿拉伯數字的密碼。」

「宇浩，知不知道是哪四個阿拉伯數字？」夏浩雲一臉期待的表情問道。

「我不知道，但是以兇手的個性，應該會留下什麼線索來告訴我們，大家快幫忙找找看。」

五個人連忙趕緊找看看有沒有線索，聖莘覺得按照兇手過去的手法，有可能會在剛剛丁曉雯的座椅上留下線索，於是她把整張椅子翻過來看，果然就在椅子坐墊的背面看到幾行文字。

「我找到了，浩你趕快過來看。」

宇浩衝過去看坐墊背面的文字，上面寫著：

六十甲申尋符首

二來時辰干裡尋

四不宜遲坤為地

「幹，這是在寫什麼啊？他就不能簡單點，直接寫數字嗎？」契龔簡直快氣到吐血了。

「宇浩，看得懂嗎？」夏浩雲緊張的問道。

「這是兇手提示四個阿拉伯數字的順序，第一句是六十花甲子中，甲申的尋符首為庚，以天干順序數下來，所以第一個數字是7；第二句是從時辰找尋天干，這就需要從日干來找了，今天是戊申日，現在是下午4點40分所以為申時，那時干就是庚了，所以第二個數字也是7。」

四周牆面已經越來越靠近了，宇浩試著讓自己冷靜下來，因為他知道現在自己不能受困境影響，所有人的生命都在自己的身上了，聖莘看出宇浩情緒的起伏，默默地握住他的手。

「浩，我相信你。」

聖莘的一句話讓宇浩平靜了許多，所有人也都以相信的眼神望向他，宇浩知道自己不能出差錯誤，他繼續專注解讀文字。

「第三句在我看來就是巽宮，在後天八卦九宮格裡的數字了，所以第三個數字是4，第四句也是一樣看坤宮在後天八卦九宮格裡的數字，所以第四個數字就是2了，所以這樣看來四個阿拉伯數字就是7742了。」

所有人都屏息以待，看著宇浩輸入7742，每個人都相當緊張，丁曉雯忍不住開始禱告了，當宇浩輸入7742後沒多久牆面速度開始減速了，最後終於停下來了，五個人終於可以喘口氣了

「浩，你眞的太棒了。」聖莘忍不住緊抱著宇浩。

「還好有你在，不然眞的會死人的。」夏浩雲一副驚魂未定的表情。

「對啊，還好你看得懂這些，唉，我看我以後眞的得要開始學習易經跟那個什麼遁甲的，才不會將來死的不明不白。」契龔冷汗直流，自我調侃的說著。

「各位，龍哥還沒救出來，我們現在還不能鬆懈啊。」宇浩提醒著大家。

「對了，兇手不是說找到丁曉雯就可以找到天龍了嗎？可是到現在都還沒看到天龍啊，現在到底是？」契龔疑惑的問著。

這時宇浩的手機響起來，一看是天龍手機號碼，趕緊接起來並開啟擴音。

「眞是相當精彩啊！黃宇浩，怎麼樣，好不好玩？是不是覺得很有趣？」

「媽的，哪天換你被關起來後，看你還會不會覺得有趣！」宇浩相當氣憤兇手竟然把人命當遊戲在玩：「你不是說找到丁曉雯就可以找到天龍了，現在這樣你什麼意思？」

「我沒騙你，找到丁曉雯就可以找到周天龍隊長，我已經跟天龍隊長在等你們的光臨了，動作快，快沒時間囉。」說完兇手就掛電話了。

「媽的，他到底在講什麼，我怎麼都聽不懂？」

聖莘仔細回想剛剛兇手一再強調的話，找到丁曉雯就可以找到天龍了，突然她想到了那4個數字7742，這時她終於知道天龍在哪裡了。

「各位，我想我知道龍哥在哪裡了。」

「眞的嗎？天龍現在在哪？」契龔等不及想知道天龍在哪了。

宇浩和夏浩雲也跟著問聖莘同樣的問題。

「龍哥現在人就在安平7742號診所裡。」

宇浩、契龔、夏浩雲三人這時才恍然大悟兇手的意思了，原來天龍就被兇手藏在剛剛停止機關的數字密碼裡，五個人在離開鐵皮屋後，契龔要丁曉雯先回家好好休息，丁曉雯也因爲過度緊張，現在一放鬆後感到很疲倦，也聽話回家休息了，而四個人立刻前往安平7742號診所，抵達時已經晚上7點了。

「大家還是要小心，兇手很狡猾，屋裡可能有陷阱，我走前面。」夏浩雲提議自己走最前面。

「莘，妳跟著我後面走。」宇浩牽著聖莘的手走著。

四個人小心翼翼進入屋裡，裡面沒開燈很暗，契龔找到電燈開關後順手開啟，一樓就是一般門診診所的擺設，並沒有什麼異樣。

「歡迎大家來到我家。」

兇手透過對講機說話，四個人雖然被突如其來的聲音嚇到，但馬上恢復鎮定，專心聽兇手要講什麼。

「我等你們好久了，黃宇浩你眞的沒讓我失望啊，我眞的很喜歡你，只可惜偏偏你是刑警我是賊，不然我們絕對是最佳的夥伴，至於夏浩雲處長啊，你可眞是人不可貌相啊，自己幹了什麼事自己心裡清楚吧，你一定會遭天譴的，我人就在地下室，我迫不及待想跟大家見見面了。」

「媽的，這個變態瘋子，眞的病得不輕。」契龔掏出手槍準備前往地下室。

「處長，兇手剛剛那是什麼意思？」宇浩不解的問著。

「什麼意思，兇手只是想讓我們內鬨而你不知道嗎？這種人的話你也信？」夏浩雲有點氣憤的回宇浩，認爲宇浩不該被兇手的話給影響到，而是應該專注在救天龍這件事上，宇浩也沒再多問什麼了，四個人往地下室出發，走到地下室後，他們發現有一條長廊，長廊的盡頭有個門，走道的兩旁共有三個房門，四個人猜測兇手跟天龍應該都在長廊盡頭的那間房間裡，所以四人決定往那房間去，打開房門後只看到有個人背坐著門，雙手被反綁在椅背上，而房間內也充滿汽油味，夏浩雲示意自己先過去，要他們先在原地等著，夏浩雲走過去後試圖拍一下那人的肩膀，就在這時夏浩雲拍肩膀的手被人用針頭打了一針，他嚇了一跳準備後退的時候，天花板降下籠子把他跟反綁的人關在一起。

「我就知道夏處長疑心病重，所以一定會第一個過來我身旁的。」

被反綁的人突然站起來轉向四個人，原來兇手假裝把自己反綁著，他知道夏浩雲一定會先走上前靠近自己，所以早就準備好藥劑，等夏浩雲一靠近自己就下藥，而宇浩在看到兇手的臉時，簡直不敢相自己所看到的。

「老！老師，怎麼是你？那這一連串的殺人兇手難道都是……」

「呵呵，沒錯，一直都是我。」申俊輝說得輕鬆自在。

「浩，他就是你一直在跟我誇讚的老師嗎？」聖莘也受到不小的驚嚇。

「對，沒錯，他就是我一直崇拜的偶像，申老師。」宇浩完全無法接受眼前的兇手，竟然就是自己敬重的老師。

「什麼！這種有病的變態是你的老師。」

契龔也不敢相信這一切竟然就是教宇浩易經八卦的老師所做的，此時宇浩難過到幾乎快哭出來了，一直無法相信殺人兇手就是他最敬佩，教他周易八卦的申老師，突然一陣暈眩讓他幾乎快要站不住了。

「你……你在我身上打了什麼藥？」

夏浩雲已經開始覺得全身肌肉無力，並且頭昏想睡了。

「別擔心，這是讓你好入睡的藥，這陣子你太累太辛苦了，都沒能好好休息。」申俊輝面無表情冷冷的說道。

「原……原來你……你就是那個威脅我的人，我總算看到你的人了，也知道你住這裡了，你……你跑不掉的，我……我要……我要把你斃了……」夏浩雲勉強說出這些話後就昏躺在地上了。

「別擔心，你所有的壓力跟所受的威脅，還有噩夢都會在今天結束掉的，好好休息吧。」申俊輝輕聲細語的在夏浩雲的耳邊說著。

「老師，爲什麼？」宇浩激動的問著

「宇浩，我在過程中都說過了，這個世界病了，我覺得自己該做點什麼來改變這一切的邪惡。」

「那你也不能殺人啊，殺人是要償命的，而且老師不是常常跟我說邪不能勝正，我們學習周易八卦要用在正途嗎？」

「所以我現在正在付我該付的代價啊。」

「喂，我說你搞這麼一大堆，不是就是爲了要取心臟來救你的病患嗎？那你現在把自己關起來，那還救個屁啊？該不會是因爲怕輸，所以先把自己關起來投降吧。」

契龔故意說話刺激申俊輝，但是他似乎一點也不受影響，反而平靜的回應契龔。

「契龔兄，我這樣算輸嗎？」申俊輝抬頭看看天花板，再轉頭看向宇浩：「或許吧，其實這場獵殺遊戲最後是沒有贏家的，另外請契龔兄放心，需要心臟的病患就是我自己了，所以我在這裡並不影響喔。」

宇浩、聖莘、契龔三人聽到後恍然大悟，原來是申俊輝自己心臟不好，但是聖莘這時心裡想，照現在的狀況來看，兇手從一開始根本就沒打算殺天龍取心臟了啊，那爲什麼還要大費周章繞這麼一大圈呢？如果純粹想當個救世主，有必要這麼迂迴嗎？

「申老師，你這麼大費周章佈這些局，應該不是只是單純想框正世俗吧，你的最大動機到底是什麼呢？」

聖莘實在忍不住問申俊輝這一切的動機到底是什麼？

「妳就是宇浩常提到的聖莘吧，果然是聰明機伶，人也美，難怪宇浩常常提到妳、誇妳。」

聖莘被申俊輝這突如其來的誇讚，感到有點難爲情。

「我在一年前就知道自己的心臟已經開始在慢慢退化衰竭了，我開始擔心病情之後會惡化，這樣就沒辦法再繼續幫助我喜歡的人了，我心裡放不下他。」

「申老師你喜歡宇浩，心裡放不下他對吧？」

「沒錯。」

契龔聽到，簡直快嚇傻了，沒想到殺人魔自己也是同性戀，反倒是宇浩聽到一點也不覺得驚訝，因爲宇浩自己心裡有底，他知道老師對自己的好已經不像一般的友情了，幾乎可以說宇浩感受到的是老師的愛護跟保護。

「當我知道可能有一天，我沒辦法再繼續幫宇浩的時候，如果他碰到同樣懂八卦、奇門、六壬的高手時該怎麼辦？雖然宇浩是我教過最有天份的學生，但是就是有點懶，而且對這些玄學的興趣又不是很高，而我又不想逼他做自己不想做的事，最後我決定用他最感興的工作來讓他實戰學習，順便磨練宇浩的心。」

「所以你就專挑社會的問題人物下手。」

「是的，而這才是我最大的動機。」

宇浩這時心裡回想著，難怪每次在解卦的時候，都覺得兇手像是在告誡跟警示，甚至感覺兇手好像在教導自己如何往前的感覺，他突然覺得是自己害申老師成爲殺人犯的人，如果不是爲了他，申老師也不會殺人的。

「別把自己講得這麼偉大好嗎？殺人就是殺人，沒什麼好說的。」

「契龔兄說的很對，所以我沒打算要求你們了解或是藉口想逃避殺人罪，所以宇浩你別怪自己，路是我自己選的，而且我的時間也不多了，經過這段時間的磨練，我看到你真的進步不少，我很開心，而且至少我是被我自己喜愛的人給繩之於法，我心甘情願。」

「那天龍呢，天龍人在哪裡？」

「契龔兄你放心，天龍隊長在隔壁房間安穩的睡著，等等請你們將天龍隊長帶回去吧，也幫我跟天龍隊長說聲抱歉，這段時間委屈他了。」

「老師，你打算做什麼？」宇浩感覺老師好像在道別，難過地問著。

「我該走了，今後你得靠自己了，我對你有信心。」

「申老師，那處長呢，他做了什麼嗎？」聖莘疑惑的問道。

「答案都在隔壁天龍隊長的那間房間裡，宇浩，這段時間辛苦你了，我知道你累壞了，要好好休息喔。」

說完申俊輝拿出打火機，往汽油的地方一丟，整個房間開始燒起來了，三人趕緊衝到隔壁房間，果然看到天龍躺在床上，他們把天龍隊長叫醒帶走，聖莘看到旁邊的桌子有一袋光碟片，心想這應該就是申老師所說的答案吧，就把光碟資料一起帶走，四大名探逃出燒起大火的透天厝，四人在屋子外面趕緊打119，火勢再經過一個小時的搶救後終於撲滅了，在火熄滅後，宇浩想進去確認申老師的遺體。

「龍哥，你才剛歸隊，身體也還很虛，我跟契龔哥進去現場檢查就好了。」宇浩要天龍多休息。

「好，我跟聖莘在外面等你們，小心點。」

「知道了，契龔哥我們走吧。」

宇浩跟契龔走到地下室起火的那間房間，裡面已經全部燒到焦黑了，現場也發現了兩具男性的焦屍，宇浩看到後心裡非常難受，他根本沒辦法接受，自己崇拜的老師就是這起連環命案的兇手，而且動機竟然還是擔心他自己過世後，自己會碰到高手，所以才刻意精心安排這一連串的謀殺案，宇浩看著焦屍內心充滿愧疚跟不捨，契龔靜靜的在一旁看著焦屍，心中也是百感交集，雖然說兇手所殺的都是社會問題人物，但是畢竟是殺人，還是罪不可赦的。

「老師，你用生命對我的教育，宇浩一輩子忘不了，謝謝你。」

沒多久記者都來到安平7742號診所現場了，而四大名探早已回到辦公室，聖莘回到辦公室後馬上去看光碟影片內容，四個人看完後，終於知道爲什麼兇手會想把夏浩雲帶走，四個人經過討論後，決定還是保護夏浩雲的家人，讓他們依然享有名譽，而天龍主動打電話給丁曉雯，給她最獨家的新聞頭條。

9月9日（一）早上四大名探準時八點進辦公室。

「各位看一下新聞吧。」

天龍示意要宇浩把電視打開看新聞臺。

新聞報導：

昨天晚上在安平發生一起火燒焚屍案，據本臺記者獨家消息得知，起火的住家屋主就是犯下近期連續殺人犯的兇手申ＸＸ，申ＸＸ是一位外科手術醫生，除了在臺南某大醫院任職主治醫師外，本身也有自己的診所，為何會犯下連續殺人案，據了解是因為申醫師具有反社會的雙重人格，他認為這個社會病了，想為社會除去毒瘤，昨晚在自己住家內被警界四大名探逮捕，結果兇嫌把藏匿許久的汽油點燃造成大火，很不幸的是警政處長夏浩雲，為了搶救自家員警來不及逃生，被大火燒死，警界痛失這樣一位英勇的長官……

宇浩沒聽完新聞就離開辦公室了，因爲他還是無法接受這樣的事實，加上新聞報導並非完全正確，但也是他們請記者如此報導的，終究還是想到，夏浩雲的家人已經承受失去他的痛苦了，不想他的家人還得承擔毀譽的精神壓力，但是這樣的報導讓宇浩痛苦極了，聖莘看宇浩走出去，明白宇浩內心的煎熬跟痛苦，決定讓宇浩先一個人靜一靜。

「聖莘，宇浩還是沒辦法釋懷，是吧。」天龍擔心的問著。

「嗯，畢竟是他最崇拜的老師。」

「哎呀！真是的，宇浩就是太多愁善感了，天龍啊，要不乾脆讓小浩好好休假去走走，或許會好點。」

「大家都應該放個假，好好的休息，這陣子大家都辛苦累壞了。」

大約早上十一點多，急促的腳步聲衝進四大名探的辦公室，原來是鑑識組的王凱，急急忙忙地衝進辦公室大喊著天龍隊長的名字。

「王凱，什麼事那麼急啊？」天龍問道。

「天龍隊長不好了，昨天安平7742號診所裡面的焦屍，早上經過我們DNA檢驗後，發現並不是申俊輝跟處長耶，其中一位是在9月6號那天殯儀館安排要火化的，另一位是麻豆奇美醫院的院長。

「什麼！」

四大名探互看一眼，心裡似乎明白了些事，而周天龍在心裡想著，好你個申俊輝啊！連死都要搞得這麼神祕啊。

……

第二部
殺人工具演算法

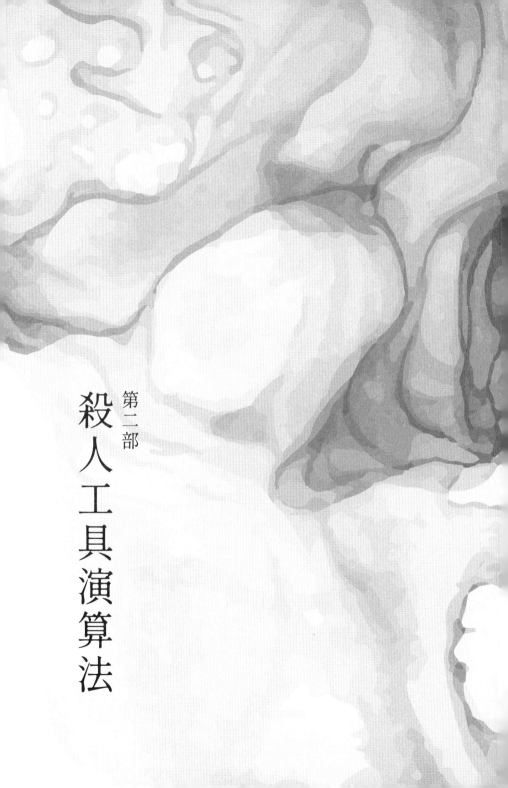

序章

二〇三五年爲了穩定社會秩序與人工智慧的發展，由世界三大強權國家中國、美國、印度共同制定規範，IAI國際人工智慧組織正式成立，成員國會員每四年招開一次國際會議，針對演算法的參數規範重新做一次校正，IAI規定全世界的所有資料必須存放在一個名爲阿卡西的雲端系統，阿卡西系統記錄著全世界所有的事情、事件、事物以及人的喜好、習慣，以及城市的維度、教育、知識，當然這些所有的一切都是經過人爲的參數值所建立的，系統主機伺服器建置在西藏，國家成了演算法的背書者，只有IAI會員國家的政府電子部門的人可以使用電腦，主要是要預防電腦駭客的干擾壞了世界秩序。

舒凱晟在中國政府電子部門單位擔任守門者，每天必須測試阿卡西系統是否有任何錯誤的運算訊息產生，當然這是需要大量的演算法執行與測試，但是這對他來說是輕而易舉的事，因爲他擅長的就是演算邏輯的規劃與撰寫，兩年前他畢業於臺灣清華大學的電子工程計算機學系，並且順利攻讀碩士與博士學位，他畢業馬上前往中國參與這項工作的招聘考試並順利考上，首要工作就是把過去所有教科書的內容重新編輯，並將過去歷史所有發生過的風險事件參數化以及企業經營的管理數字量化，然後將這些全部上傳至阿卡西系統，他必須趕在5年後的二〇四〇年完成所有的上傳資料。

二〇四〇年阿卡西終於正式上線，IAI開始執行加快世界進步的腳步計畫，從這一年開始禁止人類自由使用電腦的權利，並要求全世界的國家在每位國民出生的那一刻起，配置一部AI機器人，此AI機器人具有深度學習的程式語法，執行前會跟每個出生的嬰兒做連結的設定，開始紀錄擁有者的一切的生活習慣，要讓AI機器人爲每個人提供做決策的演算數據，減少風險與控制人類思想跟行爲，而全世界的所有AI機器人一切資料取得都來自阿卡西系統。從二〇四〇年開始世界也正式進入演算法時代，演算法儼然成爲一種信仰，所有人信奉並遵循AI機器人透過演算法所提供的一切決策數據，不曾質疑過，所以人類漸漸習慣了一切以數據爲主，甚至AI機器人會紀錄始使用者當日的軌跡數據，所以當你忘了帶AI機器人出門時，沒有人會相信你說的話，除非看到數據。

阿卡西系統及AI機器人計畫執行十五年後，世界進步快速，沒有發生過任何系統性風險的危機，人類快速累積數據知識，每個決策都是把握性的決定，世界就如IAI當初的理念運行著。

舒凱晟非常驕傲的看著世界因爲自己的工作，而一切如此美好與進步，一個下班的晚上，舒凱晟回到家看到舒竣華正在聽著旋龍安排明天的行程。

「兒子吃晚飯了沒啊？」舒凱晟用關心的口吻問著。

舒竣華今年剛考上高中，個性總是靜靜的話不多，有時候會過於死氣沉沉，舒凱晟常常覺得自己的兒子個性太過老氣，彷彿就像是一個老靈魂住在一個年輕身軀的外殼裡。

「嗯，吃過了。」竣華沒看向他，只是冷冷地回答著。

「旋龍都是怎麼幫你安排明天的行程啊？」舒凱晟今天突然很好奇想知道，兒子的AI機器人都是怎麼幫他安排行程的？

旋龍是竣華在五歲時幫自己的機器人取的名子，舒凱晟曾問過他怎麼想到這名子的，他說因爲機器人就像是一條飛龍一樣盤旋在自己的周圍，這答案聽起來讓凱晟覺得自己的孩子眞有想像力，他依稀記得那時竣華活潑興奮地說著旋龍這名子的由來，彷彿就像在爲自己的孩子規畫未來一般。曾幾何時那個活潑、充滿想像力的兒子變得如此沒有朝氣的老靈魂，他懷疑過兒子是不是在學校被霸凌才會變成這樣？

「你晚一點自己看就知道了。」竣華還是冷冷地說著。

突然聽到旋龍在幫他規劃明天的行程路線圖。

「喂！華華啊，你這條路線走5年多了，你怎麼沒想過換條路走走看，這樣還可以認識更多路跟地方喔。」凱晟相當好奇，兒子五年多來都走相同的路線，不會想改走不同的路線嗎？不過顯然這個建議讓竣華有點生氣。

「爸，你是在說什麼鬼話，你想讓我的人生輸在起跑點，被同學笑嗎？而且我爲什麼

必須認識更多路？認識更多路對我一點幫助也沒有。」竣華很認眞且有點生氣地回答著。

聽著兒子的回答，凱晟非常吃驚，心想，不過就是換條路走走看有這麼嚴重嗎？而且這是什麼樣的邏輯啊，越想越不對，決定直接走到旋龍面前打斷他們的對話。

「旋龍，我可以聽聽看，你是怎麼安排竣華的行程跟路線的規劃嗎？」凱晟過去從來沒有過問這一類的問題，畢竟他也相信AI機器人是來讓全世界人類更進步更美好的享受生活的，更何況又是阿卡西系統的守門者。

「爸，我不是就跟你說了，晚一點你自己看就好了，現在不要打斷我的流程好不好？」竣華語氣開始不耐煩了，他覺得今天爸爸是怎麼回事？怎麼一直干擾自己做事，而凱晟並不理會兒子的話，繼續詢問旋龍。

「旋龍，快點跟我說說。」凱晟用期待的語氣問著機器人。

旋龍看著凱晟沉默了一會兒後望向竣華，眼神似乎在尋求得到竣華的認可，然而這個行爲舉動讓凱晟感到非常吃驚與不悅，他有強烈不被信任與尊重的感受，轉頭看看兒子，竣華表情相當冷漠的對著旋龍點了頭。

「首先根據城市三維度的數據座標顯示，前往學校的路線經過演算後，分有a、b、c三條路線，其中又以a路線經過計算，有百分之九十八的機率在早上7點整出門能最快抵達學校，所以透過計算我每一天能爲竣華節省他可使用最大化時間的五個百分點，五年

累積下來共為竣華花在交通時間上省下1350個小時，而這僅僅只是在交通時間上我幫竣華爭取的時間價值與機會點，接下來是……」

「好了，不用再說了。」凱晟已經有點快聽不下去了，主動打斷旋龍，而他在聽的過程注意到竣華滿意的表情，難怪竣華會覺得自己打斷了他與旋龍的節奏。而他也明顯感受到旋龍認為自己為竣華創造的時間價值而感到驕傲。

「華華，難道除了數據，你都沒有其他好奇想學習的事嗎？」

「爸，依據旋龍提供精準的數據做事就是我的興趣，而且不是只有我如此，每個人都是一樣的，我沒時間浪費在錯的決定跟事情上，你還有什麼問題可以趕快問一問嗎？我跟旋龍還有好多行程要規劃。」竣華一副沒事別來打擾的表情以及不耐煩的語氣說著。

舒凱晟完全不知道該說什麼，哇！他萬萬沒想到自己的兒子會變成這樣，不對，是這個世界變了，他馬上意會過來，是演算法改變了人們的一切生活、思維邏輯與習慣，他這時才驚覺到在這樣的時代下，年輕人已經失去了創新創意的想法與冒險的精神了，這樣到底是在幫助人類，還是在無形的扼殺人類。

「難道我錯了？」凱晟走回自己的房間，躺在床上自言自語地問著自己，當初會熱衷演算法，考上中國政府電子部門單位擔任守門者，是希望讓下一世代的人可以運用上一世代的智慧，讓人類社會更快速的進步，並減少風險的發生，讓全人類不再發生金融體系崩壞的悲劇或是企業倒閉造成失業率升高，而從二〇四〇年阿卡西系統上線的十五年來，世界確實幾乎沒有發生過任何系統風險，科技進步的速度也加快了不少，不過仔細回想起來，好像幾乎也沒有什麼新創科技或是創新創意的商業服務模式。

「之前還沒有這麼強烈的感覺，今天看到華華這樣的反應跟思維，才知道如果再這樣繼續下去，人類總有一天會有麻煩的，而且老婆妳知道嗎？一開始我還以爲華華是因爲單親的家庭環境，才會讓他變得沉默寡言，看來演算法才是元凶，是我誤判了。」凱晟語氣有點激動地對著已過世的妻子照片說著，此時他心裡萌生了一個想法，既然已經改變不了趨勢了，那就把自己變成AI機器人吧，這指的當然不是把自己的外表變成機器人，而是將自己的智慧數據化封包存在阿卡西系統的資料庫裡，他把希望寄託在未來。

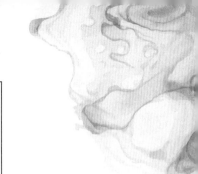

國家圖書館出版品預行編目資料

紅色暗流／黃俊菖著.　--初版.--臺南市：富辰創意印刷有限公司，2021.12
　面；　公分
ISBN 978-986-99746-1-5（平裝）

863.57　　110016338

紅色暗流

作　　者　黃俊菖
演講邀約專線　0928-763-313
總 編 輯　鄭宇彤
校　　對　廖士賢、林金郎
出　　版　富辰創意印刷有限公司
台南市南區南區國民路30號
Email：scoreway168@gmail.com
法律顧問　品合法律事務所 朱俊銘律師
經銷代理　白象文化事業有限公司
412台中市大里區科技路1號8樓之2（台中軟體園區）
出版專線：（04）2496-5995　傳真：（04）2496-9901
401台中市東區和平街228巷44號（經銷部）
購書專線：（04）2220-8589　傳真：（04）2220-8505
印　　刷　富辰創意印刷有限公司
初版一刷　2021年12月
定　　價　320元